ゴブリンスレイヤー外伝2
鍔鳴の太刀《ダイ・カタナ》
中
DAIKATANA
The Singing Death

かつての勇者、白金等級に数えられし者は
たった一人でこれと向かい合ったというが……。
まずその気骨からして勇気ある者と呼ばれるのが
相応しいように思える。

不意に、女司教の名を呼ばわる声が
投げかけられたのだ。
親しげに弾むその声に、
女司教は呆然としたように立ち尽くす。
死人に出会ったかのように。

「迎えに来たよ！　さあ、一緒に冒険へ行こう！」

CONTENTS

DAIKATANA

The Singing Death

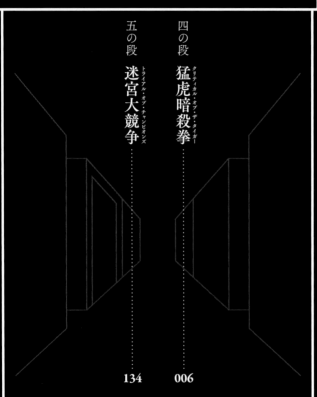

ゴブリンスレイヤー外伝2

鍔鳴の太刀《ダイ・カタナ》

中

蝸牛くも kagyu kumo
Illustration lack

DAIKATANA

The Singing Death

Character 人物紹介

Sword Maiden lily

女司教

G-BIS
HUMAN FEMALE

君らが城塞都市の酒場で出会う少女。過去の冒険で、目に傷を負っている。至高神の権能により“鑑定”ができる。

Blessed
Hardwood spear

女戦士

N-FIG
HUMAN FEMALE

君らが城塞都市で出会う少女。既に迷宮に潜ったことのある“経験者”。槍を扱う只人の戦士。

You are the Hero

君《きみ》

G-SAM
HUMAN MALE

四方世界の北方にある、《死の迷宮》の入口にできた城塞都市。そこにやって来たばかりの只人《ヒューム》の冒険者。湾刀の術理を修めた戦士。

DAIKATANA The Singing Death

Elite solar trooper, special agent and four-armed humanoid warrior ant

蟲人僧侶

G-PRI
MYRMIDON MALE

君らが城塞都市で出会う冒険者。迷宮の“経験者”として、君たちの参謀を務める。交易神に仕える蟲人族の僧侶。

Hawkwind

半森人の斥候

N-THI
HALF ELF MALE

城塞都市にくる途中、君らと出会った冒険者。目端が利いて、場を取り持つのが上手い。一党の斥候《スカウト》を担う。

One of the All-stars

従姉

G-MAG
HUMAN FEMALE

君と一緒に城塞都市へやってきた、君の従姉。心優しい気質で姉ぶるが、抜けている所もある。後列で采配を振るう、只人の魔術師。

カバー・口絵　本文イラスト
lack

——始まりが何であったのか、もはや知る者はいない。

哀れな農夫が要石《かなめいし》を掘り起こしたのか。愚かな子供が御社《おやしろ》の封印を破ったのか。天の火石《ほいし》か。

いずれにせよ《死》が大陸中へと溢《あふ》れ出したのは、そう遠くないある日のことだった。

病は風に乗りて歩み、人を呑み、亡者《もうじゃ》は起き上がり、木々は枯れ、空気は淀《よど》み、水は腐った。

時の王が御触《おふ》れを出した。『《死》の《の》源《みなもと》を突き止め、これを封じよ』。

大陸中の勇士たちが立ち上がり、そしてその尽《ことごと》くが《死》に呑み込まれて屍《しかばね》を晒《さら》した。

その中で、ある一党《パーティ》の言葉だけが残る。

『北の最果てに、《死》の口がある』。

誰《だれ》がそれを見出《みいだ》したのか、もはや知る者はいない。その冒険者も《死》の前に消えた。

《死の迷宮《ダンジョン・オブ・ザ・デッド》》。

死神の顎《あぎと》そのものである奈落の淵《ふち》へ人々は集《つど》い、いつしか城塞都市が生まれた。

冒険者たちは城塞都市で仲間を募《つの》り、迷宮へ挑み、戦い、財貨を得、時として死ぬ。

そんな輝かしい日々が、いつまでも、いつまでも、いつまでも、繰り返された。

無限に湧《わ》く富と怪物、永久《とこしえ》に続く襲撃と略奪《ハックアンドスラッシュ》。

生命が湯水の如《ごと》く注《そそ》がれ、冒険者たちは夢に溺《おぼ》れ、いつしか瞳《ひとみ》から情熱が消えた。

後に残るのは《死》と隣り合わせ、燠火《おきび》の燻《くすぶ》り続ける、灰の如き冒険の日々——……。

「ややあ、大分と順調そうじゃあないか」

それは君たちが地下二階の探索にも慣れてきた、ある日の朝の事だった。

君がいつものように仲間を待って酒場の卓につくと、目の前にひらりと座る者があったのだ。

「聞いたぜ、例の初心者狩りを皆殺しにしたんだって？」

ふわりと風が吹き込む。フードの下で影が揺れる。

にやりと愉快《ゆかい》げに笑うのは、悪戯《いたずら》の好きそうな年若い娘。彫刻を思わせる美しい体の稜線《りょうせん》。

――ああ。君は合点がいったとばかり頷《うなず》いた。あの情報屋だ。

雑多な冒険者で賑《にぎ》わう酒場の喧騒《けんそう》を聞き流しながら、君は彼女へと礼を述べた。

無論、君たちを褒めてくれたことではない。情報を提供してくれたことに対してだ。

「なぁに、気にすることじゃあない。こっちとしてはね、それなりに目的もなくもないし」

そうか。君はそれ以上、特に踏み込む事はせず、自分の手元の杯を弄《もてあそ》んだ。

中に入っているのはレモン水だ。仲間たちが起き出してくるまでの間、食事は摂《と》らない。

十中八九、今日は迷宮に潜るだろうが、相談してから決めるに越したことはないからだ。

「それで、他のお仲間は？」

馬小屋に置いてきた。朝夕の鍛錬を欠かさぬ君には付いていけそうにないからだ。

しかし、彼女が褒めてくれたのには些《いささ》か違和感があった。

金目当ての冒険者ばかりな酒場で、ことさらに君たちが持ち上げられることはない。

無償の善意で動く輩《やから》はこの末世、なかなかに貴重だ……という事だろう。

無理もない話で、自分も仲間たちに付き合わせてしまった点は申し訳なくも思う。

何らかの現世利益《りやく》がなければ動きたがらないというのは、実に自然な話だ。

まあそんな奇特《きとく》な君と君の仲間であるから、自分の働きを吹聴《ふいちょう》した覚えはない。

だが、とすればこの情報屋はどこで君たちの活躍を聞き入れたのか——……。

「そりゃあ街の連中に決まってるだろ」

君の疑問に対して、情報屋は何を言っているんだとばかりにそう答えた。

「挨拶《あいさつ》ついでにお天気の話をするが如《ごと》くさ。名うての冒険者のことが人の口へ上るのはね」

彼女はそう言って、ひらりと片手を挙げて女給を呼び止め、レモン水を頼んでいる。

長い兎耳《うさぎみみ》を揺らし、豊かな胸と丸い尻《しり》、尾をふりふり立ち去る姿を見送り、君は思案する。

——恐らく、情報の出元は武具屋の親父《おやじ》か、交易神の修道女からだろう。

君たちが初心者狩りの巣窟《そうくつ》から引き上げた後、それを伝えたのはあの二人だけだ。

死人は装備を使わない。売り払って軍資金に変えるのは、躊躇《ためら》いのない事である。

回収した認識票を埋葬してもらうのだって、多少の寄進は必要になるのだ。

とすれば、親父か修道女……修道女の性格を思えば、きっと彼女の方に違いない。

――金を積まれれば喜んで話しそうなものだ。

君がそんな推測を述べると、情報屋は「さてね」とけらけら笑った。

「まあ順調なのは良いけど、油断してると死ぬよ。そういう奴《やつ》からね」

君は不服げに唇をとがらせた。ひどいことを言うではないか。その通りだとしても。

だが、それ以上の反論はしない。

数日はこの酒場に顔を出していれば、嫌でもわかることだからだ。

一昨日まで円卓の一つを占拠していた一党《パーティ》が、昨日はいない。

そして今日は、その円卓を真新しい装備に身を包んだ一党《パーティ》が占拠している。

彼らがどれほど《死》に抗《あらが》えるかは君の関知するところではない。

君自身、君の一党《パーティ》についても、そうだ。

「まあ油断は禁物、ということだよ」

女は君の内心を見透《みす》かしたように言って、くすりと笑った。

「地下二階の次は三階、三階の次は四階さ。まだまだ先は長いよ。死んではいられないね」

レモン水を啜《すす》る彼女の言葉に、君は頷く。そうとも、死んではいられない。

なにしろ君の剣で届く範囲は、ようやっと二階、そろそろ三階かというところ。

そして地下三階は人跡未踏《じんせきみとう》の領域ではなく、既に先駆者がいる場所なのだ。

己《おのれ》の剣で行けるところまで行きたいというのが君の願いならば、三階へも挑むべきだろう。

「ま、もっとも」

思索にくれていた君の意識が、そんな彼女の言葉でふと現実に引き戻される。

「まだ地下四階への階段は見つかっていないらしいけれど、ね」

顔を上げた君の向かいには、半ば干されたレモン水の杯が置かれていた。

きっと女給の誰《だれ》かが片づけ忘れたに違いない。君はそう結論づけ、椅子《いす》に座り直す。

気づけば周囲のざわめきが波のように押し寄せ、酒場の活気の只中《ただなか》にいる自分を自覚する。

さて、もうそろそろ一党《パーティ》の仲間たちも酒場に繰り出してくる頃合《ころあ》いだろうが──……。

「すまないが、相席しても構わないだろうか」

不意にかけられた声は、凛々《りり》しく力強く、羨《うらや》ましくなるほど典雅さに満ちていた。

振り返って見れば、そこには煌《きら》びやかな金剛石の鎧具足《よろいぐそく》を纏《まと》った美丈夫《びじょうふ》の姿がある。

その傍《かたわ》らには、まるで影のような小柄な体軀《たいく》をした、銀髪の娘が控えていた。

──圃人《レーア》か？

一瞬そう思ったが、いや、恐らくは只人《ヒューム》だろう。だが気配が薄い。斥候《スカウト》だろうか。

君が見ての通り一人だから構わないと言うと、彼は首肯して君の対面に座した。

娘は近くの円卓から椅子を引くと、ひょいと座り込んで足をぶらぶらさせている。

こちらの話をことさらに聞くつもりはない、という事だろうか。

一党《パーティ》かと問いかければ「縁あってな」と、金剛石の騎士が言う。

「孤児院出らしいが、なかなかどうして……ずいぶんと助けられている」

しかし貧乏貴族の三男坊と聞いていたが、やはり騎士というのは装備が良いものだ。

話の枕《まくら》に君がそう言うと、彼は「いやなに」とはにかんだように頬《ほお》を緩《ゆる》める。

「中身の実力が伴わねばな。……卿《けい》とは一度しっかりと話してみたかったのだ」

察しのつくところではあった。が、君はそれを口にせず、何の事かと問いかけた。

「そう謙遜《けんそん》するものでもない。例のならず者ども、卿らが討伐《とうばつ》したのだろう」

どうだろう。君は肩を竦《すく》めた。この街にいる冒険者は多い。自分たちとも限らん。

「地下三階まで挑める実力のある者だけならば、成程、この酒場にもいるがな」

金剛石の騎士はそう言って、鋭い目つきで酒場にたむろする冒険者たちを見回した。

円卓の上に財宝を広げ、酒を呷《あお》り、喜びを隠しもせずに騒ぎたてる彼ら。

賑やかで、活気があり、しかしどこか虚無的な光景へ、金剛石の騎士は目を伏せる。

「自ら困難に挑み攻略せんとする冒険者は、我らと、卿の一党《パーティ》くらいのものだろう」

君はそこに嫌悪の響きを感じ、さてどうだろうか、そう訝《いぶか》しむように首を左右に振った。

なに、私利私欲のためというのであれば君とて変わりはしないのだ。

命を懸けて金を稼ぐ、世界を救う、剣の道を歩む、全《すべ》ては等価だろう。

その方針《アライメント》がどうであれ、そこに優劣はあるまい。

結局、最後には生きるか死ぬかしかないのだから。

「……卿はなかなか興味深い物の見方をするな」

ふうむ。そう息をもらした金剛石の騎士は、まあ良い、と頷いて話題を切り替えた。

「もっとも新進気鋭、力を溜めつつある一党《パーティ》の噂《うわさ》は聞く」

さもありなん。この街ほど冒険者の入れ替わりの激しい街もあるまい。

何せ、他の都市――ギルドとは何もかも事情が違う。

社会貢献など考えるまでもなく、到達階層、稼いだ金額、つまりは技量だけが物を言う。

等級だの信用だのと関係なく、腕一つで成り上がりたいなら絶好の場であろう。

この迷宮では、それだけが全てだ。

「聞くところによれば、卿と同じく細身の曲刀《サーベル》を振るう御仁が頭目《リーダー》らしい」

――ほう。

君は知らず、腰に帯びた湾刀《わんとう》の柄《つか》に手を乗せていた。

それは実に興味深いものだ。いずれ機会があれば会ってみたいものだが。

「縁があり、お互いに生きていれば、会えぬということもあるまいよ」

それもそうだ。君は金剛石の騎士の言葉に、笑って同意した。

しかし朝も早くからこうして武具を身につけているところを見ると、探索か。

「そうだ」

首肯する騎士。その腰には直剣と並んで、短剣が帯びてあった。前はなかったものだ。

「ああ、これか……。うむ、前回は不覚を取ったので、組み討《う》ちで使えるようにとな」

抜いて、刺す。なるほど、逆手《さかて》なら一挙動でやれるわけか。

君はその工夫に声を漏《も》らしつつ、地下四階への階段が見つからぬらしいなと噂を確認する。

「ほう、耳が早いな」

金剛石の騎士は隠すこともなく、その通りだと肯定してくれた。

さて、君も誰から聞いたのだったか――……まあ、大して重要な事でもあるまい。

武運を祈る。そう伝えると、金剛石の騎士は眠れる獅子《しし》のように破顔した。

「ああ。そうしてくれれば頼もしいことはない」

と――……。

「あぁん、もう、遅くなってごめんね。昨日の粘液、まだなにかべとべとし、て……」

不意に軽《かろ》やかな足取りとともに、そんな眠たげな声が響いた。

君の円卓に近づいてくるのは、見るまでもなく、女戦士であろう。

彼女の声は君の背後に近づくにつれて途切れる。

不意に、あの銀髪の小柄な娘が、大真面目《おおまじめ》な顔をして君に声をかけてきた。

「スライム？」

スライムだ。

「そっか」

一瞬の沈黙の後、娘は「失礼」と言って顔を背《そむ》け、盛大に肩を震わせ始めた。

金剛石の騎士は得も言われぬ表情をしている。君は肩を竦めた。事実だから仕方がない。

君の背後で女戦士がどんな表情をしているのか、想像するのは大変に愉快であった。

§

「はははははははは！　そらまぁ、スライムに好かれとるもんなぁ！」

白い輪郭線《ワイヤフレーム》がぼんやり浮かぶ暗闇《くらやみ》に、半森人《ハーフエルフ》の斥候の明るい笑い声が響きわたった。

君は横に座り込む女戦士の方へ努めて目を向けないように心がけながら、無言を貫く。

地下迷宮の中だ。いかに休息中であれ、油断は禁物だと君は主張する。

「でも前衛なんですから、仕方ないところがあると……思いますけれど」

従姉《いとこ》がおずおずと擁護する。まあ、無理もない話だとは君とて思う。

隊伍《たいご》を組むに当たって前衛を担《にな》うのは君と彼女、そして蟲人僧侶の三人。

まっさきに奴《やつ》らに飛びかかられる確率は三分の一だから、これはもう、運の問題だろう。

「それに、この迷宮のスライムはそこまで厄介じゃねえからな」

その三分の一をことごとく回避し続けている蟲人僧侶が、決まり悪げに顎《あご》を鳴らした。

彼は曲刀についた粘液を払うように血振りをくれて、ゆっくりと腰の鞘《さや》に納める。

言葉を生み出した風の神、交易神の信徒だけあり、その口調には含蓄があるものだ。

聞くところによれば、粘菌といっても種類は様々。知恵持ち、術を扱うものもいるという。

「酸だの毒だので溶かされて、そのまま丸飲みにされねえだけ運が良いぜ」

さもありなん。慰めにもなってはいないが、地下一階に現れる粘塊どもは、確かに弱敵だ。

君がそんな事を考えていると、すす、と女戦士に寄った従姉がそっと様子を窺《うかが》っていた。

「……大丈夫ですか？」

「…………うん」

女戦士は、しょぼくれた子供のような素直さでこくりと頷いた。

びしょびしょに濡《ぬ》れた衣服を鎧の上から絞り、顔を拭《ふ》き、それからゆっくりと立ち上がる。

そして彼女は、嵐《あらし》の前の静かな海を思わせるように穏やかな微笑を浮かべてみせた。

「……あとで笑ったことは後悔してもらわないと、ねぇ」

「おお……っと」

その笑みを見て、半森人の斥候が顔をひきつらせる。

君は胸中で密《ひそ》かに雷除《かみなりよ》けのまじないを二度三度と繰り返し唱え、さて、と思考を巡らせる。

ひとまず不意を討ってきたスライムどもは切り捨てた。幸先は良いのか悪いのか、だ。

君は幾度となく往来を繰り返した地下一階の通路、その奥へと目を向ける。

白い輪郭線の連なる暗黒の淵は、どうにも決して馴染《なじ》めそうにない死臭を漂わせる。

「あ、あのっ」

そんな君の袖《そで》を、女司教《ビショップ》がくいくいと引っ張った。

どうかしたかと問うと、彼女はがさがさと地図をしたためた羊皮紙を広げて顔を寄せる。

「今日は……地下三階へ挑む、のですよね？」

その通りであった。

君はうんと気負いなく頷いたあと、そのつもりだと繰り返して自分の決意を新たにする。

——なにもあの金剛石の騎士を見て逸《はや》ったつもりはない。

そのはずだ。君は自分に言い聞かせるように言葉を重ねる。

地下二階の探索も順調であり、己の技量を確かめるためにも進んでみたいと思ったのだ。

この死の迷宮における最前線で、はたして自分の剣は通じるのかどうか……。

「では、道順を改めて確認しませんと……最短ルートですわよね？」

「いちいち階段まで行かなきゃいけないのが悪いのよ……」

まだぐずぐずと女戦士は拗《す》ねている。君はそれに苦笑しつつ、女司教に頼むと伝えた。

「はい、任せてくださいまし」

女司教はその細面《ほそおもて》を緩め、喜色満面——使命感を滲《にじ》ませて真剣に頷いた。

地下迷宮は広大だ。地図役なしには、どうやって進めば良いか君にはわからなかった。

この世で最も深き迷宮などとうそぶく者もいるが、まったくしゃれになっていない。

探索と戦闘に精神を集中しているせいだろう、時間の感覚さえここでは曖昧《あいまい》だ。

朝方に潜り、出てきたのは夜。一日と思いきや数日経《た》っていた、という事もあるらしい。

もっとも大概、数日戦う間に集中力が途切れ一党《パーティ》が壊滅している方が多いようだが。

数日酒場に姿を見せない冒険者は、だいたいそのまま二度と現れない。

もっとも――それをあえて話題にする者もいないが。

「親玉は根性が腐っとるんやな。間違いないでほんま」

君の思索に大まじめな顔で、半森人の斥候が同意を示す。

「こんな代わり映えのせえへん通路、歩いてるうちにだれっちまうわ」

「一瞬で行ったり来たりできれば良いのにね。ほら、《転移《ゲート》》の呪文《じゅもん》とかで！」

い、い、はとこが良いこと思いついた！　とばかりに手を叩《たた》く。

まったくもって良い考えだ。《転移》が失われた呪文だという点に目を瞑《つむ》れば！

「それに《転移》だって万能じゃあねえさ」

蟲人僧侶が、うっそりと顎を開いてがちがちと威圧的に音を鳴らした。

「《転移》の罠《わな》にかかった奴や、巻物に書く座標を間違えた術師は、だいたい……」

「？」

「……石の中にいる」

きょとりと小首を傾《かし》げたはとこの顔が、次の瞬間恐怖にひきつった。

びくりと身を震わせて数歩飛《と》び退《の》き、こわごわと四方の壁を見回して肩を抱く。

その様子をにこやかに見守っていた女戦士が、斥候の肩を叩き深刻な口振りで言う。

「責任重大ねえ」

「……おどかしっこなしやで、ホンマ」

まあ宝箱を開ける時は離れた場所にいるから気にしないでくれ。

君がそう言うと半森人の斥候は「大将ぅ」と情けない顔をした後、けらけらと笑った。

開封の時に君が傍《そば》へ立つことを心がけていなくば、冗談でもこういう事は言えまい。

「……もしかしたら、あの暗闇の奥に何かあるかもしれませんわね」

地図に走らせたインクに触れて読みとっていた女司教が、不意にぽつりと言う。

女戦士がこてんと小首を傾げ、顔にかかった髪を払った。

「何かって？」

「わたくしにもわかりませんが……。《転移》の魔法陣めいたもの、とか」

「ひぃっ」

君ははとこのひきつった声を尻目に、腕組みをしてふぅむと唸《うな》った。

暗闇、というのは……地下一階の片隅にある暗黒の領域だろう。

この薄闇《うすやみ》に沈んだ迷宮の中でさえ、多少の視界は利《き》く。

ぼんやりと浮かび上がる通路の輪郭線がその証左だ。

しかしながら、いっさいその先を見通すことのできない暗闇もまた存在している。

地下一階から二階を往復する度、君たちもぽかりと口を開けたその前を通っている。

迷宮の入口が怪物の顎であるならば、こちらはさしずめ深淵《しんえん》への入口か――……。

「あそこねぇ……」と女戦士が物憂げな調子で言った。「挑んだ人もいるって聞くけど」

「帰ってきた奴はいないってか？」

蟲人僧侶の言葉に、彼女はこくりと首肯することで応じた。

一攫千金《いっかくせんきん》を狙《ねら》う冒険者の多いこの街では、だからこそ無用の冒険は好まれない。

それでもと挑んだ命知らずの連中が戻ってきた気配がない、となれば――……。

「……やっぱこの迷宮作った奴の根性は腐っとるな」

吐き捨てるように半森人の斥候が呟《つぶや》く。君もまったくの同意見だ。

「は、早く先に進みましょう！　安全第一、安全第一です！」

先刻から恐怖の色が消えないはとこが声をあげる。君もまったくの同意見だ。

君は頷き、女司教の肩を軽く叩いた。そろそろ行こう。先は長い。

「あ、はいっ」

彼女はこくこくと何度も頷くと、くるくると手早く地図を丸め、立ち上がった。

「参りましょう！」

気合十分。何とも頼もしい事であった。

§

君たちはその後、いくつかの玄室と戦闘を切り抜け、長い縄梯子《なわばしご》を下っていった。

地下二階――およそ景観の代わり映えしない迷宮では、自分の居場所もあやふやだ。

どこまでも続く薄暗がり、浮かび上がる通路の輪郭線。

地図役を務める女司教が、インクの手触りを頼りに君たちへ指示を飛ばす。

「地下三階への縄梯子は以前に見つけておりますから、そう迷うことはないかと……」

案内は任せる。君はそう呼びかけ、刀を検《あらた》め、仲間の具合を確かめてから通路を行く。

幸いにも今のところ、徘徊《ワンダリング》する怪物どもとは遭遇していない。

玄室を守る手合との戦いは不可避だが、交戦を最低限に抑えているのは幸先が良い。

「新しい場所へ挑むのですから、呪文は節約しないといけません」

後衛で呪的資源《リソース》の管理を担う従姉が、まるで子供の小遣《こづか》いのような事を言う。

「何があるかわからないのですから、気をつけなくっちゃ！」

はいはいと君が受け流す姿を見て、隣を行く女戦士がくすりと笑った。

「君って呪文も使えるのよね。うらやましいなぁ」

別にそう大したものでもない。君は肩を竦め、ちらと背後を見てから声を潜めた。

調子づかせたくないから大声では言うまいが、術者としてはアレの方がよほど上だ。

「ふぅん？」

なにやら女戦士がにやにやと笑っているのを横目で睨《にら》み、君は角を曲がる。

相変わらず闇《やみ》に目が慣れているにもかかわらず先が見通せないのは、何とも嫌な気持ちだ。

無味乾燥とした迷宮の景観、音と言えば自分たちの足音、武具の音ばかり。

臭いさえも無機質極《きわ》まりないのでは、戦士の五感も麻痺《まひ》するというもの。

君は戦時に集中力を切らせないように、気持ちを弛緩《しかん》させる術《すべ》を覚えねばならなかった。

油断は禁物だが、いざという時にぷつりと緊張の糸が切れてしまう方が危《あや》うい。

だからこそ君は仲間たちのお喋《しゃべ》りを許すし、それに自ら加わる事だって厭《いと》わないのだ。

「こないだの戦闘じゃ《力 矢《マジックミサイル》》を放っていたな。何度使えるんだ」

蟲人僧侶の問いかけに君は考え、そう多くはないと数を勘定した。

回数自体は二度、三度行けるだろうが、君は剣客であり、まだまだ未熟だ。

切り結ぶ刃の下で、幾度も呪文を連発できるような余裕はあるまい。

「じゃあリーダーも上に戻ったら呪文のお勉強ですね」

くすりと女司教が笑みをこぼす。彼女は天秤剣《てんびんけん》をしゃんと鳴らして振り、行く手を示した。

「このあいだ、新しい呪文書を買いましたから……とってもためになりますよ？」

知っていると君は返した。二重の意味だ。女司教はあの時の記憶がすっぽ抜けているらしい。

そう、冒険の合間、彼女が従姉と熱心に勉強している事を君は知っている。

気づいているのかいないのか、あの地下二階での戦いを切り抜けて以降はさらに、だ。

君は従姉に、あの娘たちのことについて問いかけたりはしていない。

また、聞かれてもいない。だからそれで良いのだろうと思っている。

だから君はことさらにげんなりとした顔をして見せ、勘弁してくれと斥候を頼った。

「いんや大将、勉強は大事やぞ！」

おおっと。

「世の中、読み書き計算はできへん奴のが多いさかい。やっとけば一味も二味も変わるで！」

腕組みをして説教されたのでは言い返しようがない。

君ができれば剣術の鍛錬がしたいのだがとぼやくと、女戦士がわざとらしく声をあげる。

「ねえちょっと、弟さんが何か言ってるわよー？」

従姉だ。君は間髪入れずに訂正した。

「はいはい、お姉ちゃんがちゃんと呪文の勉強を見てあげますからね」

うるさいぞ、はとこ。

「……まあ、俺《おれ》はどっちでも構わねぇがな」

蟲人僧侶がわざとらしく顎をがちがちっと鳴らし、息を吐いた。

「先に進むのか、それとも戻るのか、早く決めてくれ」

気づけば君たちは、玄室へと続く重厚な扉の前に辿り着いていた。

ここか？　指で示して女司教に問うと、彼女は「はい」と小さく頷き、天秤剣を握った。

「地下二階にならゴブリンは出てこないようですし……行けますわ」

君は改めて両隣、そして後衛の仲間たちを見回し、その装備を確かめる。問題はない。

「ねえ、私が蹴《け》って良いかしらぁ？」

いや、この役目を譲るわけにはいかない。

君は女戦士へそうきっぱりと言い切り、思い切りよく扉を蹴り破った。

──！

雪崩《なだれ》を打って室内へ飛び込んだ君たちを待ち受けていたのは──腐敗した人型の怪物だ！

「ゾンビ！」

すかさず正体を看破した誰かが声を張り上げる。

冒険者の成れの果てか、冥府《めいふ》から呼び出されたか、腐った死体が立ち上がり押し寄せる。

迷宮の中では無縁であった、腐った肉と臓物《ぞうもつ》から漂う濃厚な《死》の臭い。

それは瘴気《しょうき》と混ざり合って君たちの鼻を突き刺し、胃に痙攣《けいれん》を引き起こした。

「う、ぇえ……」

たまらず女戦士が眉《まゆ》をひそめ顔をしかめるその横で、すかさず蟲人僧侶が前に飛び出した。

「亡者どもなら《解呪《ディスペル》》に弱いはずだ！　《巡り巡りて風なる我が神》！」

「あわせます！　《剣の君よ、どうぞその剣にて――》」

女司教の祈りと共に蟲人僧侶の節くれた手指が翻《ひるがえ》り、複雑な呪印を次々に結ぶ。

「《――彼らの魂魄《こんぱく》を故郷へ還《かえ》せ》！」

「《――彼の者を縛る呪を断ち切りください》！」

祝禱《しゅくとう》の詠唱と共に突き出された掌《てのひら》より、神気に満ちた清涼な風が玄室を吹き抜けた。

腐敗した肉は風に撫《な》でられた途端、ぐずぐずと触れる端から崩れ落ちていく。

――が、それまでだ。

幾体かは骨格を維持できずぐしゃりと灰の塊になって潰《つぶ》れたが、そうでない個体もいる。

朽ちた肉体から病巣の如き菌糸を蠢《うごめ》かせ、徐々に近づいてくる亡者ども。

それはおよそ人間の動きではなく、子供が引きずる人形のような異様な動きだ。

四肢を投げ出し、転がし、立って歩くという概念から解き放たれたおぞましい者ども。

濃密な《死》の臭いに気圧《けお》されたか、女司教が悲鳴のように声をあげた。

「これは……っ！　ただの不死者《アンデッド》ではないやも……！」

「構うこたぁない、どうせ体を破壊すれば動けなくなる……！」

割り切りの良いことだ。君は蟲人僧侶の言葉に薄く笑って、愛刀の鞘を払った。

横目で女戦士を見やれば、彼女もまた既に槍《やり》の穂先を敵陣に向けて薄笑い。

後衛は大丈夫か。君は敵から目を背けずに確認。威勢の良い半森人の斥候の声が応じる。

「大将、こっちは任せい！」

「危うくなったら術は放ちますが、その時は――……！」

続く従姉の声に君は無言で頷いた。その時は地下三階には尚早《しょうそう》。撤退すべきだろう。

「いきなり駆けだしてきたりするかも。噛《か》みつかれちゃわないようにね？」

じり、じりと距離を詰めてくる奴らを見ながら、女戦士が冗談めかす。

さて――彼奴《きやつ》ばらに間合いを考えるだけの知恵は、はたしてあるのかどうか。

無造作にこちらの刃の距離へと踏み込むあたり、君には甚だ疑問であった。

君は下段からすくい上げるように湾刀を振り抜き、その右腕を切り飛ばした。

「BRAAAAAAAAINNNNN！？！？」

飛び散る腐汁。君は手首を回して刃を返し、大上段からの一刀で左腕を落とす。

たたらを踏んだところの胴へ足を見舞って、君は一体を蹴倒《けたお》した。

「もらっちゃうねっ！」

そこへすかさず女戦士が飛びかかり、長柄《ながえ》を振り下ろして痛烈な一撃を加える。

金属棒に打ち据えられた肉体が耐えかね、ぐしゃりと肉と骨と内臓の潰れる嫌な音。

玄室の床に滲む汚汁からひらりと身を翻すあたり、女戦士の動きも手慣れたものだ。

今まで何匹の粘菌どもを潰してきたことか――……。
「ＢＲＡＩＮＮＮＮＮ！　ＢＲＡＡＡＡＡＡＩＮ!!」
などと益体《やくたい》もない事を思うあたり、危惧した通りに君の緊張は途切れていたのか。
横合いから摑《つか》みかかってきた屍人《しびと》が、君の腕へとその歯を突き立てたのだ。
痛みはない。君は舌打ちを漏らし、腕を振り払うようにして迷宮の壁へ叩きつける。
次の瞬間、胸の悪くなるような音を立て、玄室の壁に脳漿《のうしょう》が花を咲かせた。
「リーダー!?」
背後から女司教の声が飛ぶ。君は大事ないと手を振って示した。
それよりも目の前の首なし死体だ。ずるりと崩れ落ちるが、それも一時。
頭を失って尚《なお》、がくがくと病的な痙攣を繰り返して体が立ち上がってくるではないか！
切断面から腐液を吹き出すばかりか、奇怪な菌糸のようなものが蠢きのたくっている。
「生き物と思うな！　こいつらはもう、ただの物体《シング》だ!!」
蟲人僧侶がくの字型の曲刀で、別の死体の足を薙《な》ぎながら叫ぶ。
――なるほど。
君は認識を改めると峰を返し、首なしゾンビの胴を強《したた》かに打ち抜いた。
ごきりと腰骨と脊椎《せきつい》の砕ける音がして、今度こそその肉体が崩れ落ちる。
念には念をとさらに数度叩いて、君はその肉体が塵《ちり》に返るのを確認。これで二体。

――これはなかなか手間がかかる。

君は刀に血振りをくれて臓物を払うと、呼吸を整えて次の敵へと突き進む。

「武具持ちがおらへんな。ツイてんだかツイてないんかわからんけど」

背後から斥候の声。手間どらないが儲《もう》けは少ない。確かにと君は笑った。

だが、もう気を抜くことはしまい。

君は滑るように間合いを詰めると、新手のゾンビの肩口に峰打ちを二度見舞う。

ばきりと音を立てて鎖骨が砕け、両腕がだらりと垂れると同時に転身。

「そぉれっ！」

君が身を翻したのと入れ違いに、女戦士の槍が長柄をしならせてゾンビを叩きのめす。

こと打撃力という意味では、この一党《パーティ》において彼女の槍が一番だろう。

槍というのは突いて払うことばかりに目が行きがちだが、重量を乗せて叩くのも脅威だ。

「ＢＢＢＢＢＢＲＡＡＩＮ……!?」

女戦士によって肉と骨格を叩き潰されたゾンビが塵に返り、三体目が消滅。

彼女は続けざまに槍をくるりと回し、石突でもって足元の死体へ一撃を振り下ろす。

「ふぅっ。息が切れちゃうなぁ、もう……」

君は任せきりですまないと、汗ばむ額《ひたい》にかかった髪を払ってぼやく女戦士へ声をかける。

なにしろ峰で叩くばかりでは、どうにも効率が悪くてよろしくないのだ。

ようは物理的に動けなくすれば良いのだが、トドメとなると、どうにも潰す他あるまい。

となると、どうしたって女戦士の奮闘が鍵《かぎ》になるわけだが――……。

「俺と頭目《リーダー》で、手間暇かけて叩いて回っても良いぜ？」

曲刀を手に引《ひ》っ提《さ》げたまま、蟲人僧侶ががちがちと顎を鳴らした。

彼が転がしたゾンビを縫い止めたまま、女戦士は「そうねぇ」と悩ましげに息をもらす。

そして鉄靴でもってぐしゃりと頭を踏み潰しながら、にこりと微笑《ほほえ》んでこう言った。

「じゃあ残り二体、そうしてくれる？」

君はじろりと蟲人僧侶を睨みつけた。彼は「面白《おもしろ》くなってきた」とわからぬ事を言った。

息を吐き、君は体を蠢かせて迫り来るゾンビどもへと向き直る。

仲間がどうなろうと関係ないのか、それとも生者にしか興味がないのか。

まったく有《あ》り難《がた》くないことに、彼奴らはここで撤収する気もないらしい。

「この分でしたら、《解呪》以外、呪文や奇跡は使わなくて済みそうですね」

「ええ。お仕事がなくなっちゃうのは、ちょっと残念ですけれど……」

君は女司教と従姉の声を聞きながら、腐った死体の腰めがけて横薙ぎに刀を振るう。

まったく、呪文は減らなくとも、こっちの体力にも限界はあるというに。

この先、はたして地下何階までこの迷宮は続くのか。

そこに至るまで、どれほどの屍《しかばね》を積み重ねていかねばならないのか。

つくづくこの迷宮の主《ダンジョンマスター》の根性は腐っている――……。

君の息があがる頃、玄室にはゾンビどもが成れ果てた灰が、うず高く積もっていた。

§

「大丈夫?」

ふわりと汗の香りを漂わせ、ちょこんと座った女戦士が君のことを覗《のぞ》き込んできた。

君は無傷だと応じて、籠手《こて》に食い込んだ歯を予備の小剣でほじくり出す作業を続ける。

玄室の安全を確かめた君たちは、地下三階に下る前の小休止を行うことにしていた。

清められた水を用いて陣を描けば、短時間とはいえ安全を確保できるからだ。

ゾンビどもの灰を寄せた隅では女司教がひざまずき、彼らの冥福を祈っている。

一方で蟲人僧侶は半森人の斥候に付き合って宝箱の確認をしているから、神もそれぞれか。

座り込んでいる君と女戦士の向こうでは、従姉がなにやら荷物をがさがさと漁《あさ》っている。

――まあ、勝手な事をしないならはとこには好きにさせておけば良かろうだ。

「君じゃなくって、籠手の方を聞いたんだけどな?」

くすくすと笑いながら、女戦士は膝《ひざ》に頰杖《ほおづえ》をついて小首を傾げた。

君は籠手の方もだと付け加えて答え、最後の歯をぐいと引き剝《は》がす事に成功した。

音を立てて地面に転がった歯は三つか、四つ。どれも黄ばみ、不潔極まりない。

やれやれと息を吐いてそれを払った君は、女戦士に労《ねぎら》いの言葉をかけた。

「ホントだよね。あんまり任せっきりにしないで欲しいなぁ」

その分、粘菌どもの相手はこちらが引き受けているではないか。

君がそう言うと彼女は「もう」と拗ねたように唇を尖《とが》らせ、君の脇腹を肘《ひじ》で小突く。

胸甲で防御していない箇所なこともあり、彼女の一撃は君の息を詰まらせる。

「こら、女の子を虐《いじ》めてはダメですよ」

虐められているのはこちらだ。君はぷりぷり怒るはとこに反論をした。

何をやっていたのかと見れば、彼女は両手に堅く焼きしめた菓子だのを抱えている。

糧秣《りょうまつ》として出発前に用立てたものとも違うが、察するにこれは――……。

「これから地下三階ですもの！　その前にきちんと食べておかないといけません！」

ええい、このはとこめ。

君は顔をしかめ、はいどうぞと差し出された菓子を二つ取り、一つを女戦士へ放った。

「ふふっ、ありがとね」

彼女は笑顔で菓子を頬張《ほおば》り「美味《おい》しい！」などと快哉《かいさい》をあげている。

それを見てから君は頷き、安心して焼き菓子にかじり付いた。

日持ちするように堅く焼いているため歯ごたえがあり、ばりばりと音が鳴る。

おまけに同じ目的から砂糖をたっぷり使っているから、口の中が甘味の一色だ。

いささか以上に贅沢《ぜいたく》ではあるが、各々《おのおの》に分配した小遣いの使い道は自由だ。

君はそれに口を挟むつもりはないし、それに文句を言うのも贅沢であろう。

だから黙って菓子をかじっていると、はとこは得意げに豊満な胸を反《そ》らした。

「大将、毒味させるのはあかんて……」

宝箱からの戦果を袋に収めた半森人の斥候が、苦笑混じりに寄ってきて菓子をつまむ。

それを聞いた従姉はむっと目を三角につり上げて君を睨むが、まあ毎度のことである。

何せこの従姉は粗忽者《そこつもの》だから、失敗も多く、嫁の貰《もら》い手《て》がいるか心配極まりないのだ。

「まあ、失礼ですね！　お姉ちゃん、お料理で失敗したことはそんなにないですよ⁉」

そんなにときたか。このはとこめ。

「私は美味しいから気にならないけど、ひどい弟ねぇ」

くすくすと女戦士が声をあげて笑い、「ねえ？」と同意を求められた女司教が苦笑する。

「せっかく作って頂いたのですから、有り難く頂いた方がよろしいかと」

珍しく寝坊しなかった事、料理を作ってくれた事、作ったせいで遅刻したこと。

それに菓子が旨《うま》かった事を加味すれば……むむ。加点が多いではないか。

「薄荷《はっか》や生姜《しょうが》が入っていないのはどれだ？　俺はどれでも良いが……」

「それでしたら、こちらのはずです！」

はずときたか。このはとこめ。

蟲人僧侶は気にしない様子で顎に菓子を放り込んでいるので、君は追及を避けた。

それよりも今後の事についてだと君が切り出したのを見て、女戦士が笑みを深める。

何だと君が目を向けると、彼女は「別に？」と猫のように目を細めてくる。

君はそれに取り合わず、地図役を務める女司教へ地図の確認を始めた。

「あ、はい。ええと……」

問われた彼女はがさがさと羊皮紙を広げ、インクの感触を指先でなぞって静かに頷く。

「……階段の場所はもう目の前なので、地下三階への移動自体は大丈夫ですわ」

「地下三階を描き始める時は、階段……縄梯子の位置に注意しろよ」

ばりばりと焼き菓子を顎で砕き、その隙間《すきま》から欠片《かけら》を零しながら蟲人僧侶が口を挟む。

従姉が「あらあら」と言う様子で法衣の端についたそれを指先で摘まみ取った。

蟲人僧侶は複眼と触角をそちらに向けた後、何事もなかったかのように平然と続ける。

「上階の直下に広がってるとは限らんからな」

万一《転移》の巻物を手に入れた時、《転移》の罠にかかった時、座標違いは致命的だ。

どことも知れぬ場所に飛ばされ、位置もわからないならまだ良い。

先ほど聞かされた話を鑑《かんが》みるに、たまたま通路に放り出される期待はしない方が良かろう。

「いよいよ三階か……」と半森人の斥候が腕組みをして難しい顔で唸った。

「どうかしたぁ？」

女戦士がゆるりと小首を傾げると、彼は「いやな」と呟く。

「今ンとこ、床に罠の類《たぐい》はほぼあらへんかったが、次もそうとは限らんやろな、と」

「ああ……」

確かにと頷いたのは女司教だ。地図に罠の印を書き込むのも彼女の務めである。

上階にも罠らしい罠はなくもなかった――あの暗黒の領域も、罠といえば罠だろう。

それでも致命的と呼べるようなものは少なく、君たちはそう慌てる事もなかった。

だが、次の階もそうだ、などと無根拠な先入観を抱くべきではあるまい。

「今までの階層を踏破してきた奴らを、油断させて仕留《しと》めるつもりかもしれんな」

従姉に食い滓《かす》を掃除させるままに、蟲人僧侶が真面目ぶった調子で言う。

半森人の斥候はなんと言ったものか戸惑った末に、それに合わせて緊迫感を滲ませた。

「ほんま、この迷宮の主《ダンジョンマスター》の根性は腐っとるで」

何故だか君の方を見て、女戦士は笑いをこらえて肩を震わせている。君は鼻を鳴らした。

そんな女戦士の横で、女司教が唇に指を当て、物憂げな様子だった。

「他の冒険者の方々に、地図を見せて頂ければ良いのですけれど……」

「いやまあ、そら無理やろ」

半森人の斥候が肩を竦め、首を横に振って応じた。

「命がけで摑んできた情報、飯の種やで。金積まれたって簡単にゃ譲れへんわ」

君もその意見には同意するところがあった。

我々はともかく、他の一党《パーティ》とは、同じ冒険者であっても仲間や友人などではない。

あの貧乏貴族の三男坊ならば――とも思うが、それすらも勝手な話と言えば勝手な話だ。

君だとて、皆と共に歩き回り、女司教が丹精込めて描いた地図を無償で渡したくはない。

「……そう、ですわね」

君は女司教が何かを堪《こら》えるように俯《うつむ》いたのを見て頰をかき、一言そこに付け加えた。

――無論、皆の同意が得られればまた別であろうけれども。

「……っ！　はいっ！」

女司教がぱっと顔を上げ、髪を揺らしながら嬉《うれ》しそうに何度も頭を上下させる。

それを見て君はほっと息を吐いた。

皆が何故だか笑みを深めているのを無視して、先ほど咬《か》まれた腕を曲げ伸ばしする。

わざとらしい動作ではあると自分でも思うが、具合を確かめることは大事だった。

籠手で止まっていたから傷もなく、痺《しび》れもない。籠手も損傷しているわけではない。

「それにしても運が悪いね」

しかしそんな君の動きを覗き込んだ女戦士が、そっとその白い指を伸ばした。

「今までそこまで重たい一撃は食らわなかったのに」

女戦士が言うのは、君の籠手に目立つ咬み痕《あと》のことだろう。

彼女は爪《つめ》さきでひっかくように籠手の上に指を滑らせ、君の耳に囁《ささや》くように一言。

「リーダーの運が悪くて地下三階で全滅なんてなったら、やだなぁ」

ぴたりと身を寄せているせいか、伝わるのは体温と、防護されていない四肢の柔らかさ。

君が思うに、彼女の毒のある言葉はある種の軽口、甘えなのではなかろうか。

諧謔《かいぎゃく》を滲ませることで緊張を緩ませたり、それを否定《ひてい》してもらおうとしたり——……。

「……ん？」

——まあ、だとしてもからかわれる側にしてはたまったものではない。

君は見透かしたように見つめる彼女に肩を竦め、緩めた具足の紐《ひも》を締めにかかる。

もう出立するのだ。皆にも武具や装備の確認をするよう促さねばなるまい。

「はいはい、ちゃんとやりまぁす」

するりと猫めいたしなやかさで身を離した女戦士が、てきぱきと鎧の確認を始める。

女司教はもう一度地図を確かめて折りたたみ、半森人の斥候も手指をほぐしにかかる。

そんな中、蟲人僧侶だけは座り込んだまま微動だにしない。

「ふう、きちんと綺麗《きれい》にとれましたよ！」

その横で、はとこが額に滲ませた汗を拭《ぬぐ》い、実に良い笑顔を輝かせて立ち上がった。

掌に山と積まれた菓子の欠片を見て、誰かが笑いを漏らし、それに釣られた誰かも笑う。

頭に疑問符を浮かべて左右を見回す女司教に、女戦士が耳打ち。

まあと口元を隠すように手を当てた彼女さえも頬を緩ませる中、蟲人僧侶は無言だ。

「………」

のっそりと立ち上がった彼は、がちがち顎を鳴らしながら黙々と装備の確認を始める。

君は彼の尊厳のためにも、口元のひくつきを抑えながら、出発を宣言した。

――地下三階は、もう目の前だ。

§

君は鋭い気合と共に、飛びかかってきた獣へと湾刀を振り抜いた。

白い毛皮の小動物はギャンと悲鳴をあげ、打たれた鞠《まり》のように迷宮の床に弾《はず》む。

同時、それはまさに鞠そのものの勢いで地を蹴って宙へと跳ね上がった。

「RAAAAAAAABIT!!」

「危ない、ね……っと!」

君が刀を引き寄せる間、するりと前へ躍り出た女戦士の槍が唸りを上げて叩き込まれた。

柄で強かに殴打された獣は、臓腑《ぞうふ》の潰れる音を立てて数度弾み、今度こそ動かなくなる。

君は軽く女戦士へ礼を述べ(「いーえ!」)その初めて見る異様な獣の死骸へと歩み寄った。

――まったく、地下三階の出迎えは、なかなか趣向が凝っているではないか。

「ウサギさん……に似てますね」

とことこと君の横に並んできた従姉が、しげしげと死骸を覗き込んで呟く。

――そうだろうか?

君は首を傾げた。鬼天竺鼠《カピバラ》かなにかなのでは?

「かぴばら?」

聞き慣れぬ単語に女司教がきょとりと首を傾げ、女戦士がくすくすと笑う。

むう。君は唸った。そして咳払《せきばら》いし、なるほど、確かにそうかもしれないと言った。

薄汚れているとはいえ真白の毛皮、長い耳、発達した後ろ足などはまさにウサギだ。

けれどその口元からはみ出している前歯は異様なほどに剣呑《けんのん》であり、致命的。

ウサギというのは畑を荒らす狡猾《こうかつ》な害獣ではあるが、こうも攻撃的ではあるまい。

これは見るからに肉食のけだものだ。それも恐らくは、人を食らう類の。

「大昔、どこぞの王が騎士を率いての探索中、襲われた怪物もウサギに似てたらしいぞ」

蟲人僧侶ががちがちと顎を鳴らし、まるで独り言のように呟いた。

「そいつは聖なる法具でないと仕留められなかったと聞く。油断したら食われて終わるぞ」

「せやかて、そんなご大層なイキモンとも思えへんで」

半森人の斥候に続けて、君もそうだそうだと同意を示して頷いた。

縄梯子を下りた直後の遭遇戦、不意討たれたとはいえ、何とか切り抜ける事ができたのだ。

彼我《ひが》の力量差は、そう離れていないのではないかと見た――……。

「あ、あの、わたくしからもよろしいでしょうか……？」

君が掌に残る手応えを確かめていると、不意にくいくいと女司教に袖を引っ張られた。

どうしたと君が小首を傾げれば、彼女は「貴重な事はわかっているのですが」と言う。

「位置を確かめたいので、《座標《ポイント》》の術を用いてもよろしいでしょうか……？」

ああ。君は合点がいったと頷いた。先ほど上で蟲人僧侶に脅かされた一件だろう。

今後の探索を考えれば、なるほど、現在位置をはっきり確かめておくのは良い事だ。

そのあたり、地図役のお師匠はどうお考えだろうか？

「俺はどっちでもかまわん」と顎が鳴らされた。「好きにさせりゃあ良い」

困った。君は天を振り仰《あお》ぎ、代わり映えのしない黒い天井《てんじょう》と白い線に顔をしかめた。

結局、迷った末に君は従姉を呼ばわった。

「はいはい、お姉ちゃんですよ。どうしました？」

嬉々《きき》として歩いてくる従姉《いとこ》に、君は一党《パーティ》の呪的資源《リソース》管理役としての意見を求める。

ここで一度、術を使ってしまってもかまわないだろうか。

「そうね……」と従姉は真剣なそぶりで唇に指を当て「良いんじゃないかしら」と言った。

君がずいぶんあっさり決める物だと言うと、従姉は「だって」と豊かな胸の前で手を合わせる。

「今回はお試しなのですし。地下三階まで来た以上、後は帰ることだけ考えましょう？」

ね？　と下から同意を求める仕草は、まるで弟を窘《たしな》める姉のようで、君は目を伏せた。

昔は君より背丈《せたけ》も高かったように思うのだが──まあ、それは良い。

君は従姉の意見を受けて少し考え、半森人の斥候を呼ばわって収穫について確認を取る。

「あン？　せやな……。稼ぎとしちゃあ、まあ、悪いこっちゃないと思うで」

宝箱は怪物が守る玄室にしかない。それを避けていたつもりなのだが、稼げているのか。

「道々おっ死んでた連中の死体から、小銭ももろうたからな。認識票を埋葬する駄賃やわ」

じゃらりと音の鳴る革袋を腰に揺らして、彼はにかりと笑って見せる。

悪びれる仕草のなさに従姉は少し眉をひそめるが、君は「そうか」と頷くばかりだ。

死人は武器を持たないし、金も使わない。はぎ取られても文句もいえまい。

その上で──自分が倒れた時、誰かが埋葬してくれるなら有り難い事だろう。

君はそう考え、ふと初めて出会った時、女戦士が死体袋を引きずっていた事を思い出した。

今、思えば、あれはずいぶんと優しい行動であったに違いない。

「……なぁに？」

いや、なんでも。君は女戦士の剣呑な視線を笑って受け流し、良いだろうと結論を出した。

どうせ今回は三階の玄室に一当てし、無理せず引き上げるつもりなのだ。

ここで呪文一回を使って足元を盤石にしておくことは、次に来る時の役に立つ。

君がそう伝えると、女司教は前のめりになり「ありがとうございます」と顔を輝かせた。

「では、すぐにすませますわね。《エゴ……ケルタ……ザイン《己確実存在》》」

真に力ある言葉が唱え上げられ、世界に響きわたる。

——言葉は風の神が作り上げ、それを知恵の神が文字としたのだと言われている。

言葉は音であり風なのだろう。女司教の言葉が玄室に満ちるのを君は感じ取る。

君とて剣士でありながら魔術に親しむ以上、その流れを理解する能力は必須だ。

恐らく、今頃《いまごろ》は女司教の脳裏《のうり》では、世界が格子状に切り開かれているに違いない。

そうして自分の位置を摑み取るこの術は、極めて初歩的なものの一つとされていた。

「……わかりましたわ」

ほう、と女司教が未《いま》だ豊かならざる胸元《むなもと》に手を当て、悩ましげに息を吐く。

「やっぱり、上の階とはズレがあるみたいですわね。地図をそのまま描いていたら……」

「はぁー、便利なもんやのう」

半森人の斥候が感心したように腕を組んで声を漏らした。

斥候である彼が同じような事をしたければ、己の経験と勘だけが頼りになるだろう。

それだって研鑽《けんさん》を積んでいる以上、素養のない君などとは比べものにならない。

その上で、魔術の方が上回るというのは……それが才能《タレント》とされる所以《ゆえん》か。

「こっから先、迷ったらそン魔術を頼りにさせてもらうで！」

「そんな……」と女司教は照れ照れと頬に手を当てた。

「……何度も使えませんし、大したことでは」

「じゃあ、いっぱい使えるようになったら斥候は一党《パーティ》にいらないってことねぇ」

女戦士が満面の笑みと共に両手を合わせ、半森人の斥候が「おおっと」と天を仰ぐ。

君はそんな仲間たちの姿に口元の端を緩めながら、刃を懐紙《かいし》で拭って鞘に納めた。

「行くのか?」

蟲人僧侶の言葉に君は頷く。

行く手に広がるのは見飽きたような、暗闇の迷宮だ。

瘴気溢《あふ》れ、薄暗がりの中には通路の輪郭線ばかりが薄ぼんやりと浮かび上がっている。

景色ばかりは代わり映えしないが、この先に待ち受けている物は上階とは異なるだろう。

故に、まずは一当て。

玄室を探し、飛び込み、一戦して、帰る。

それは初めて地下迷宮に挑んだ——この迷宮に潜む《死》と戦い始めた時と変わらない。

とすれば、幸先は良いのかもしれない。君は白い獣の死骸を見て考える。

この怪物が、この階層ではたしてどれほどの位置にあたるものかはわからない。

恐らく、強者《つわもの》という事はあるまい。だがそれでも、君の剣は通じたのだ。

それがわかっただけでも十分、この先へ進む勇気へ繋《つな》がるというもの。

君は決意を新たに頷き、武具を検め、仲間たちに「行こう」と声をかける。

そして第一歩を踏み出した君の足元から、ふっと地面が消え失《き》せ《う》た。

§

「リーダー！」

おおっと、落とし穴《ピット》！

空中に放り出された君は、重力に従って落下しながら無我夢中で両手を振り回した。

伸ばした手の先が何かに触れると、君はそれを渾身《こんしん》の力を込めて握りしめる。

掌が擦れて焼かれるような痛みが走り、腕と肩が絞られるように伸びて筋肉が突っ張る。

それでも手を離さないでいられたのは、何のことはない、君が死にたくないからだった。

「だ、大丈夫かぁ、大将っ⁉」

「お……もぉい……ッ！」

半森人の斥候と女戦士の声に頭上を見た君は、やっと自分が槍の柄を摑んだ事に気づく。

落とし穴の端で踏ん張る女戦士の腰へ、斥候が腕を回して支え、君を吊《つ》ってくれたのだ。

「待て、俺に貸せ。握力ならば俺の方が強い」

「お願ぁい……！」

ぐいと横合いから伸びた蟲人僧侶の手が槍の柄を摑み、女戦士が息を吐く。

君はそれに合わせて体を振り、落とし穴の壁に足をついた。踏ん張り、力を込める。

「引き上げるぞ。一歩ずつ上がって来い。そっちが手を滑らせたら終わりだ」

頼むと君は応じて、ぐ、ぐ、と壁を踏みしめ槍を手繰《たぐ》り、落とし穴からの脱出を試みる。

額に汗が滲み、息が切れる。歯を食いしばり、君は腹に力を込めてぐっと踏ん張った。

一歩、二歩、三歩、四歩。数えてみれば、君の落下距離はさほどのものでもない。

それはつまり仲間たちの助けが少しでも遅れていたら、届かなかったという事だろう。

間一髪で君は落とし穴から生還し、ぜいぜいと息を荒くしながら三階へと這《は》い上がった。

「もうっ、ダメじゃないですか、きちんと足元を見なくては……！」

従姉が血相をかえて君に駆け寄ってくる。

足元を見たからどうというものでもないが、君の不注意であることは間違いない。

君はともかく助かった、助けられたことを仲間に感謝し、腰の水袋の中身を口に含んだ。

「まったく、手が痛くなっちゃった……」

額の汗を拭いながら、女戦士が君に対して唇をとがらせて不平を述べる。

君は悪かったと謝罪する一方、彼女の迅速な対応に礼を伝えた。

あれがなければ落下は免《まぬが》れなかったろう。女戦士は「別に？」と呟き、顔を背けた。

君は水袋の中身をもう一口飲み、手早く装備の確認に取りかかる。

何か穴の底に落っことしていなければ良いのだが――……。

「下ァやばいで。大将、落ちたらあかんかったわ」

半森人の斥候が、松明《たいまつ》を穴の奥底へと投じて覗き込みながら言う。

準備が良い――迷宮で松明は不要だ――ものだ。息を整えた君も、穴の底へ目を向ける。

落とし穴の底には幾本もの鋭い棘《とげ》が生《は》え揃《そろ》い、哀れな犠牲者の骨を貫いて晒《さら》していた。

仲間たちがいなければ、君も先人と同じ末路をたどっていたに違いあるまい。

万一運良く串刺しを免れても、腰骨を折って動けなくなり、餓死を待つばかりだろう。

君は自分の無様《ぶざま》を深く恥じ、重ねて仲間たちへの礼を述べた。

このような失態が十度もあれば、君は名誉のためにも自死を選ぶしかあるまい。

その一方、罠にかかったのが自分で良かった、とも思う。

女戦士や蟲人僧侶、半森人の斥候ならともかくも、従姉や女司教では危うかった。

「……やっぱり、もうこの階層から罠があるのですね」

女司教が顔を強《こわ》ばらせながら、地図に手早くこの仕掛けのことを走り書きしている。

そうこうしているうちにも落とし穴の蓋《ふた》はぴたりと閉じて、元通りの床へ戻った。

君の目では、到底ここに仕掛け扉があったなどとは看破できまい。

「これからも気をつけて歩かなけりゃならねえって事だな……」

君は蟲人僧侶に頷き、専門家である半森人の斥候へ意見を仰いだ。

「それより先に。さっさと場所ォ移った方が良いで、大将」

が、彼の返答はきっぱりしたものであった。

「罠に驚いてうっかり足ィ止めちまって、また引っかかるって事もあるさかいな」

なるほど。それは是が非でも避けたいものだ。

君は仲間たちへもう一度繰り返し謝罪を述べた後、斥候を先頭に進むよう指示を飛ばす。

代わりに蟲人僧侶には後列へ下がってもらう事にしよう。

「良いのか?」

がちがちと顎を鳴らす彼へ、ともあれ今は罠への対策が優先だと君は述べる。

「ふふ、よろしくお願いしますね」

「お、お願いします……っ」

従姉がにこにこと隣に並ぶ蟲人僧侶を見上げ、女司教がぺこりと頭を下げた。

まあ、なんだかんだ言って彼は面倒見が良い。従姉も世話好きだ。上手《うま》く行くだろう。

「よっしゃ、ほなら大将、とっとと移動すっぞ!」

うむ。君は半森人の斥候に頷いて、足早に歩き出した。

あーあ、と手をわざとらしくさすりながら、槍を担《かつ》いだ女戦士が君の横に並ぶ。

「ホント、君って今日は運がないね?」

幸先は良いはずなのだ。君はそう言い返して、地下三階の奥へと目を向ける。

──まったく、地下三階はなかなかに愉快痛快ではないか。

「……地下三階にもスライムっているのかなあ……」

不意に彼女がぽつりと呟いた弱々しい言葉に、君は思わず苦笑した。

それがだいぶ堪《こた》えたからなのか、単なる軽口の一環なのかは定かではない。

落とし穴よりマシだろうと君が言うと、彼女は「そうね」と僅《わず》かに頬を緩めた。

君はそんな他愛《たあい》のないやりとりを彼女と続けながら、自分は落ち着いていると言い聞かせる。

地下三階という初めての領域だから緊張しているのだろう。

呼吸を整え、肩の力を抜いて、改めて周囲を見回す──代わり映えのしない黒と白の迷宮。

前では半森人の斥候が、鋭い目つきで右、左としょっちゅう視線を切り替えながら床を踏む。

なにかコツでもあるのかと問うと「せやなあ」と彼は腕を組んで難しい顔をした。

「あっちこっち見比べて、ちょいとでも違和感があったら気をつける、ってとこやな」

そんなものか。

「そんなもんや」

後は慣れと経験と勘が物を言うのだという。なるほど、確かに勘働きは大事だ。

納得のいく答えに君は索敵を彼へ任せ、今度は後列へと目を配る。

君の一党《パーティ》はそう短くない時間、行動を共にしている。

だが隊列を変えたのはこれが初めてだ。上手く行っていると良いが──……。

「まあ、そんなに難しいのですか？」

「ああ、法典を読み解くよりも困難だ」

眼帯で覆《おお》われていなければ目を丸くしていただろう女司教へ、蟲人僧侶が深刻に頷く。

「魔球《ウィズボール》の動勢を読むのはな。勝ったと思って目を離すと負けるのだ」

「あの子も勘働きを鍛えるためとかいって、賭《か》け事《ごと》に手を出さないと良いのですけれど……」

失礼なことを言うな、はとこ。

君がそう言うと、彼女は「あら、聞こえてました？」と頬に手を当てくすくす笑った。

「はいはい、お姉ちゃんの方は心配いらないから。後ろは任せて前に気を配ってくださいね」

ええい、はとこめ。

君がそう短く罵《ののし》ると、後列に並ぶ女司教までもが笑いを堪えて細い肩を震わせるではないか。

まったく。君が助けを求めて蟲人僧侶を見やると、彼は触角を斜めに背けて顎を鳴らした。

「俺はどうでも良い」

――なんたる。

君はやれやれと首を横に振って、前へと視線を向け直す。

軽口を叩いているようではあっても、それぞれがそれぞれの仕事をしている。

警戒は怠《おこた》らず、かといって不必要に緊張せず。

大丈夫、できているはずだ。君はそう自分に言い聞かせ、慎重に歩き続ける。

「大将」

やがて、半森人の斥候から鋭い声が飛んだ。

「――――玄室やで」

君の眼の前には、重厚な扉がそびえ立っている。

さあ、待ち望んでいた戦いの時だ。

§

勢いよく扉を蹴って飛び出した先は、予想に反して長く続く回廊のようであった。

玄室と異なり、君たちを待ち受けているような怪物は存在しない。

安心した反面、拍子抜けしたような心持ちで君たちは武器に添えた手を緩めた。

「ふぅ……。ったく、緊張して損したわ」

「そうねぇ。緊張するなら宝箱にとっといてもらわないと」

「せやせや!」

ほっと息を吐いた半森人の斥候と女戦士が、君の隣で軽口を交わす。

気の抜けたような掛け合いだが、緊張を解《ほぐ》すのは大事なことだ。君も咎《とが》めたりはしない。

「前進か? 戻って他を探すか?」

どっちでも良いぞと蟲人僧侶が問うが、君は無論前進だと頷いた。
まだ階段からさほど離れたわけでは――帰路を心配するほどではないのだから。
君は仲間たちと共に、迷宮の奥深くに向けて一歩ずつ足を進めていく。
「……やっぱり、初めて来るところだと緊張しますわね」
女司教が羊皮紙に尖筆《せんぴつ》を走らせながら、小さな声で呟く。
会話が途切れてしまえば、後に響くのは彼女の筆使いと、自分たちの靴音ばかりだ。
あちらこちらと視線を向けながら歩く斥候に先導され、君たちは暗黒の中を進む。
と、やや通路を進んだところで、壁面に扉を見つけ、君は片手を上げて隊列を止めた。
回廊はまだまだ続いているようだが、玄室かもしれない。
「調べてみます？　まだ何にも見つけていませんし……」
君は従姉の言葉に頷き、そっと扉の表面に手を触れてみた。
相も変わらず代わり映えのしない鉄の扉。ひやりとした感覚が籠手を越えて伝わる。
しかしその向こうに待ち受けている存在を思えば、君とて気を引き締めてかからねば。
君は鎧具足を確認し、濡刀を抜いて目釘《めくぎ》と刃を検めて、戦いへの備えを整える。
同時に仲間たちにも武具の点検を促し、さらに君自身の目で点検を行っていく。
「ん、ありがとね」
女戦士などは手慣れたもので、髪をかきあげて背や脇《わき》の鎧留具を見せてくる。

からかい半分ではあろうが、命がかかっているのだから素振りは真面目なものだ。

君は問題なしと頷いて、次に半森人の斥候の肩を叩いた。

「お、おう。大丈夫や……何ともあらへんで、大将」

びくりと驚いた風に身を震わせる彼だが、すぐに平静な様子で何度も首を上下させる。

君は笑った。前衛として戦ってもらうことに変わりはないが、そう気張る必要はない。

攻撃役としては自分や彼女がいるのだから、補助に徹してくれれば助かるのだ。

実際、蟲人僧侶にもそういった役目を期待していたのだから、なにも変わらない。

「わぁっとるって。……おう、大将も今日はツイとらんさかい、気ィつけんとあかんで」

幸先は良いのだ。君は彼の軽口にそう返し、後列へと目を向ける。

そこでは従姉と女司教が、くるくると回るようにして互いの装備を確かめ合っている。

その隣では蟲人僧侶が鞘から抜いた曲刀を確かめ、こちらに向けて頷いていた。

彼が問題ないと言うのなら良いだろう。これで準備は整ったわけだ。

よし。

君は頷き、気合い一番、常通りに思い切り片足を振り上げて扉へ叩きつけた。

——いてっ！

鈍い音が迷宮に響き、君は迷宮で初めて感じる痛みに思わず爪先《つまさき》を抱えてうずくまる。

「あらぁ、痛そぉね」

女戦士がくすりと笑うのも無理はない。

君の一蹴りを受けて尚、この扉はまるで微動だにしていないのだ！

「だ、大丈夫……？」

慌てた様子の従姉が君を覗き込むが、やれやれと蟲人僧侶が首を左右に振る。

「奇跡の類も必要ねえな、そのうち治るだろう。気にするな」

どうでも良くはないのだが、君はうずくまったまま片手を振って斥候に指示を飛ばす。

これは本職に調べてもらった方がよさそうだ。

「ほいきた！」

「……ほ、本当に痛そうですね……」

女司教が苦笑混じりに「さすりましょうか？」と問うが、君はぐっと堪えて首を振る。

斬《き》り合いで傷つくことに比べたら大したことはない。ないはずなのだ。

そうして君はどうにか立ち上がった。

迷宮の恐ろしい罠を潜《くぐ》り抜け、必ずやこの扉を蹴破《けやぶ》ってやらねば。

「んー……。罠はなし。いつも通りの鍵がかかっとる扉やな」

なんたる。

「ちょい待ち。やってみっから」

半森人の斥候は、ふだん宝箱を調べるのにも用いている道具を取り出し、鍵穴に当たる。

七つ道具などと良く言われるがそれは比喩《ひゆ》で、君が見たところ道具の数は七より多い。針金細工のようなもの、細いヤスリ、どれも斥候ならではの工夫が加わっているらしい。

「罠じゃないんだって」

君の隣で笑いに肩と声を震わせながら、女戦士が囁くように君の失態を揶揄《やゆ》する。

む、と唇を尖らせた君は「この先にスライムがいるやもしれぬ」と言い返す。

彼女は「感じ悪いなぁ」と顔をしかめた後、追撃とばかりに目を細めて一言。

「今日は本当に幸先が悪いね？」

君は不貞腐《ふてくさ》れて腕を組んだ。しかし事実として消耗はしていないのだ。幸先は良い。

しばしの間、かちゃかちゃという金属の擦れる音だけが響く。

別にここに限った話ではなく、玄室には鍵がかかっているものだ。

最初の頃は逐一解錠していた冒険者たちも、繰り返すうち面倒くさくなったのだろう。

扉に罠はないらしいと悟ると、いつしか蹴り破るのが常になっていた。

蹴破れなかったのは君の未熟か、扉の立て付けのせいか。後者に違いない。まったく。

「あの……」

その待ち時間に何かできることはないかと、女司教が地図を広げて蟲人僧侶に差し出した。

彼は甲殻《こうかく》ばった指先で羊皮紙を受け取り、検め、触角を揺らして「気にならん」と言う。

「リーダー、どうだ」

爪先で挟んで差し出された地図を君も受け取り、ざっと目を通していく。

こうして足を止めている間にも襲撃の可能性を思えば、周囲に気を配る必要はある。

そのため丹念にというわけにはいかないが、君の目から見ても問題はないようだった。

「……良かったです」

君たちの答えを聞いた女司教は、ほっとその未熟な胸元に手を当てて息を吐いた。

返された地図を丁寧に畳んでしまい直した彼女は、素朴な様子で、ふと小首を傾げる。

「それにしても不思議なのですが……」

どうしたのだろうか。君の言葉に彼女は「大した事ではないのですけれど」と言う。

「何故扉は全て閉まっているのでしょう？　わたくしたちだって何度も開け閉めしているのに」

「この迷宮の主は、根性が悪いからな」

蟲人僧侶が顎をがちがちと鳴らして、深刻な素振りで頭を上下させた。

「魔法か何かで、必ず鍵がかかるようになっているのかもしれん」

「《施錠》《ロック》の術ですね」

すかさずそこに従姉が口を挟む。

魔道は自分の領域と任じているのだろう。口調は自信に満ち、豊かな胸も反らしている。

認めたくないことだが、このはとこ、君や女司教より術者としての力量は上だ。

何故認めたくないかと言えば、認めると絶対に調子に乗るだろうからだが――……。

「簡単な術ではありますけれど、それだけに術者の技量が反映されます。自動で、となると」

相手はよほど高位の術者である、ということか。

君がふぅむと唸る合間に、するりと横の女戦士が動いて従姉へと声をかける。

「じゃあ、逆に鍵を開けちゃう呪文はないの？」

当然のように従姉は「ありますよ」と得意げに胸を反らして応じた。

「ただこれもやはり、術者の技量が大きく反映されてしまいますから……」

「じゃあお姉ちゃんがもっと成長したら、鍵開けの斥候はいらないわねえ」

にこにこと両手を合わせた女戦士へ、半森人の斥候が「おおっと……」と呻《うめ》く。

君は顔をしかめ、大丈夫だと太鼓判を押して保証した。

どう考えたところで、はとこに索敵や罠のことを任せるわけにはいかないのだ。

「む、それはどういう意味かしら？」

言葉通りの意味だが。君は素知らぬ顔をして誤魔化《ごまか》し、もうっと膨《ふく》れる従姉をやり過ごす。

さて、などとふざけている間に、そろそろ鍵開けは終わっただろうか――？

「……おう、開いたで」

額の汗を拭って大きく息を吐く斥候へ、ちょこちょこと女司教が水袋を手に歩み寄る。

「どうぞ」と差し出されたそれを斥候は「あんがとな」と受け取り、一口、二口。

「ったく、なにが出てくっかわからへんっつーのは神経使うで、ほんま」

罠にせよ怪物にせよ、だ。君は軽く肩を竦めて一党《パーティ》の面々を見回した。

先ほどは肩すかしを食らったが、今度はそうはいくまい。

もしも二度連続で空振《からぶ》りとなれば、その怒りはこの地下迷宮の主にぶつけるとしよう。

「いけるよ」

「おっしゃ、いつでもええで……！」

女戦士が気楽に声をあげ、半森人の斥候がぶるぶるとふるえる手で短剣を逆手に握る。

武者震いの一つ二つ自分とてするものだ。彼が問題ないなら、問題ないのだろう。

君は呼吸を整え、湾刀の鞘を払って片手に構え、扉めがけて片足を振り上げる。

――さあ、戦いだ！

蹴倒された扉の隙間から、君たちは雪崩を打って玄室へと飛び込んだ。

室内に満ちた薄闇の中、蠢く気配は四――否《いな》、後列あわせ六。

「――！　杖《つえ》持ち！　いけません、呪文使いです！」

従姉の鋭い声。君は暗闇に目を凝らし、敵の正体を見定める。

なるほど、確かに奥に潜む者どもは外套《がいとう》を纏い、手に杖を持っている。魔術師の類か。

しかし君が目を見張ったのは、むしろその前衛を担う男どもであった。

闇に溶けるような暗い色合いの装束《しょうぞく》を纏った彼らは、一様に、異様な面をかぶっている。

つるりと白いそれは化粧を塗りたくったようで、赤い模様と、大きな目が描かれていた。

なにを戯画化したものか、君にはまるで見当がつかない。

目と表情が一切《いっさい》動かないのでなければ、そういった顔の怪物とさえ思えるのだ。

「初めて相手する敵だ、気ィ抜くな！」

後列から蟲人僧侶が鋭く声を発する。半森人の斥候と、女戦士の返事が響く。

君は声を出さず油断なく刀を両手で握り、擦り足で足場を確かめながら間合いを探った。

その爪先がかつりと何かを蹴って音を立てる。転がる骨は人のそれか、あるいは怪物か。

この地下迷宮、道に迷って力尽きるより、死合の末に殺された者の方が多かろう。

一歩間違えば、君らとて同様に屍を晒すことになるのだ。

迷宮では、玄室の片隅に転がった背骨に花が咲く事もない。

「…………」

仮面の男どももまた、音もなく滑るような動きで玄室の中に広がっていく。

恐らく、後列の術を通しやすくするためだ。君は兜《かぶと》の下で素早く視線を左右に走らせる。

身を低くし、手足を用いて這うが如くだが、その速度は滑らかで――速い。

と、男どもが鞘走《さやばし》りを軽やかに響かせて、次々と背に負うた直刀を引き抜いていた。

君は舌打ちをする。その動きを目に留めることができなかったのだ。

恐らくは背の鞘を肩越しに投げるよう前へ回し、腰元で抜き放ったのだろう。

――できる。

君は前方の敵影から目を逸《そ》らさず、従姉に術の采配《さいはい》を任せると声をあげた。

「はい！」と、張りつめた声で応じたのは女司教である。

察するに従姉もまた隊列の隙間から狙い定めているか、意識を集中させているのだろう。

長い付き合いである君は後を従姉へ任せ、呼吸を整えて仮面の男どもへ向き直る。

――二。

君へ向かってくる仮面の男は、二人。女戦士と斥候に一ずつ。

脅威と見て取られたか。君は苦笑混じりにそう思う。迷惑であるが、有り難い。

つまりはそれだけ仲間たちへの負担が減るということだ。

額から滴《したた》る汗が頬を伝って流れる。もう左右の仲間を窺う余裕はない。

ぐっと視界が絞られ、目前の二人へと焦点があってすぼまっていく。

耳鳴りがするように周囲の音も遠ざかり、残るのは君と敵だけの単純明快な認識だ。

君はぐっと刀を引き寄せて後方に下げ、右足を引きつつ左半身を前に身構えた。

相手が下から来るのであれば、最悪でも左で受け、切り上げて捨てるつもりであった。

距離が詰まる。相手の得物は見えている。間合いはわかる。相手に君の刀は見えまい。

一人ずつならば、先の者を斬って捨て、次へ向かえば良い。だがそうはなるまい。

二人同時に切りかかってきたならば――どうする。

――何のことはない。

初太刀で一人を斬り、刃が届く前に返す刀でもう一人。刹那《せつな》の斬り合いで先を取る。

彼我の間合い、その僅かな差分が、君にとっての活路。そこを狙う。君は呼吸を整える。

ず、ず、と君は足を摺《す》って前へ送り出す。誘いの呼び水。こちらから寄らば斬るぞ。

仮面で顔を覆った男どもの表情は窺えず、君の挑発に動揺した気配もない。

ただ身を伏せ低くし、情勢を読んでいる事だけが身のこなしからわかるのみ。

まったく、やりにくいことこの上ない。であるならば、もう一歩――……。

「――！」

そう思った時、石畳が弾《はじ》けるような乾いた音がして男の姿が掻《か》き消えた。

君は反射的に刀を振り抜くが、その刃は空を斬る。手応えはない。

遅れて次の瞬間、君の真正面に音もなく影が降って沸《わ》いたように現れた。

跳躍！

君がその事実に気づいた時には、すでに視界いっぱいに赤い模様の白面《はくめん》が押し迫っていた。

――なるほど、これは虎か。

次の瞬間、全てが鮮やかな赤に染まり、天地が裏返る。

君は、首をはねられた！

§

「――――!!」


悲鳴のような叫び声をあげ、女戦士が君の名を呼ばわるのが聞こえた。

うずくまる君を見て、従姉もまた声にならない悲鳴をあげている。

君はそれに何か応じようとしたが、ごぼりと血が溢れ、言葉にならない。

喉《のど》を押さえ込んだ君は、迸《ほとばし》る血と共に力が抜けたかのように膝から崩れ落ちていた。

どうにか立ち上がることを試みる君だが、自らの血で溺《おぼ》れるばかりだ。

仲間たちの声、戦いの音も、今はどこか遠い。

なんたる失態であろうか！

君は霞《かす》む思考の中でそんな事を思いながら、それでも戦場を窺おうと目を見開く。

斜めになった視界に、女戦士が美貌を蒼白《そうはく》にさせてこちらへ駆け寄らんとするのが写る。

――それは、まずい。

「前衛を崩すな、抜かれるぞ!!」

君がごぼごぼと音を漏らすより早く、後列から蟲人僧侶の鋭い叱咤《しった》が代わりに走った。

「……っ！」

「なんっ、とぉっ!!」

ぎゅっと唇を噛む女戦士の目前。死に体の君へ迫ったとどめの一撃を、短剣が弾く。

半森人の斥候だ。忍びの者の攻勢を防ぎつつ、咄嗟《とっさ》に短剣を投擲《とうてき》してくれたらしい。

とはいえ彼も余裕はないのだろう。逆手に抜いた短剣で、受け流すのが精一杯の様子。

もとより戦闘職ではないのだ。受け流し《パリィ》できるだけでも上等だろう。

「落ち着けぇっ！　まだ大将生きとるやろが、踏ん張りどこやぞ!!」

彼は額に汗滲ませ必死の形相《ぎょうそう》で声をあげ、視線を自分の相手から逸らさずに防御を続ける。

「退くんか、やるんか!?」

「俺は、どっちでも構わん!!」

ぐいと体が浮くのは、後列から飛び出した蟲人僧侶が体を抱え上げてくれたからだろう。

後列へと引き下げられる君が見たのは、叱咤され我を取り戻した従姉が、短杖を握る姿だ。

「……っ！　指揮を引き継ぎます！」

彼女は君の傷を観察し、即死する類の致命傷ではないと見て取ったのだろう。

時間はない。だが、だからこそやるべき事を従姉はきちんと理解しようと努めている。

だからその唇が「すみません」と動くのを見て取り、君は微かに頷いた。

「……ここは、治療より状況打開を優先します！」

従姉の判断は素早く、そして明瞭であった
「私は《舞踏《ダンス》》からの《火球《ファイアボール》》！　あなたは《沈黙《サイレンス》》から合わせて！　相手の攻勢を封じます！」

「は、はい！」

「俺はどうする、上がるか？　構わんぞ！」

女司教が真剣な面持《おもも》ちで頷くのにあわせ、蟲人僧侶が顎を鳴らして指示を仰ぐ。

すでに彼は片手に曲刀を構えており、言葉通りどうとでも動ける体勢を整えている。

「お願いします！」

「応！」

躊躇のないやりとり。蟲人僧侶は君の首もとの傷へぐいと布を押し付けると、前へ走る。

見る間に赤く染まる布を君は力を振り絞って押さえ、止血を試みながら目を動かす。

槍を振るって直刀を弾いた女戦士が、焦燥感を滲ませた声をあげたところであった。

「ちょっとぉ！　それ、彼を放っておくってこと⁉」

「迷っている暇はありません、やりましょう……！」

しかしそれを遮《さえぎ》ったのは、努めて平静さを保とうとしている女司教の声であった。

自らより年下の少女に阻《はば》まれ、女戦士は何事か言おうと口を開き、閉じ、舌を打つ。

「……わかったわよっ！」

「やるっきゃあないってことやな。気張るでぇ……！」

無論、ここまでのやりとりとて、悠長に手を止め会話をしていたわけではない。

状況が転がる中、各々が各々の役割を懸命に果たしながら声を張り上げていたのだ。

君の見る限り、戦いの命運をわけるのは、やはり単純な戦力の差であろう。

「っ、このぉ……っ！」

迷宮の瘴気に魅入られた者の成れ果てか、はたまたこういう怪物なのか。

いずれにせよ虎の如き仮面をつけた忍びの者どもは、なかなかの手練《てだ》れ。

それに対して君が倒れた今、一党《パーティ》の前衛を担う本職は女戦士一人しかいない。

縦横無尽に槍を振るって牽制《けんせい》すれば体力は消耗し、伴って集中力も途切れていく。

それでも女戦士は息を荒らげ、汗する額に髪を張り付けながら、二人の敵を相手取る。

ほどなく足元がおぼつかなくなってしまえば、この戦いも終わりだ。

「うひぃ、やっぱおっかねえ……っ！」

「騒いでるんじゃねえよ、とにかくしのげ！」

女戦士が崩れれば、半森人の斥候と、蟲人僧侶だけで四人の敵を防げるわけもない。

前衛は崩され、後列に切り込まれ、従姉と女司教にも無惨《むざん》な最期《さいご》が待っているだろう。

そうでなくとも時間を与えれば、相手の術者が呪文を完成させて解き放つに違いない。

とすれば、君たちに勝ち目はない――……。

「《ムーシカ《音色》……コンキリオ《接続》……テルプシコラ《舞踏》》!!」

――しかしながら、明確な意味で戦いが始まったのはこの直後。

その皮切りは、従姉が朗々と唱え上げた真に力ある言葉であった。

「……!?」

「……！？！？」

ほんの僅か、一手だけ先んじた従姉の術によって、文字通り忍びの者どもが浮き足立つ。

歌うような呪文の旋律にあわせ、忍びの者どもの足が踊るように震え、手が空を切る。

その隙《すき》を、女司教の見えざる瞳《ひとみ》は見逃さなかったに違いない。

《汝《なんじ》らに、黙秘の光あれかし》……!!」

天秤剣を打ち振るい、天上の神々への直接嘆願。神聖なる祈禱《きとう》が静寂の帳《とばり》を引き寄せる。

秩序を尊ぶ至高神のもたらした沈黙は、後列で呪文を編んでいた魔術師どもを包み込む。

もはや杖をいくら振り回そうと、その口から紡《つむ》がれる言葉には一切の力は宿らない。

女司教は幼さの残る顔に、あのどこか冷たい微笑を薄く浮かべ、唇を緩める。

「これで、術は……！」

「もぉらった！」

「……⁉」

そこに響くは女戦士の鋭い声。ぐんと振り抜いた槍の柄が忍びの者の足を叩き、払う。

宙に浮いたその腹めがけ、大きく円を描いた槍が上段から打ち込まれ、肉を叩き潰した。

鞠のように玄室の床に叩きつけられた忍びの者は、大きく弾んで猫のように着地する。

「しぶとい……っ！」

痛痒《ダメージ》には繋がっているはず。生きているのならば殺せるはずだ。

しかし――表情がわからないのでは判別がつかない。

人とも獣ともつかぬ動きで女戦士を囲む忍びの者の数は、やはり二つ。

だからこそ状況を決定づけるのは、やはり単純な戦力の差であった。

《舞踏》の術を維持し続けていた従姉が、その短杖をくるりと回して敵陣へと突きつける。

敵の攻勢は封じられた。後は攻勢あるのみ。それは単純明快な真実だ。

「《カリブンクルス《火石》》！」

その鮮やかな言葉によって、世界の法則は瞬《またた》く間に書き換えられる。

大気の沸騰する臭いとともに、従姉の杖に熱量が集まり、炎が生み出される。

術の始点を見切られやすいとはいえ、狙い定めるのにこれほど適した道具もあるまい。

「合わせます！　――《クレスクント《成長》》!!」

続けて女司教が天秤剣を振りかざす。至高神の威光を示すその祭具に、魔導の炎が灯《とも》る。

世界の法則を書き換える真言《トゥルーワード》は、法を担う神の下で承認されたのだ。

二人の娘はそのまま朗々と、世界を構築する力ある言葉を歌い上げる。

「「《ヤクタ《投射》》!!」」

三つ目の真言とともに、二人の乙女《おとめ》が振り抜いた先から《火球》が投射される。

それはひょうと音を立てて前衛の隙間を飛び越え、敵陣のど真ん中でもって炸裂《さくれつ》した。

轟音《ごうおん》、灼熱《しゃくねつ》、肌を焼く風が吹き抜け、君は焦点の滲んだ視界を思わず細めた。

「っとぉ……！　姉さんら、派手にやるなぁ……」

玄室を満たす、ぶすぶすと焦《こ》げ臭《くさ》い黒煙から半森人の斥候が転げるように距離を取る。

「ダメよ。まだきちんと仕留めたか、確認しないと……！」

けほりと軽く咳込《せきこ》んだ女戦士が、油断なく槍の穂先でもって煙を薙ぎ払《はら》う。

密閉された玄室に風の吹きようもないものだが、渦巻く黒煙はほどなく消えていく。

続いて鼻に届くのは、肉と骨の焼ける異様な臭いだ。

煙の向こうから音もなく現れたのは――死体。

ぼろぼろに焦げた外套を纏い、杖を手にした、死体。

それだけだ。

「………こいつぁ」

蟲人僧侶が顎を鳴らし、触角を揺らす。半森人の斥候が油断なく四方を見回す。

女司教は手にした天秤剣を構え、従姉は汗で滑るのか短杖をしきりに握り直す。

五秒待ち、十秒待ち――やはり、何も起こらない。

やがて奇跡によってもたらされた静寂も消え失せ、肉が残り火でぱちりぱちりと弾ける中。

「……もぉっ!!」

女戦士の叩きつけた石突が床を穿《うが》つ音が、敵の逃げ去った空白へ、やたら大きく響きわたった。

§

「彼は……？」

女戦士が小走りになって駆け寄りながら、やや震えた声で君を呼ばわる。

戦いを終えた途端、息も絶え絶《た‌だ》えな君の周りに仲間たちが大慌てで集まってきてくれた。

君は何とか口を動かしたが言葉は声にならず、代わりに女司教の細い手が首元へと伸びる。

彼女は蟲人僧侶と君が乱雑に押し当てた布を整え、丁寧にあてがい直し、小さく頷いた。

「血は止まっています。深手ではありますけれど……。ひとまずは、これで」

「そう。良かったぁ……」

顔を強ばらせていた従姉が、ほぅ、と息を吐いて額の汗をそっと拭う。

くるくると良く表情を変える従姉だが、しかし、こうも慌てふためく姿を見るのは珍しい。

ぼそぼそと君が帰還を優先する旨《むね》を伝えると、彼女は「わかっています」と頬を緩めた。

「上へ戻りましょう。呪文は温存で――……」

「……なんで治療しないの？」

にこり、と。冴え冴《さ‌ざ》えと澄み切った微笑みを浮かべて、女戦士が胸元で両手を合わせていた。

空気が強ばる。従姉がごくりと唾《つば》を飲むのが、君の目から見ても明らかにわかった。

「えっと、それは……その……」

「さっきもそうよね。どうして？」

女戦士のその追及に気圧されたか、従姉は何を言って良いかわからない様子であった。

君の首元に手を添えたままの女司教も、おろおろと見えざる視線を彷徨《さまよ》わせ、口を挟めない。

——だから、助け舟はまったくの横合いから。

「……しゃあないわ。あン時も、こっから先も、何が起こっかわからんしな」

「ふぅん」と、半森人の斥候の言葉にも女戦士の微笑は崩れない。「それで？」

「戦闘ン中の事をいやァ、数で負けとるんはこっちやったからなぁ」

しかし斥候は、いつも通り飄々《ひょうひょう》とした態度を崩さない。

腕組みをして真剣な口振りだが、それすらもどこか過剰で、道化じみた動きだった。

「大将脱落で一抜け、治療で二抜け。こらジリ貧やな。……で、ここは地下三階やぞ」

「……」

「ここで大将治すのに奇跡使い切ってみぃ。次になんぞヤバいの来たら終わりやで」

「あ……」

さ、と。女戦士の細面から、血の気が引いたように君の目には見えた。

それは後悔や怯《おび》えというより、自分の激高に気づいて呆然《ぼうぜん》とした、という風にも思える。

地下三階——そう、ここは地下三階だ。歩き慣れた一階でも、状況を把握した二階でもない。

未だ恐るべき強大なる怪物が、どれほど徘徊《はいかい》しているか知れたものではないのだ。

「……うん。そう、ね。……そうよねぇ……」

こくりと幼子のように女戦士は頭を上下させる。それを見て、従姉も我に返ったらしい。

従姉はふるふると髪を揺らして頭を左右に振ると、すぐにぺこりとその頭を下げた。

「その、ごめんなさい。私がちゃんと説明しておけば良かったんです。だから……」

「ううん、気にしないで……。そんな状況じゃあなかったし。……ごめんね？」

「いえ、そんな……」

そう言ったきり、二人は戸惑ったような様子で顔を見合わせて黙り込んでしまう。

思えば一党《パーティ》を結成してからそれなりになるが、このような状況になったのは初めてだ。

意見が割れて、ぶつかり合うことに二人とも慣れていないのだろう。

手探りで謝罪し合うしかないその状況を、がちりと顎が鳴る音が遮った。

「一党《パーティ》を解散するんでも謝って仲直りでも……俺はどっちでも構わんがな」

蟲人僧侶だった。

彼は君のすぐ傍らに立ったまま、腕を組んでさも面倒臭そうな素振りで触覚を揺らした。

「ひとまず、この半死人を寺院に放り込んで治してもらってからにしねえか？」

「ええ、本当に」と女司教がにこりと笑う。「リーダーも放《ほ》ったらかしは嫌ですわよね？」

――まったくだ、という言葉は声にならなかったものの、君もまた微《かす》かに笑って見せた。

釣られて誰かが小さく笑い声を漏らしたのをきっかけに、張り詰めた空気が緩みだす。

君としても一安心だ。君の失態が原因で一党《パーティ》が瓦解するなど、死んでも死にきれない。

手早く皆が撤収の準備をはじめ武具を整えだす間、「ちょい待ち」と半森人の斥候が動く。

彼はごそごそと倒れ伏した魔術師どもの焼死体を漁り、懐《ふところ》から巾着だのを抜き取っていた。

「お、結構貯め込んどるな。金貨がじゃらじゃらや。もうけもうけ！」

「怪我《けが》した甲斐《かい》があったわね。……ぜぇんぶ治療費で取られちゃいそうだけど」

女戦士が君へ流し目をくれて、先の雰囲気を取り繕うように軽口を叩く。

君は肩を竦め、刀を杖にどうにか立とうとする。途端、慌てて皆が横合いから支えてくれた。

「大丈夫？　痛かったらお姉ちゃんに言うんですよ……？」

いい、はとこめ、と言い返すのも億劫《おっくう》なのが正直なところであった。

血を流しすぎたのだろう。苦痛というよりも倦怠感《けんたいかん》。鉛《なまり》のような睡魔が君に負《お》ぶさっている。

「おっしゃ大将、気ぃ張れよ。上までさっさと戻っからな。何も出ぇへんと良いんやが」

「探索の速度が遅くなるわけですわね……。あれが序の口、ということなのでしょうか？」

「地下四階への階段も見つかってないそうですしね。焦《あせ》らず慎重に進んで行きましょうね！」

「帰り道もな。地下一階でまたスライムに襲われるかもしれん」

「ちょっとそういうこと言うの禁止ぃ……。鬼門なんだから、あれ」

仲間たちの会話を聞きながら、君は迷宮の主の髪に懸けて、いずれ応報しようと呟く。

「どうせはげのカツラ《ヘアーリムーバー》やろ、絶対」

その言葉を聞いたのだろう、半森人の斥候がぼやく辺り、一党《パーティ》の空気は既に和《なご》やかなものだ。

「あ、君がダメってことは……私、扉を蹴ってみたいなぁ！」

一党《パーティ》唯一の専業前衛となった女戦士が、まるで子供のようにはしゃいで君を振り返る。

君が苦笑交じりに頭を上下させると、彼女は「あはっ」と明るく花咲くような笑みを零《こぼ》した。

その振る舞いが意図してなのか、既に素に戻ったのかは、やはりわからない。

だが——従姉との間にあった剣呑な空気は、もうない。君は密かに内心、胸を撫で下ろす。

そんな君の気配を察したのだろうか、女戦士は猫のように目を細め、従姉を肘で突いた。

「そういえば、彼がこの一党《パーティ》初の寺院行きだね？」

「あ、そうですね！　うん、何となくそうなる気はしてたんですよ。わりと、こう、ね？」

女戦士はにやにやと笑っているし、はとこは喜々として同意するし、ええい。

君は良いから早いところ地上へ連れてってくれと、不服げに唇を尖らせる。

そしてほどなく、ふつりと糸が切れて落ちるように意識が暗転した。

§

——次に君が目にしたのは、視界いっぱいに広がる夜空であった。

ずいぶんと長く潜っていたような気がしていたが、実質的には半日程度なのだろう。

迷宮の中は空間が歪《ゆが》んでいるというが、時間の感覚も曖昧になるようだった。

ひやりとした夜気が頬を撫でたことで、君は重たく落ちていた瞼《まぶた》を持ち上げる。

爽《さわ》やかな夜風と新鮮な大気は、失いかけていた気をはっきりさせてくれる。

既に迷宮の入口から離れて、街への門を潜る頃であったようだ。

それにしても生きてまた、このような星空を見られるとは思わなかったものだ。

君は神へ感謝しても良いし、しなくとも構わない。

「あ、気づいた？　ふふっ、スライムと出くわさなきゃ、簡単だよね」

女戦士が君を見て、くすくすと喉の奥で笑い声を転がす。従姉がそれに頷いた。

「皆なんとか生きて帰ってこれましたし、うん、良い探索でしたね？」

これが「みんな無事に」だったら君といえど怒ったやもしれない。

だが、弛緩した肉体では、正直立っているのも厳しいほどである。

今回ばかりはとこの言葉も看過せざるを得まい。

そんな君の様子に気づいた女司教が、「早く寺院へ行きましょう」と従姉の袖を引く。

「危うい状態なのは、変わらないわけですし……っ」

「そうねえ、もう何も言えないみたいだものね」

よし、と頷いたのは蟲人僧侶だった。君の脇の下《した》へ、その甲殻質の体がねじ込まれる。

「こっち側は俺が支える。反対側は誰かやってくれ」

「ほいきた、任せぇ！」

するりと半森人の斥候が潜り込み、ぐいと君の体を引き上げる。

仲間たちに担ぎ上げられるようにして、君は寺院への道を急いで城塞都市を運ばれていく。

行き交う通行人の目が君に向かう。中には冒険者の目線もある。

冒険者たちは最初、血に塗《まみ》れて仲間を運んで走る君たちを、痛ましい物を見るようにする。

しかしすぐに君の息があることに気づくと、どこかホッとしたように目を細め、道を開けた。

ここは城塞都市だ。迷宮に挑む者にとっては、常に《死》は傍へ付き纏って離れない。

であればこそ、彼らは友人でも仲間でも何でもなくとも、君と同じ冒険者なのだろう。

寺院までは決して短い距離ではない。

しかし仲間たちに囲まれていると、さして苦痛とも思わないのだから、不思議な心地だった。

死に瀕《ひん》していた君を、仲間たちが支えてくれる。

入れ代わり立ち代わり、代わる代わる顔を見せ、声をかけてくれる。

もし斃《たお》れたのが君でなくとも、皆はそうしてくれたろう。間違いなく。

明滅する意識の中で、それが君にとってはたまらなく嬉しい事だった。

ほどなくバンという音がして、君は寺院の扉が押し開かれたと気がついた。

仲間たちがどやどやと君を寺院の祭壇まで運び、君の治療を頼んでいるのが遠くに聞こえる。

そして君が最後に覚えているのは、横たわる君を冷たい目で見下ろした修道女の、短い一言。

「――なんだ、まだ生きているじゃありませんか」

§

「ねェ、弓の名人の伝説を覚えているかな？」

師匠がそう言った時、君は剣を覚え始めたばかりで、まだ幼い時分だったように思う。

しかし記憶にある師匠の姿はそのままに、庵《いおり》に座す君の姿は今の君であった。

好色で女遊びに出歩いてばかりだったような師匠だが、こうして話をしてくれる事もあった。

彼女は道衣に包まれた痩《や》せた胸元へ手を入れ、にかりと歯を見せて笑う。

「矢を放たずとも鳥を射る不射の射を身につけたという彼は、終《しま》いに弓を忘れてしまった」

君は覚えていると頷いた。かつての君がどう答えたかはわからないが、今の君は覚えている。

師匠が「良し」と応じるのと、庵を抜ける風がざわざわと茂みを揺らす音が重なる。

外は夏だ。青い空は暑く、白雲に目が眩《くら》む。畳と、香炉、薬、それから師と己の汗の匂《にお》い。

「では問おう」

師は暑苦しげに胸元を緩め鎖骨を晒し、白い喉にかかった髪を払うと、悠然と膝を崩した。

「件《くだん》の名人、はたして本当に名人か、あるいはただの騙《かた》りか」

――どう思う？

問われた君は、ややあって、名人であろうと答えた。

真に名人であるのならば、もはや弓が必要ないのも道理。忘れても、支障はあるまい、と。

師匠は、その答えににんまりと笑みを深めた。愉快とも、嘲《あざけ》りともつかぬ、いつもの笑み。

「なるほどね。君はそう考えるわけだ。もはや名人、達人は武具に拘《こだわ》る必要なしと」

言いつつ師匠はその腕を伸ばし、緩めた合わせを隠しもせず、掛けておいた湾刀を取った。

しゃりんと鍔鳴《つばな》りの音も滑らかに、引き抜かれたのは白い刃だ。

庵の薄闇の中にあってさえ剣呑な輝きを隠そうともしないそれは、業物《わざもの》であるように思えた。

「無銘だよ」

君の目線に気づいたのだろう。師匠は軽々と刃を肩に担ぎながら、はにかむように言った。

「しかし、私たちは武具を尊ぶ。だッてそうでしょう？　選ばなくても強い、なら――」

今度は音もなく、空を切った湾刀が君の眼前へと突きつけられた。

彼我の距離――間合いはあったにもかかわらず、空間が縮んだように刃は君の喉元《のどもと》にある。

「――選べば、もッと強い」

それは、牙《きば》を剝《む》く虎の笑みだった。

師匠はこのまま表情一つ変えずに君を嚙み殺《ころ》す事も、喉を鳴らして丸くなる事もできるのだ。

かつての君がどう答えたのかは、もはや定かではない。

今の君は、だが、だとしても、と口を動かした。師匠は「うん」と先を促す。

だとしても、良き武具を持った名人と素人《しろうと》ならば、名人が強い。それは明白だ。

つまり物を言うのは、当人の技量ではないか。

君の答えに、師匠は「なるほどね」と刃を鞘に納めた。

と、見えた瞬間、ぽんと君の膝上にその湾刀が放り込まれる。

慌てて君が受け止めると、師匠は「ほら」と言いたげに両腕を広げ、小首を緩く傾げた。

「けれど勝負は時の運。鈍《なまく》らを持った名人と、業物を持った素人なら、わかンないよね」

――今なら、殺せるかもよ。

日に焼けていない生白い喉と胸元を晒しながら、師匠はあどけない幼女のように誘い、咲《わら》う。

肉は薄く、皮を透かして骨が浮いている。かつての君の膂力《りょりょく》ですら、手折《たお》れそうな様。

薄っすらと青白く走る線を断てば、ぱっと目の覚めるような赤い血で染まるのだろうか。

じりじりと遠く、暑さに抗うように蟬《せみ》が啼《な》いている。

だが君が額に滲む汗を感じる頃には、それも途切れる。力尽きたか、鳥に食われたか。

君は唾を飲んだ。喉の鳴る音が、やたら大きく響いた。

真に虎と対峙《たいじ》すればこのような心持ちになろうか。

自分を次の瞬間には嚙み殺せる相手といる事よりも、それを斬れるやもしれぬ、と。

そう思う――思ってしまう心こそが、なんとも言えず恐ろしかった。

やがて君は汗で滑る手で湾刀を摑むと、そっと、利き腕《うで》の方の床へと置いた。作法である。

勝負は、時の運だ。わからないなればこそ、ただ挑みかかって勝てるものでもあるまい。

「ふぅン。そう来るか」

師匠は興味を失くしたとも、興味を増したとも取れる呟きを漏らし、合わせを正した。

「君は先程、技量と言った。運とも言った。武具は関《かか》わらないとも」

――それは答えであって、答えではないなぁ。

そう言いながら師は素足を伸ばし、庵の端に置いた盆を、はしたなく趾《あしゆび》で摘まんで引き寄せた。

盆の上から薬袋をのけ、酒の入った徳利《とっくり》と縁の欠けた椀を取り、彼女はなみなみと酒を注《そそ》ぐ。

「じゃ、もう一つ問おう」

ん、と口付けるように椀の中身を旨そうに啜り、こくりと喉を鳴らして師は言った。

唇の端についた雫《しずく》をちろりと赤い舌で舐《な》め取ると、血色を増した頬を緩める。

「君は名人だ」ついと動いた指先が君を指し、次いで空を指す。「相手も名人だ」

だが。師匠はもう一口、二口と酒を飲み、どろりと蕩《とろ》けた瞳で君を見た。

「相手は業物を持ち、君の手にあるのは鈍らだ」

――さて、どうする?

君は答えられなかった。

かつてもそうだし、今もそうだ。

たとえそのような状況であったとしても、君は戦いに赴《おもむ》くだろう。

だがしかし、それは――答えであって、答えでないのだ。
言葉に窮《きゅう》した君を見て、師匠はころころと機嫌よく喉を鳴らして笑った。
「ま、そうだろうね。言うことやること全てが正解なンて、誰にもできないから」
師匠はそう言ってほぅ、と熱っぽく息を吐くと、不意に四肢を弛緩させた。
気を緩め、またぞろ襟元《えりもと》を緩め、ぱたぱたと仰いで風を送り込む。
その仕草はひどくはしたないもので、先程のような圧迫感はまるでない。
陽溜《ひた》まりで寝転び身繕いする猫のそれだ。君は赤面し、目を伏せた。
「その剣は君にあげるよ」
ひょいと立ち上がった師匠は、空の徳利を蹴倒しながらゆらりと歩き出す。
また遊びに繰り出すのだろう。君の隣を抜ける時も、足音一つ立てていない。
「答え合わせはまたいつか。わかるかもしれないし、わかンないかもしれないね」
からりと戸が横に滑る音がして、からりとそれが続き、ぴしゃりと閉まる。
君はゆっくりと頭を上げ、傍らに置いていた湾刀をゆっくりと引き抜いた。
剣呑な煌《きら》めき。だがそれは刃が生来持つそれであり、白んで見えるほどではない。
刃は音もなく鞘から抜かれ、音もなく鞘の中に納まった。ただの湾刀でしかない。
室内には、湿った、師匠の薬が混じった汗の香りだけが僅かに残っていた。
その形を崩したくなくて、君は息を潜め、じっと手元の湾刀に目を注いだ。

戸に貼《は》られた紙を透かして、生き延びていた蟬がまた甲高い声で鳴き喚いている。

ひどく、暑い。

§

「おや。目が覚めましたか」

――いや、とてもそうはいかん。

暗黒の中に囁かれる冷ややかな声に、君はそう独りごちた。

開眼人《カイガンジン》など、君にはまだ遠い。

是醍《ぜだい》――是《これ》すなわち醍醐《せいどう》――の域には、とてもとても。

「もっと即物的な話をしているつもりなのですが」

ふんと小馬鹿《こばか》にしたように鼻を鳴らす小さな音を聞き、君は観念してゆっくりと目を開いた。

視界を理解するよりも早く認識したのは、横たわる石造りの寝台、いや祭壇の冷たさ。

そして蠟燭《ろうそく》の明かりに照らされ滲んだ、その朧《おぼろ》な光景に君は息を呑《の》んだ。

「……何か？」

祈りの詠唱、囁きが木霊《こだま》する伽藍《がらん》の中にあって、神へ一心に念じる乙女を見ればそうもなる。

ましてや、彼女が硝子《ガラス》の如く薄く白く透けた肌に、薄布一枚羽織《はお》っていないとなれば尚の事。

いつも寺院で会う、あの修道女だ——と気づくまで、一瞬の間が必要だった。

平均的な大きさの乳房が、まるで彫刻のように均整の整った美しい稜線を描いている。

白磁の人形のように整った細面は、炎の照り返しでほんのりと薄桃色に染まって見える。

やっとの事で君が視線を外せたのは、彼女の目が蔑《さげす》むように細められたのを察したためだ。

「……見料を取りますよ」

金を支払えば見ても良いということか。そんな不埒《ふらち》な考えを、君は頭の外へ追いやる。

君が恥じ入って頭を下げる——君も裸体だと気づく——と、彼女は「まったく」と呟いた。

「構いません、怒ってはいませんから。他の冒険者に比べれば、だいぶマシな反応です」

しゅるりと衣擦《きぬず》れの音がしたところを見ると、彼女がその肌へ修道服を纏わせている。

君は周囲を探し、自分の着物が畳まれているのを見つけると、そそくさと袖を通した。

背中合わせに祭壇へ腰掛けたまま、君たち二人は黙々と衣服を着て、帯をしっかと締める。

「それにしても、良く帰って来られましたね」

髪をかき上げるようにして襟元から広げるのに合わせ、ふわりと彼女の匂いが漂う。

焚《た》きしめた香によるものか。抹香の匂いは、時として褒め言葉になると君は初めて知った。

「《蘇生《リザレクション》》の奇跡も絶対ではありませんから」

——《蘇生》。

なるほど、それでかと、君は自分に施《ほどこ》された儀式の正体を悟った。

処女同衾《どうきん》により生命力を賦活《ふかつ》、死の淵より魂を呼び戻すという、まさに神の奇跡。

死者復活とは似て非なるものだが、いざその身に起こってみると感嘆するより他ない。

そう、死者は蘇《よみがえ》らない。死から逃れることは誰にもできない。

君はその事実に改めて直面し、けれど特に恐れていない自分に気がついた。

手に震えはない。不思議なもので、君はまじまじとその掌を見下ろして眺めた。

「生命だけの話ではありませんよ。魂の事を言っているのです」

はた、と君は顔を上げた。そう遠くないところに、修道女の怜悧《れいり》な瞳がある。

突き刺すように真っ直《ます》ぐな視線は、君を透かし見るよう。

何故だか、その目線が師のそれと重なった。まったく似てもいないはずなのに。

「いくら肉体が癒《い》やされたところで、魂に帰還の意志なくば、失《ロスト》われるものですから」

それはやはり、君の思索を見抜いたかのような一言だった。

幾度となく死を経験したいと思う者はいない。これ以上生きたいと思わない者も多い。

——自分はどちらなのだろう。

生きたいと願ったわけではない。ただ死なず、ただ生きている。そのように思えた。

「みんな、燃え尽きた灰のようですからね。この街の冒険者の多くは」

つい、と。修道女の瞳が逸れた。いや、顔を背け、目線だけが君を流し見ている。

「——どうやら、あなたは違うようですが」

どうだろうか。君は繰り返しそう問いかけ、考える。

街にたむろする冒険者たちと、君。同じ冒険者で、何が違う。

街に訪れた時は違うと思っていた。今はどうだろう。

同じではないのか——結局、生きるか、死ぬか、それだけではないのか。

君がそんな物思いに沈んでいるのを、修道女は呆《あき》れたように笑った。

「考え込む暇があるのならば、それより先にするべき事があるでしょうに」

神に感謝しろとでも言うのか。すると「馬鹿《ばか》な」と修道女は鼻で笑った。

「寄進を頂けば同衾するは私の務め。神が応じてくださるのは、神の義務ではありませんし」

神は損得では動かない。矮小《わいしょう》な人は、すぐに思い通りにならぬと神を罵るものだけれど。

するりと祭壇から降りた修道女は身繕いをし、足音立てることなく扉へ向かう。

「全てに感謝なさい」

君は少し考え、頷き、第一に彼女へ、儀式を執り行ってくれた事への礼を述べた。

修道女は君の言葉に立ち止まり、部屋を出ていく前に一度だけ振り返った。

「結構」と頷く瞳には、雪の翌日の朝日にも似た微笑が、ほんの僅かに滲んでいた。

君の自意識過剰でなければ——の話だろうけれど。

§

――夜明け前、だろうか。

しんと居《い》た堪《たま》れないほどに静まり返った寺院は、薄い紫色の靄《もや》がかかったようだった。

その霞《かすみ》の中、滲むようにして点々と灯る光は、並べられた燭台《しょくだい》の蠟燭によるものか。

君はその静謐《せいひつ》を打ち砕かぬよう、知らず息を潜め、足音も立てぬよう礼拝堂の中へ踏み入る。

長椅子《ながいす》の合間を縫って進むと、ところどころ、人の気配があることに君は気がついた。

それは仲間の治療を待って休む冒険者、あるいは仲間の鎮魂を祈る者たちであるらしい。

そんな疎《まば》らな人々の向こう――祭壇の前に、君は求むる存在を見出した。

跪《ひざまず》き、ひとり静かに祈りを捧《ささ》げる女司教。君の仲間である少女だ。

その様を聖女、などと呼んでしまうのは些か気恥ずかしくもあった。

特に先程のことを思えば尚の事。ましてや、彼女がここまで歩んできた努力を思えば……。

しかし黎明《れいめい》の曙光《しょこう》に照らされた彼女の姿は、そう呼ぶのが相応《ふさわ》しいように思えた。

「あ……」

数歩足を進めると、ぽつりと女司教の口から祈り以外の言葉が漏れた。

彼女はしゃなりと衣擦れの音を伴いながら立ち上がり、ゆっくりと君の方へ向き直る。

君に気づいたのだろう。その口元には、柔らかな微笑。

「……良かった。気づかれたのですね。もう身体の方は――……？」

見えない瞳で覗き込んできた彼女に、君はゆっくりと首を縦に振った。

神の奇跡を賜《たまわ》ったのだから問題はあるまい。祈りの邪魔をして申し訳がないくらいだった。

君がそう言うと、女司教はホッとしたような様子だった。

そう言えば、彼女は既に装備を解き、髪も下ろしている。

他の仲間たちの姿もない——無論、皆が寝ずに待っていると勝手に期待したわけではない。

なにせ皆、探索で疲弊しているのだ。宿に引き上げたのだろうし、それで良いと思った。

君がその推測をそのまま口にすると、彼女は「はい」と頷いた。

「一度、宿でお湯をお借りして、わたくしだけ戻ったのです。皆さん、お疲れでしたし……」

流石《さすが》に大勢で待ち続けるのは、お邪魔でしたし——と聞けば、なるほどと頷いた。

どうりでほのかに甘く、石鹼《せっけん》の香りがするわけだ。

「ええ。貴方《あなた》のお姉さまが『とにかくお風呂《ふろ》に入れば気持ちも落ち着きますから!』と」

女戦士と女司教の二人を引っ張って、宿につくなりそう提案したらしい。

まあ、風呂といったって水で体を拭うのがせいぜいで、まさか湯屋に行ったわけもあるまい。

まったく、あの従姉らしい行動だ。君にとっても、むしろいつも通りなのが気楽で良かった。

「本当、大変でしたのよ? あなたが気を失って、皆大慌てで……」

くすり。女司教が声をあげて笑う。

寺院についた頃には女戦士が取り乱し、それを斥候が慌ててなだめ、蟲人僧侶が寄進する。

彼女が慌てふためくというのは、あまり自分も想像し辛いことだ。

「ええ、本当に……。お姉さまは、見る限り、平然としておりましたけれど」

てっきり逆になるかと思っていました。

女司教はそう言うが、君からすれば、従姉はそういう所で肝《きも》が据わっているものだ。

実際目《ま》の当《あ》たりにした、かの修道女はさぞや呆れていただろうが、君もまた笑った。

思えば地下迷宮での、あの戦闘を切り抜ける事ができたのは幸運であった。

――特に君が倒れた後、皆に一触即発の雰囲気が漂った事は、正直意外ですらあった。

そういった気配が払拭《ふっしょく》されたとなれば、これほど喜ばしいこともない。

君はその内心を秘めたまま、女司教も別に休んでいてくれて構わなかったのに、と伝える。

「あ、はい、その、『どっちでも良いぞ』とは言われましたが、わたくしは、その……」

彼女は君の言葉に、恥じ入るように俯いて、そっと目を伏せた。

しばしの沈黙。それは喉奥《のどおく》にこみ上げた苦い水を吐くように、ぽつりとした言葉。

「……お手伝い、できないので」

君は何も言わなかった。俯き、肩を震わせる彼女に、何を言えば良いというのだろうか。

ただ「そうか」とだけ声をかけ、君は長椅子に座った。

しばらくして、彼女もそっと君の隣に腰を下ろす。微かな嗚咽《おえつ》を、君は聞かない事にした。

「……あの、リーダー」

なんだろうか。君はぼんやりと祭壇に祀《まつ》られた、交易神の聖印を見ながら問う。

「わたくし、お役に……立てて、いますか？」

君は深々と息を吐いた。女司教がびくりと肩を震わせる。

――何を悩んでいるのかと思えば、なんだ、そんな事か。

「そ、そんな事って。……ひどい。わたくし、気にしておりますのに……っ」

ああ、うむ。君はばつが悪く頷き、頭を掻いた。

いや、もちろん、彼女がその辺りを不安に思っている事は、良くわかる。

有用性を証明せねば、また酒場に置き去りにされるやも、と思うのも無理はないことだ。

だが――まあ、実際問題として、だ。

彼女がいなければ、毎度の探索は厳しいものだった。特に前回はそうだ。

しっかりとした案内があればこそ、君が倒れても復路は無事にこなせたのだ。

第一、仮にも君たちは地下三階へ挑まんという冒険者の一党《パーティ》である。

初戦こそ失敗したものの、ここまで力量の高まった司教が、役立たずなわけがあるまい。

そのような事を、君は噛んで含めるように辛抱強く、女司教へと伝えた。

「……そう、でしょうか？」

そうだとも。君は頷いた。どだい、それを言えば君の方がよほど役に立っていない。

前に出て棒を振り、余裕があれば術を投じる程度。今回に至ってはコレだ。

君が首をとんとんと叩いて落ち込んで見せると、彼女は「そんなことは！」と声を荒らげた。

「いつも先頭で切り込んで、決断してくださって！　酒場でも、わたくしを――……！」

――そら見たことか。

「……え？」

そんなことは、だ。君はからからと笑った。そんなことはないのだ。君も、彼女も。

「あ……」と、ペテンにかけられた事に気づいた彼女は、頰を膨らませ、「もう」と呟く。

そうとも。そんなことはないのだ。彼女が気にしすぎるだけで。

しかし――そこまで自分に自信がないというのも、些か根深い問題があるようだ。

ただ酒場に置き去りにされ、鑑定屋として扱われた事ばかりが原因とも思えぬ。

無論、その根本にあるのは、件の小鬼退治の経験であろうとしても――……。

「……わたくしは。……わたくしは、その……」

君がそう問いかけると、彼女はぽつり、ぽつりと、呟くように答えてくれた。

「――英雄たれ、として育てられたのです」

そう大した血筋ではないのですが、と女司教は苦笑する。

彼女の家は、遥《はる》か昔、白金等級の英雄から連なる血脈にあるらしい。

傍流《ぼうりゅう》といえど勇者の末裔《まつえい》であるならば、相応の強者でなければなるまい。

女司教は言葉少なに語るが……育てられたというより、調整された、というべきだろう。

十五歳の成人を前にして、司教として認められるだけの能力を、彼女は既に得ていたのだ。

それは才能や資質だけに留《とど》まるものではない。努力を課せられ、応《こた》えてきたからだ。

「といっても、魔術と奇跡、両方扱えただけですわ。奇跡だけなら、他の子の方が……」

そう言って彼女が呟く名前は、以前の仲間か、それとも故郷の友人だろうか。

だから意を決して、彼女は冒険者になった。なって、しかし――……。

「でも、結局ダメですわね。わたくしは要領が悪くて、足手まといになってしまって」

救われて。仲間に面倒を見てもらいながら旅立ち。そしてまた置いていかれて。

「やっぱり、そう、上手くは行きませんわね。思ったように生きるのは、難しくて……」

そう言って、女司教は儚《はかな》げに微笑む。

彼女も彼女なりに悩んで、努力して、進もうと足掻《あが》いてきたことは疑う余地もない。

君は彼女の目を覆う布ににじむものから視線を逸らし、礼拝堂の天井を見やる。

寺院に集《つど》う冒険者の寄付金によるものか、目の錯覚か、いやに高く、果てがない。

――だが、まあ、そう、悪いことばかりでもないだろう。

君は慎重に言葉を選びながら、そんな風に呟く。

むしろ君にとってみれば、女司教が羨ましいと思える点だとてあるのだ。

「え――……？」

呆然と、信じられないような声を彼女は漏らす。だが考えてもみるが良い。

己の生きる意味を知っている者が、はたしてこの世に何人いるだろうか――？
己が何のために生まれ、何を為《な》すべきか、わかっていると言える者は、多くない。
君は剣士として、剣の高みを目指して歩み続けている。
この地下迷宮の最奥に潜む『死』と戦うことも、その旅路の一歩でしかない。
だが、それが己の命の正しい使い道かと問われれば、答える事はできない。
道は果てしなく遠く、遠く、遥か彼方《かなた》まで続き、終わりはないのやもしれぬ。
だが……だが、女司教には、それがあるのだ。
英雄たれ。英雄として、世に平和をもたらせという。
それは、最初は与えられたものかもしれず、けれど今や己の意志で目指すものだ。
「あ……」
その道は険しく、容易ならざるものではあろうが……。
己の道があるのは羨ましいものだと、君はそんな風に言葉を結び、口を閉ざした。
「……。そんな風に、考えたことは……ありませんでしたね」
なら、そう考えるようにすれば良いのだ。
君は思いがけず口にした言葉を恥じるように、ことさら厳しく言った。
まだ道半ばなのだ。未熟は当然。それは彼女だけではなく、君も同様。
であるならば、何をそんなに気に病み、思《おも》い煩《わずら》う事があろうか。

ただ黙々と歩み続けていれば、それだけで十分なのだから。

全てに感謝せよと、あの修道女は言う。全てはめぐり合わせだと。

良いことも悪いことも――その上で歩いているのなら、上等ではないか。

「……まだ、道半ば」

ぽつりと呟く彼女に、そうとも、と君は重ねて頷く。

地下迷宮にしたところで、まだ地下三階である。先は長い。

だからこそ余計に、呪文と奇跡の両方を操《あやつ》れる彼女は、一党《パーティ》の要《かなめ》である。

彼女が中心にいるからこそ、どのような布陣も組め、いざという時の手数も増える。

彼女がいるおかげで、君たちの選べる道は広がるのだ。

だいいち、道を進むのに地図役がいないのでは、道に迷うばかりではないか。

君が畳み掛けるように続けると、彼女は「むぅ」と拗ねたように唇を尖らせた。

「……ちょっとズルいです。わたくしが、褒められたがっている子供のようではないですか」

君ははっはっはっはっはと、わざとらしく笑った。

まあ、その、何だ。こうでも言わないと、自信を持つのも難しかろう。

それに何より君は今回これだ。首を叩いて見せる。失態を取り繕う必要もあろうさ。

君がそう言うのを、女司教はじぃっと睨むように見やった。

目隠しされたその向こうで、瞳が半眼になっているのが手に取るようにわかる。

「じゃあ、ええと……こほん」

ややあって、女司教は可愛《かわい》らしく咳払いをし、ずいと膝を詰めて君に向き直った。

「……わたくしも、貴方や、皆さんに出会えて、良かったと思っておりますわ」

む……。

不意討《ふいう》ち気味に投げられた真っ直ぐな言葉に君が唸ると、彼女はさらに間合いを詰める。

「ですので、怪我をしない——のは無理でも、死なないでくださいましね？」

絶対に許しません。

そう言われてしまえば、君はもう一度むうなどと唸るより他にない。

女司教はくすくすと笑いながら「お返しですわ」と言って、瀟洒《しょうしゃ》な動作で立ち上がった。

「では、わたくしは皆さんに貴方が目覚めた事をお伝えしに行きます」

あまり長々とお話ししても、まだ身体に障《さわ》るでしょうし、休んでいてくださいまし——……。

その口調は、まだ完全に軽やかではないものの、幾分か重さが取れたように思えた。

それは君の勘違いであるかもしれないが、そうであれば良いと、君は心から願う。

「長き昼と、快適な夜を。おやすみなさいませ」

あなたにもその倍の昼と夜を。——おやすみ。

§

「まったくもう、死んじゃったかと思ったわ」

翌日、女司教を伴って早々に宿へ引き上げた君に対して、開口一番の言葉がこれであった。

平服の女戦士は頰に手を当て、これ見よがしに呆れた顔をして溜息《ためいき》を漏らしている。

君としては反論のしようもないので、苦笑するより他ない。

つまるところは君の未熟が招いた結果なのだ。

——何にせよ、腹が減った。

物理的に血が足りていないのだ。何でも良いからじゃんじゃん食べたい気分である。

君はそう提案し、仲間を引き連れて『黄金の騎士』亭へと繰り出す事にした。

幸い反論もなく、そして幸いにも君たちの定位置である円卓はまだ空席であった。

いつものように卓につき、いつものように兎人の女給を呼び止めて注文をする。

「あら、いわゆる勲章ってやつですね？」

ぱたりと長耳を揺らし、目ざとくこちらの状態に気づいた彼女がそう囁く。

君は苦笑し、首元に巻いた包帯を撫でた。傷跡は、さて、残れば誇らしいのだが。

ともあれ幾ばくか普段より量的に贅沢した注文をしたところで、従姉がぽんと手を叩いた。

「助かって良かったですよ。本当に。ですから——……」

にこりと微笑んで、はとこは女戦士に言い放つ。

「賭けはわたしの勝ちですね！」

「賭けてたんですか⁉」

思わずがたりと立ち上がったのは女司教だ。君とて目を剝いている。当然であろう。

「ええ、昨日ね。宿に戻った後、皆で話したのよ」

「……負ける側がいなければ、賭けにならんからな」

がちりと顎を鳴らして、蟲人僧侶が皮肉げな口振りで言った。

彼は着物の中をがさごそと漁って、摑み取った金貨数枚をじゃらりと卓上へ広げる。

次いで女戦士が、ひどくつまらなさそうな仕草で金貨の詰まった袋を卓へ放った。

金のぶつかる音を聞き、にんまりと相好《そうごう》を崩した斥候が、ばしりと二人の肩を叩く。

「つーわけで、今日はコンお二人さんのおごりや！」

「はぁい。あーあ、損しちゃった」

そう言うわりに、口振りが楽しそうに見えるのは——さて、君の自意識過剰なのか。

何となく、誰が賭けだ何だと言い出したのか見当がついた君は、黙って肩を竦めた。

いわば験担《げんかつ》ぎだ。君が死んだとしても、賭けに勝った側が、こんな雰囲気にはなるまい。

……ならない、だろう。たぶん。

そして、先の探索行での騒動を思えば……意外に女戦士も、気にしていたのだろうか。

君はまったく気づかないような素振りで、従姉へ勝ち分の徴収を手加減するように伝えた。

「もちろんです！　いつも前で守ってもらっているんですもの。無理に注文したりしませんよ」

誰に言っているのかと誇る従姉へ、女戦士は困ったような、泣きそうなような笑みを見せる。

――たぶん、大丈夫だろう。

人の心の機微などというのは、簡単に読み取れるものではないし、許す許さないも同様だ。

女戦士は心に責を抱えるだろうが、なに、お互いが死ぬまでは顔を突き合わせる間柄だ。

君は忘れない。仲間たちも忘れない。女戦士だとて、きっと忘れまい。

だから単に許してそれで終わりなんてよりは――辛くても、互いにずっと良いだろうと思う。

そんな君の思索も、やがて運ばれてきた朝食によって分断される。

好都合と言えば好都合だった。

君は温かな湯気を立てる麦粥《むぎがゆ》をがつがつとかっこみ、チーズと干し肉を葡萄酒《ぶどうしゅ》で流し込む。

「そんなんじゃ胃が受け付けんぞ」

がちりと顎を鳴らす蟲人僧侶をうるさいと跳ね除け、君は空腹を満たす事に執心する。

そんな君の飢えた有様《ありさま》に、他の仲間たちも苦笑いだが知ったことではない。

迷宮の中と含めて一日二日は何も食べていないのだ。今なら皮を剝がずに竜とていける。

「まったく……」

と、はとこがこちらの口を拭こうとするのを無視しながら、君は切り出した。

――まあ、今日は休息に充《あ》てるとして。

そう言って一拍置く。喉にモノが詰まったわけではないが、慌てて葡萄酒を一口。飲み干す。

皆が良ければ。君は慎重に言葉を選ぶ。そう、皆が良ければ。

――明日か明後日あたり、またあの虎面の忍びの者どもに挑もうと思うのだが。

「…………」

「…………」

はた、と。仲間たちが食事の手を止めて、円卓の上で視線を交わらせた。

ふむん。さては一度死に瀕したものだから、慌てて逃げるとでも思われていたのだろうか？

「んにゃ」

君の揶揄するようなからかいに、笑って首を横に振ったのは半森人の斥候だった。

「しばらく修行すっかとか、装備を整えるとか、そっちに走るかと思うとったわ」

半森人の斥候の言葉に、君は笑った。まあ、工夫はあるのだ。上手く行くかはわからないが。

「勝算があるってんなら、俺ァ構わんがな」

既におおよその食事をたいらげたか、果物にがぶりと噛み付いて蟲人僧侶は言う。

柑橘《かんきつ》を追い払うように手で転がして、齧《かじ》っているのは林檎《りんご》か。皮も種も気にならないようだ。

「負けそうなら引き返しゃ良いだけだ。どっちでも良い」

「そうねえ。……お姉ちゃんとしては無理してないか、心配ではあるんだけれども」

んー。と彼女はまるで弟が困った事を言っているかのような仕草で、口元に指をあてがった。

そうしてしばらくすると「ねえ」と上体を円卓に預け、両手を組んで顎を乗せ、君を見やる。

「お姉ちゃんに呪文を教えて欲しい？」

少し考えた後、君は首を横に振った。剣で負けて即座に術へ逃げるのは悔しいではないか。

なのでもう一度、棒振り回して挑んでみる心づもりだ、と。

もしまた負けたらその時ははとこに頭を下げて潔く術でも習うとしよう。

「ふふふん。じゃあお姉ちゃんは弟が怪我しないように後ろで見守っておいてあげますね！」

よく言う。何か揉《も》め事があると率先して自分をけしかけるのは、いつだってはとこだろうに。

君は従姉と顔を見合わせて、そのまま声をあげて笑った。何の問題もなかった。

眼帯越しの視線を君へ向けていた女司教も、こくりと頷く。

「わたくしは、もうお供すると決めておりますから」

女司教は、まるで悪戯の共犯者にでもなったような表情だった。

なにせ昨夜のうちに意思疎通を終えている。それは真実、二人の間での内緒事だけれど。

彼女は世界を救う。君は己の剣腕を試す。目的は異なれど、道は一つなのだ。

「……」

だから問題は、最後の一人。

なんとも言えぬ曖昧な表情のまま、手持《ても》ち無沙汰《ぶさた》に皿を匙《さじ》でさらっていた女戦士だ。

彼女は君が答えを待っているのに気づくと、しばらくして「そうね」と声を漏らす。

「……うん」

そしてそう、歯切れ悪く頷いて、君に同意を示した。

――それだけか？

「だって」と女戦士は、笑みを作った。「ここで私が反対したら、悪者になっちゃうし？」

それは決して答えではなかったけれど、彼女はそれ以上言うつもりはないらしい。

ふむ。君としても、別に無理に答えさせる気もなかったので、話はそれっきり終わった。

ほどなく食事の合間に誰かが冗談を言い、笑い、女戦士もその輪の中に入っていった。

ただ、女司教だけがじっと君と彼女の方へ、その見えざる視線を向けていたが――……。

§

ひゅおんと君の湾刀が風を切り捨て、音を残す。

青空の下、刃の筋が白線を宙に刻む――ということもなく、君は剣筋を懸命に目で追った。

相手に同じ行動をとらせるには、こちらも同じ行動をとらねばなるまい。

何故なら相手のそれは、恐らくあの時の相手にとって最適解であったろうから。

故に君は踏み込み、真っ直ぐ突き進んで、横薙ぎに剣を打ち振るう。

酒場から宿に戻り、裏手に回って、馬小屋の前。

結局、他の誰にも迷惑をかけずに鍛錬ができるような場所を、君は知らなかった。

――訓練場のようなものでもあれば良いのだが。

あいにくと町外れにはだだっ広い野があるばかりで、後はぽかりと迷宮が口を開けている。

そこで鍛錬を行うには、どうにも《死》に近すぎるような気がして、嫌だったのだ。

病み上がりで鍛錬するなど――という向きもあろうが、病み上がりだからこそだ。

なにしろこの数日中には再びあの忍びの者どもと対峙する。

一日二日、床についていた程度で肉体が鈍るかと言えば、答えは是だ。

肉は強ばり、皮は硬くなり、筋は痛み、骨はきしむ。ほんの僅かであれ、確実に。

それがたとえ髪の毛一筋ほどの差であれ、一足りれば人は死ぬし、一足らぬなら敵は殺せぬ。

その一を求めて冒険者は技量を磨き、力量を上げるのだ。心、技、体の鈍りは許されぬ。

もっとも、君とてそれを完全に理解しているわけではない。

理解するために剣の道を一歩一歩踏みしめているのだから、これはもう当然だ。

他の面々も、各々の鍛錬なり精神統一なり、準備のために酒場で一度解散している。

たとえ遊び歩いていようが、賭けに興じていようが、次なる戦いのためなら文句はない。

――いや、はとこが怠けていたら叱《しか》り飛ばすべきだな。

君はそんな冗句を考えて口元を緩め、すぐにいかんいかんと雑念を追い払った。

長くはないとはいえ、そう短くもない時間、生死をともにしてきた仲間たちだ。

少なくとも無為に時間を費《つい》やすことはないだろうと、君は信じている。

ならば君も、恐らくは皆が信頼してくれているだろう気持ちには、応えねばなるまい。

――さて。

そうして、再び湾刀を携《たずさ》えて工夫を凝らしてみる。

首筋への強烈な一太刀《ひとたち》といえば、先に剣を交えた、あの初心者狩りどもが浮かぶ。

あれは紛《まぎ》れもなく剛剣であり、此度《こたび》の速剣――拳《こぶし》か？――とは趣《おもむき》が違うが、参考にはなる。

咄嗟のこととはいえ、よくもまあ防げたものだ。

――運が良かった。

改めてそう、ひしひしと噛み締める。

一度敗れた金剛石の騎士らの姿を見ておらねば、君とて彼らの二の舞であったろう。

そう、今回のように。

君は喉元を覆う包帯を、我知らず無意識のうちに撫でていた。

前回は運良く防ぎ、今回は運良く《蘇生》が間に合った。運良く、君は死を免れている。

次もまた《偶然》、か？　あるいは《宿命》なのか。全ては骰子《サイコロ》の目次第ということか。

君は少し考え、益体もない考えだと結論づけ、それを早々に放り捨てた。

悩んでいる暇があるのならば、片端より撫《な》で斬りにした方が早い。

――幾度かやってみて、わかった事が一つ。

やはり前へ斬りつけてから即座に体を後ろへ送るのは、現実的ではないように思えた。

よく変に知識を聞きかじっただけのものが、やれ剣は力任せに斬り伏せるだけという。

あるいは、早さと鋭さだけで斬る方がそれよりよほど上だ、とか。

そんなわけがあるまい。

四方《しほう》世界全ての武術を君とて知らないが、力も早さも、不可分のものだからだ。

それを生み出すのは、どちらも筋肉であり、骨であり、神経である。

なにせ、肉体というのはこれで発条《ばね》と梃子《てこ》と歯車で動くからくりだ。

限界を超えるなどと言うけれど、物理的に可能な範囲で、可能な動きしかできないものだ。

故に——そこへ、剣術の術理というものがある。

効率よく、的確に、そして正確に刃を振るって命を奪うための肉体操作法。

自分にとって最適化された動きを見いだし、それを常に行えるよう覚え込ませる。

その上で、誰にでも、あるいは才ある者に伝わるよう、平易な言葉として書き起こす。

そんな手引書を自分で構築する事が兵法家、武芸者としての道なのだろうが——……。

——これは、無理だ。

師より授《さず》かった術理と自分の体感を照らし合わせ、君はそう結論づけた。

曲芸じみた動きをすればともかく、何の工夫もなく前を斬り、後に下がるは難しかろう。

そうやって早々に結論づけてしまうのが未熟の証《あかし》かもしれぬが、なに、どうせ一日二日だ。

奥義を編み出すより、一日二日で実行できる事を考えた方が、今は有益であった。

君は呼気を整えながら、視界に曖昧模糊《あいまいもこ》とした輪郭を描き、あの忍びの者を夢想する。

まずひとつ、彼我において君が圧倒的に有利な点が一つある。

つまるところ迷宮において、君は敵がなんであっても構わない、という点だ。

迷宮の玄室に踏み入る以上は、何が出てきても相応に対処する心構えがなければ。

対してあの忍びの者どもは、部屋に踏み入ってきた君が、以前の冒険者か判断する術がない。

必然、こちらが同じ行動をとれば、向こうも同様に初手を繰り出してくるだろう。

とすれば……勝機はそこだ。

君は左手を軽く振ってほぐすと、ゆらりとその場に仁王《におう》立った。

肩幅に足を広げ、上下に体をゆすって気息を抜いてから、また全身に巡らせていく。

と――――……。

「あの、リーダー……！」

不意にそんな弾むような声が響いて、君は鍛錬に注力していた意識を緩めた。

見やれば、ぱたぱたと足音を立て、馬小屋の傍まで近づいてくる仲間の姿。

「見学に、参りました……っ！」

お邪魔しますと、僅かに頬を上気させ、使命感とやる気に満ち溢れた声をあげる女司教。

「…………」

その彼女にがっしと袖口《そでぐち》を掴まれて、逃げることもできず所在なげに佇《たたず》む女戦士。

目を逸らし、頬を困ったように掻いている様は、親に手を引かれる拗ねた子供のようだ。

君は苦笑いして、ぱちりと音を立てて湾刀を鞘に納めた。

てっきり従姉と呪文の勉強とばかり思っていたのだが、よもや女戦士と共に来るとは。

「はい、寺院にお邪魔していましたら、ばったりと行き合いましたので、お連れしました！」

本当に「お連れ」したのだろうなと、女戦士の困り顔を見れば想像がついて、頬が緩む。

――見学と言っても、さして面白いこともなかろうに。

「いいえ、ちっとも」

ふるふると、女司教は首を横に振って金髪を波打たせた。

彼女は見えざる瞳をこちらに向けて、何故だかニコニコと上機嫌な様子である。

「わたくしも、もしやすると武器を振るわねばならないかもです。学んで、損はないかと！」

ですよね！　と同意を求められた女戦士が「そうねぇ」と曖昧な返事をする。

――ふむん？

君が意図を探るように女司教へ目を向けると、彼女はうんうんと何度も力強く頷いている。

ああ、そうか。なるほど。気を回したわけか。

それが従姉の薫陶《くんとう》の賜物《たまもの》なのか、彼女自身の成長の証か、あるいは素なのかは判断がつかぬ。

けれど気遣われたのなら無為にするのも気が引ける。

君は少し考え、馬小屋の周囲を見回し、どうせ他に迷惑はかかるまいと結論づけた。

――一手所望《しょもう》できないか。

「……良いの？」

君のその誘いに対して、女戦士はどう言った意味で応えたのだろうか。

か細い声を漏らした後、彼女はその艶やかな黒髪を、白い喉を見せつけるようにかきあげる。

腕に隠されていた顔が露《あら》わになれば、そこに浮かんでいるのは牙を剝くように獰猛《どうもう》な、笑み。

「前みたく、勝っちゃうかもしれないよ？」

む。君は唇を尖らせた。あれは引き分け、いやむしろ自分の勝ちだったろう。

仮に引き分けだったとしても、長物相手に引き分けたなら、剣の勝ちだ。

君がそう言うと、女戦士は「へぇ」と、猫のように目を細めた。

「じゃ、試してみよっか」

彼女はまるで遊びに興じるような口振りで言って、ちらと周囲を見回した。

そして馬小屋の藁《わら》を運ぶための三叉《さんさ》を足先で蹴り上げ、手慣れた様子で摑み取る。

君もまたそれに倣《なら》い、馬小屋の空房より、房を区切る長竿《ながざお》を外して手に取った。

とはいえ流石に小剣と合わせ大小三振りも携えたのでは、身の動きが重くなろう。

腰に帯びた湾刀を外すと、気配を感じ取ったらしい女司教がす、と両手を差し出した。

その甲斐甲斐しさに苦笑しながら、君は彼女に湾刀を預けた。

ちょうど良い。審判は、うやうやしく湾刀を捧げ持った、彼女に頼むとしよう。

「至高神の御名《みな》にかけて」

薄い胸元に手を当てて、女司教は誠実そのものの言葉を紡ぐ。

こと勝負事の審判となれば、彼女ら至高神の神官ほどの適役はおるまい。

そんな君の様子を見て取って、女戦士がにんまりと唇で弧を描いた。

「普段と得物が違うから、なぁんて、言い訳はやだよ？」

――お互いにだ。

君は呼吸を整え、ずっと両足を緩く肩幅に開いて腰を落とし、鞘に見立てた左手に棒を掴む。

女戦士がいつも通りに槍を構える風に、くるりと一回しして三叉の矛先を向ける。

そして、女司教が静かに、力強く言った。

「――はじめ！」

機先《イニシアチブ》をとったのは女戦士であった。

彼女は鉄靴《サバトン》を履《は》いているとは思えぬ軽やかさで、とんと地を蹴って飛び出す。

足元の草が舞い散る頃には、すでに三叉の先端は君の視野いっぱいに広がっている。

君はぐいと体を捻《ひね》るようにして左足を後に送り、三叉とすれ違うように半身でこれを捌《さば》く。

次いで前に繰り出す右足で踏ん張り、ぎりりと絞り上げた胴の動きで木剣を抜き打ちにした。

下から上へ。立ち上がるかのように棒が弧線を描いて空を薙ぐ。

その時にはすでに女戦士はそのしなやかな肢体を引き戻し、三叉共々間合いの外だ。
「あ、は……っ！」
心底楽しいといった笑い声。君は木剣を正面に引き戻し、汗で滑る掌で摑み直す。
避けて、斬る。これでは遅い。ではどうするか。
「ほぉら、ぼっとしてると……！」
思索の暇《いとま》を与えぬとばかり、女戦士は再び地を蹴っている。
君の視界、視線、その焦点が真っ直ぐに三叉の先端に向けて絞られるかのようだ。
反射的に、あるいはとっさに、君はその迫り来る殺意へと木剣を重ねた。
鈍い音がして木と金属が激突。かち上げられそうになる刀身へ左手をあてがう。
がっきと三叉は木剣へと嚙みついて、君は我知らず、その体に力を込めて強ばらせた。
鼻先にひやりと感じる金属の冷たさに、思わず君の額から汗が滴るのがわかった。
仮に受け損ねても寸止めしてくれるだろうが、とてもそうは思えぬ鋭い動きだ。
その穂先を隔てて、驚くほど間近に、彼女の顔があった。
表情は冷たく酷薄《こくはく》、視線は鋭く、けれど――ほんの僅か、瞳が揺れる。
「また死んじゃうよ？」
瞬いた次の瞬間――まさに、だ！――には、すでにその姿は君の視界から消える。
去り際《ぎわ》に口吻《こうふん》を交わした女が身を翻すような素早さで、彼女は間合いを離していた。

三つ叉《また》が引き戻された事で解放された木剣を、君はゆらりと構えなおす。

二度繰り返して、二度ともまた振り出しに戻ったかのように、君と彼女は対峙していた。

――今のは悪《あ》しだね。

ふと脳裏に、師がけらけらと笑いながら言うような言葉が蘇る。

一対一でならばともかくも、多人数を相手取れば受けに回った途端に死へ繋がる。

動きが硬直したところで横合いから襲われれば、それでしまいだろうから。

過日の初心者狩りとの戦いは、つくづくと運が良かったわけだ。

既に君の視界、認識からは、周囲の様相は白く塗《ぬ》り潰されたかのように消えている。

君と、彼女と、剣と、槍。それだけだ。

恐らくははらはらとした様子で意識を向けているだろう、女司教の存在も思考の埒外《らちがい》。

目の前の障害をどう乗り越え、どう次へ進むか。全てをそれに注力する。

避けてからでは遅い。守っては敗れる。攻防を一体とせねば、勝ち筋は――……。

「そぉ、れ……っ!!」

三度、四度、そして五度。

女戦士は鋭く踏み込み、刺突を繰り出し、俊敏に元の間合いまで戻る。

それは舞踊を踏むが如くで、傍から見ればきっと美しかったのに違いない。

だが君はあえて、その繰り返しの間隔を掴もうとはしなかった。

彼女の動きに目を慣れさせて対処したところで、意味がないからだ。

だから――六度目の踏み込みが迫ったその時。

君はとっさに、思いつくまま、工夫を行動へ移した。

瞬間、ぱんと木を打つ乾いた音を伴って、三叉の先端が虚空《こくう》へ飛んだ。

そして女戦士へと突きつけられる――君の長竿、君の剣。

その向こうでは、額に汗にじませ頰を上気させた女戦士が、まん丸と目を丸くしている。

「それまで……で、良いでしょうか？」

女司教が、君たち二人へ確かめるかのように立ち会いの終わりを告げる。

曖昧模糊とした視界では、確信があったとしても断言しかねるのだろう。

「あーあ、壊しちゃった」

いけないんだ。その問いを肯定するように、女戦士が悪童を揶揄するが如き口調で言った。

君は武器を納めて棒を元あったように馬房へと戻し、切り飛ばされた三つ叉を拾い上げた。

断面を確かめる。咄嗟の思いつきにしては、悪くないような案配に思えた。

「リーダーの勝ち、ですわね」

――いや。

君は首を横に振った。

いかな君とて、真正面、間合いの外から喉元狙って突く意図に、気づかぬほどではない。

それを六度も繰り返されれば尚の事だろう。

工夫ができたのも、そのおかげに他ならなかった。

君は引き分けだなと呟いて、女戦士へ感謝の意を改めて伝えた。

「ふふん」

彼女はわざとらしく得意げな声を出してから、くるりと折れた棒を一回しして肩に担いだ。

黒髪をかきあげて肩越しに振り返るその口元から、ちろりと赤い舌が覗く。

「長物使って剣術使いに引き分けなら、こっちの負けだよ」

ごめんね。声のない唇の動きに、君は黙って肩を竦めてみせた。

三叉の詫《わ》びと弁償とは、君がやるべき事であったろうから。

§

「あら、仲直りできたの?」

薄暗い迷宮の中にあって、はとこの声は不自然極まるほど明るく弾み、闇に消える。

君の《蘇生》と休日を経て、その翌日の事だ。

ほんの数日で何が変わるでもなく、迷宮は相変わらずの様子で君たちを飲み込んでいる。

勝手知ったりと言えるまでになった地下一階。暗黒領域《ダークゾーン》を避けて、縄梯子から下へ。

玄室を避ければ戦いもなく、そうして地下二階も早々に過ぎて、ここは地下三階である。

しばらく黙ってみたが、隣を行く女戦士は相変わらず感情の読めない微笑を浮かべるばかり。

ならばと、君もまた暗闇の中に細く伸びる輪郭線《ワイヤフレーム》を辿《たど》る事に注力した。

故に答える声も後ろ――従姉の隣からだ。

「はい、上手くいきました！」

やはり明るく朗《ほが》らかなその声は、紛れもなく女司教のそれだった。

「戦士の方々の流儀はわからないのですが、こう、刀と、槍をまじえて、ですね」

身振り手振りを交えているのだろう。衣擦れに混じり、天秤剣の揺れる涼やかな音が立つ。

おぼろげにしか見えていなかったはずだが、なかなかどうして、動きは鋭く素早い。

――いや、既に彼女の武力は一度見ているか。

君がそうして肩を竦めるのを見て、半森人の斥候がにやにやとした笑みを浮かべた。

「どないしたん、大将。あんま緊張しとらんようやな」

まあ、そうだ。

今君がいるのは地下迷宮の三階――あの苦い敗戦の玄室を目指している最中だ。

迷宮の入口を通る時、君の姿を見た女性近衛《このえ》騎士が、物言いたげだった事を覚えている。

昨日の今日で、という事だろうか。

――落馬した時はすぐに乗り直さないと、馬が怖くなるというからな。

君は女司教に聞こえないよう、それとなく声を落としてそう応じた。

もっとも勘の良い娘であるから、こんな小さな声だろうと耳に届いているやもしれない。

だが、だからといって聞こえよがしに言うものでもあるまい。

「ま、失敗だって経験だ」

そんな君の気持ちを知ってか知らずか、蟲人僧侶はがちりと顎を鳴らした。

「生きてりゃ次がある。お前が死んでも、残った俺たちは上手くやるさ」

勝ち負けはどちらでも構わない、という事か。

そう思えば、何とも気楽な事であった。まだまだその境地には至れないけれども。

君は気持ち軽くなった足を前に送り、迷宮の中を進んでいく。

――先日来た時は、やはり急《せ》いていたのだろう。

こうして注意深く、改めて四方に視線を向ければ、なるほど、地下三階は趣が違う。

他の――といってもまだ二階層分だが――階に比べれば、この階は異様であった。

なにせ無秩序に通路が伸びているでもなく、整理整頓された四辻で構成されているのだ。

「これも、迷宮の主《ダンジョンマスター》の根性の悪さやなぁ」

半森人の斥候が顔をしかめて、唸るように吐き捨てる。

「今どこにいるんだか、うっかり気ぃ抜くとわからんくなるわ」

右に曲がり、左に曲がり、回れ右して……。

幾重にも連なった十字路は、足を進める度に目眩《めまい》を誘うような感覚に陥《おちい》らせる。

東西南北のどちらを向いていたか、ともすればわからなくなってしまいそうだ。

「……なんだか気持ち悪くなってきちゃったなぁ」

女戦士がわざとらしく声をあげ、はたはたと襟元を仰ぐ気配が伝わる。

君がそれを無視して目線を前へ向けていると、従姉が荷物を漁《あさ》る音がした。

「飴《あめ》、舐めます？」

「もらおっかな」

などと、女性同士のかしましいやりとり。

い、い、はとこの緊張感のなさは、一周回ってむしろ見習うべきなのだろう。

君は笑いを噛み殺して肩の力を抜くと、女司教へ地図を頼むと声をかけた。

「はいっ」と頷くのは元気だが「大丈夫と思います」という言葉は、力が弱い。

迷ったら迷った時の事で、となれば《座標》の呪文を一つ残しておくべきであろう。

それで位置がつかめれば帰っては来られるはずだ——生きていれば。

そんな事を考える君の前には、既にあの重厚な玄室の扉が聳《そび》えていた。

「一応言っておくが」と蟲人僧侶の無機質な声。「同じ奴がいるとは限らねえぞ」

無論だ。君は頷いた。何がいようと、こちらのやる事は変わるまい。

「突入と略奪《ハック・アンド・スラッシュ》ですね」

女司教の呟きに、君はそういう事だと短く返す。うちの司教もガラが悪くなってしまった。

「が、ガラは悪くなっていないです……！」

彼女が必死に主張するのを、君はからからと笑って受け流した。緊張の心配はあるまい。

従姉はそんな君の様子を見て、わざとらしく──彼女には自然だろうが──溜息を吐《つ》いた。

「あなたは意地が悪くなってきたようで、お姉ちゃんとしては心配です」

失礼な。別に友好的な相手を虐めて喜んだ覚えはないし、この性格は生まれつきである。

君はそう反論しながら、そっと玄室の扉に手をあてがった。

「代わりに蹴破ったげようか？」なんて女戦士が囁くのに肩を竦めて、深呼吸を一つ。

──そうとも。かわってもらっては意味がない。

仮にも君は剣客として世に打って出ようとしているのだ。

そうである以上は、敗北をそのままにはしておけぬ。

負けた剣に対して自信を持つことなど、誰にもできない。

──それでは己が剣を世に問うことなぞできぬ。

なればこそ、剣客として生き、それを商売とする限り、戦いからは逃れ得ぬものなのだろう。

この繰り返しは死ぬまで続く──というのは、師から聞いた、古《いにしえ》の剣豪の言葉だが。

それを何となしに君は悟った、ような気がした。

無論、気のせいだろう。

こんな事で悟れるのであれば、世の剣豪の類は修行を積み重ねはしまい。
恐らく、彼らは僅か一瞬に垣間見《かいまみ》た閃《ひらめ》きを、何とか再現しようと試みたのに違いない。
そうして編み上げた剣を、どうして自信なしに振るうことができようか。
君は一度、深く息を吸い、そして吐いた。
そして掌に唾をくれて湾刀の柄を湿らせ、鮫皮《さめがわ》を手によく馴染ませた。
——後は、ままよ。
骰子を投じるより他あるまい。
君は真っ直ぐ足を振り上げ、力強く、先は阻まれた扉を蹴り倒した。
ばんと板戸が倒れ込む音に続いて、君たち冒険者は雪崩を打って玄室へと飛び込む。
浮かび上がる輪郭線をたどったその奥に、ちらりと揺らめく風の動き。
気配と呼んでよいものか測りかねるそれは、闇の中でむくむくと形を成していく。
膨れ上がった殺気——そんなものがあるとすれば——を君は肌で感じ取った。
その数、四つ。
闇の中より襲い来る虎の眼を、君は確かに捉《とら》えていた。
斬らねばならぬ者が、確かにその玄室の内で殺意を研ぎ澄ませていたのだ。

§

「忍びの者……ッ!!」

女戦士だろうか。悲鳴とも殺意ともつかぬ声を、君は遠くに聞いた。

敵を視認した時には既に君は身体を前へ送っていたからだ。虎面の忍びどもに、暇は与えぬ。

君は裂帛《れっぱく》の気合を発しながら、真っ直ぐ突き進み、湾刀を横一文字に薙ぎ払った。

ひょうと風を斬る音が軽やかに響く。手応えはなし。音よりも早く、忍びの影が弾けている。

視界が急速に鈍化している。水か、溶けた鉛の中にでもいるかのように、世界が重く濁る。

誰かが声をあげ、ちりちりと首筋の毛が逆立った。だが、かまうものか。

君はそんな曖昧模糊としたものの尽《ことごと》くを切り捨て、ただ身体が動くのに任せた。

瞬間――かちりと、白光が迷宮の闇に煌めいた気がした。

「――――!」

刹那の見切りだ。

虎面に驚愕《きょうがく》の色が滲んだのは、気のせいだろうか?

君は左手にぐぐと力を込め、ふてぶてしく笑ってみせた。

そう、左手だ。君の左には、今、小剣がしっかと握りしめられている。

右の湾刀を片手打ちにした勢いで身体を捻り、左逆手に小剣を抜き打っていたのだ。

その刃が、忍びの者の致命の一撃《クリティカルヒット》に噛みつき、がっきと受け止めている。

――さて、師が聞いたならば何というやら。

君は額に汗がにじむのを覚えながら、いっそ小気味よく、愉快な心持ちで思いを巡らせる。

いつぞやの戦いで咄嗟にやった事を、今度は意図的に組み立てたもの、ではあるのだが……。

習い覚えた本来の術理であれば、右の剣で受け、左の小剣で攻めるものであろう。

これを左の小剣で受け、右の剣で攻める――というのは、別の流派のやり口だ。

だが、生きるためだ。かまうものか。そう思うと、師がからりと笑うような気がした。

左手一つでは心もとなく、君は早々に右の湾刀で胴を薙ぐように切り返す。

いささか無理がある姿勢であったからだろう。切っ先が硬いものを掠《かす》め、けれど肉は断てず。

ぱんと石畳の上で弾けるように飛び下がった忍びの者の胸元に、鎖帷子《くさりかたびら》が覗いている。

だがかまうものか。君は繰り返しそう呟き、両手の二刀を構え直す。

――二体はこちらで引き受けよう。

そう応じる言葉に、女戦士がくすりと笑い、斥候が「おう！」と空元気で威勢よく叫ぶ。

君もまた仲間に応じるように一声吠《ほ》えて、忍びの者どもへと真っ直ぐに突き進んだ。

「――――！」

「‼」

しかし敵もさるもの。初手を防がれたと見るや、後転を決めて距離を取り、連撃が君に迫る。

君は視線を素早く走らせる。右からは電光の如き飛び蹴り、左からは毒蛇《どくじゃ》の如き貫手《ぬきて》。

判断は考えてのものではなかった。君は身体を前に送り、刀を持つ手で石畳を突いて転げる。頭上で凄《すさ》まじい衝撃があった――ように思った。実際に認識できたのは全てが終わった後だ。膝を突いて起き上がり身体を捻る君の視界には、左右入れ替わった忍びの者の姿。だがその手甲は歪み、脛当《すねあ》てには罅《ひび》が走っている。君は交差する二人の下を潜り抜けたのだ。

――なるほど。

その瞬間、君は敵の技量を看破していた。

なるほど、確かに手練れだ。一撃一撃が致死であろう。だが――……。

――勝機はある。

「!!」

無音の気合を発して、忍びの者が猛獣の如き動きで君へと飛び掛かってくる。

だが動きはてんでばらばらだ。恐らく同時ではなく、君が片方を相手取る隙を狙っての事。

君は竜の如く身体を捻って摑みかかる相手、その懐へ二刀を引っさげ、自ら滑り込んだ。

そしてくるりと掌中で刃を返しつつ彼我の踏み込みの勢いを乗せ、その胸元へ峰を叩き込む。

「――――!?」

胸を悪くするような嫌な手応えに、果実を思い切り岩に投げつけたような音が玄室へ響く。

虎面の隙間からどす黒い血が吐き出され、忍びの者は鞠の如く弾んで壁に打ち当たる。

いかに鎖帷子を身に纏おうと、打ち込みの衝撃までは殺せまい。

だが感慨に耽《ふけ》る暇はない。君は口中で真言を唱えながら、意識を研ぎ澄ませつつ身を捻った。

刹那、忍びの者の手から白閃が伸びた。君は目もくれず、逆手に握った小剣をそこへ重ねる。

――サジタ《矢》……ケルタ《必中》……ラディウス《射出》！

甲高く澄んだ音を伴って、金属が撃ち合った時特有の火花が暗闇に散った。

「――!?」

何が起こったのか、はたして理解できた者は君以外にいただろうか。

閃光《せんこう》はそのまま逆戻しに反転して、投じた側であるはずの忍びの者を貫いていた。

尋常な光景ではなく――無論、世の理《ことわり》を捻じ曲げる《力矢》の秘術によるものである。

投じられた刃を、君は必中の鏃《やじり》と転じて打ち返したのだ。

血飛沫《ちしぶき》を上げて大きく仰《の》け反《ぞ》った虎面の忍びだが、しかしまだ致命傷には至っていない。

それを言えば先程君が打ち据えた者も、ごぼごぼと血反吐《ちへど》に咽《む》せながら起き上がりつつある。

――だが、好機！

「そぉれ!!」

君の指示に女戦士が可愛らしい声をあげ、長柄の槍竿《やりざお》で対手の足を転がして蹴り倒す。

ちらと視線を向ければ、安堵《あんど》したように息を漏らし、君へ片目を閉じたのは気のせいか。

「なん、っとぉっ!?」

一方、半森人の斥候もまた未だ健在だ。敵も含めてではあったけれど。

うひゃあとか、うひぃとか、そんな間の抜けた悲鳴をあげつつも、受け流し《パリィ》に専念。

虎面の繰り出す拳を、足を、かろうじて短剣が受け止めては弾いている。

――となれば、焦点はそこだ！

「はいっ！　三手、合わせてください！」

「いきます……ッ!!」

今だという君の叫びが届くが早いか、後衛にいた娘二人が各々の杖を掲げて声をあげる。

「カリブンクルス《火石》！」

「クレスクント《成長》！」

ヤクタ《投射》と輪唱の如く重ねられたその旋律は、魔力を伴って世界の理を改竄《かいざん》する。

従姉と女司教の杖より投じられたのは、煌々《こうこう》と燃え上がる《火球》の術であった。

それは飛び下がった斥候と入れ替わりに忍びへ着弾し、膨れ上がるように弾け飛ぶ。

熱風がちりちりと君たちの肌を焼き、火の粉が舞いながら、炎の風が敵陣を薙ぎ払った。

「――!?」

「!?」

橙色《だいだいいろ》をした火炎に包み込まれた忍びの者どもが、今度こそ声もなく悶絶《もんぜつ》し、転げる。

それはまさに人の形をした松明そのものであり、もはや死から逃れる事などできようもない。

ほどなくして玄室いっぱいに肉と髪の焦げる臭いが立ち込める頃には、全てが終わっていた。

ぶすぶすと煙が渦巻く中で動く者は、君たち六人をおいて他にいなくなっていたのだ。

「……俺の出る幕はなかったな」

蟲人僧侶が気の抜けた声を漏らして顎をガチリと鳴らした途端、一気に空気が弛緩する。

――今度こそ、仕留められたのだろうか。

「……うん、たぶん。そうじゃないかな?」

緊張が抜けきらぬ面持ちの女戦士が、慎重な手つきで穂先を炭化した死体へ突き刺して呟く。

君の記憶は曖昧だが先日の戦いで敵を取り逃した事は、彼女の中で尾を引いていたのだろう。

ひとしきり四体の軀《むくろ》を全て突き通すまで、どうやら確信を持つには至らないらしい。

君は生死の確認を女戦士へ任せると、改めてぐるりと室内、そして仲間たちを見回した。

誰も彼もがくたびれたような様子で、汗にまみれ、肩で息をしているように思えた。

それは従姉や女司教、そして先程ぼやいた蟲人僧侶とて変わりはないらしい。

終わってしまえば呆気《あっけ》なく、戦いはほんの刹那の出来事であったにもかかわらず、だ。

恐らくは君の首が断たれた時も、同様に瞬くほどの戦いでしかなかったに違いない。

首筋にひやりと走る冷たさに思わず手をやると、ぬるりと粘ついた汗が手指に触れた。

女戦士との手合わせで、急所狙いの一撃へ工夫していなければ、さて防げたろうか。

彼女へ感謝を述べようとした君は、喉がひりつき、舌が口に張り付いていたのに気づいた。

その時になって、君は自分の呼吸が酷《ひど》く浅く、早い事を認識する。両手の刀がいやに重い。

君は今更のように噴き出した汗と、肩に重く伸《の》し掛《か》かる疲労感へ、ぶるりと首を横に振る。

それはまさに《死》の重みで、たとえ虚勢であろうと、屈したくはないものだった。

だから君は、焼《や》け焦げ捻じれた忍びの者どもの軀を見下ろし、堂々とこう言い放った。

——猛虎暗殺拳、敗れたり。

§

「やったね」

そう言って籠手に包まれた手を掲げる女戦士と、君は軽く拳をぶつけ合う。

彼女には感謝しても仕切れないが、それは一党《パーティ》の仲間全員に対して言える事であった。

突き詰めればこれは自分の我儘《わがまま》であるのだから、付き合ってくれたのは皆の好意だろう。

「別に俺はどっちでも構わなかったさ」

がちりと顎を鳴らし、蟲人僧侶がやる気なく呟いた。

「頭目《リーダー》が勝算有りと見込んで、勝ったんだ。文句はねえよ」

そう言ってもらえるとありがたい。君の言葉に彼は触覚を左右に揺らした。

「俺は役に立っちゃいねえからな」

「あら、帰路でまた大変な怪物と遭遇するかもしれませんよ？」

にこにことはとこはまた、洒落《しゃれ》にならない事を言う。

胡乱《うろん》げな君の視線に気づく様子もなく、彼女は豊満な胸元に手を当てて得意げだ。

「それにしても、お姉ちゃんも流石の《火球》だったと思いませんか？」

否定はしないが、素直に認めるとどこまでも高く登っていきそうで躊躇われる。

そもそも戦《いくさ》の助力に関しては、最初に感謝を述べたではないか。

君がそう告げると、彼女はぷう、と拗ねたように頬を膨らませ、むくれる始末。

まあ、どうせ地上に戻るまでには機嫌も直るだろう。従姉はそういう性質だ。

「でも、勉強した甲斐はありました」

こくこくと女司教が頷いて言う。ためになりましたと、呟くのも聞こえた。

「あの呪文書、異国のものと聞いていましたけれど……秘伝だったのでしょうか」

「奥義とかも書いてあったものね。時と空間を操る云々《うんぬん》、とか」

またぞろ従姉はおっかない事を言っている。

君は溜息を吐いて、両手の武器へ血振りをくれ、刃を拭ってから鞘に納めた。

無論、臨戦態勢は解かない。なにしろ、今も尚戦っている者が一人いるのだ。

足を進めた先では、忍びの者どもの懐や、連中が隠していた宝箱を探る斥候がいる。

先の戦いで前衛を務めた上で、今この時こそが彼の戦なのだ。

そう思えば慎重に手先を動かす彼の邪魔をするも忍びなく、君は黙ってその横に立った。

「別に話しかけてくれてもええで、大将」

その程度でミスはしない。半森人の斥候は、そう言って苦笑いでもしたらしかった。

目線を動かす、手も止めず、だ。君は少し考え、やはり後衛に戻るかと問うた。

「せやなあ。ま、結構神経使うンはホントやけども」

実際問題、戦い終わって彼の両手が怪我をしていては、その後の収入に差し支える。

斥候を入れぬ一党《パーティ》は、戦士が罠の発動を承知の上で宝箱を開けるというが、まあ無謀だ。

冒険者は危険を冒す者だが、それは別段、危険に鈍感となる事を意味はしない。

今までは斥候の消耗を考えて、彼を下げ、代わりに蟲人僧侶に戦ってもらっていた。

だが治癒《ちゆ》の奇跡を授かった僧侶に戦わせ、奇跡を嘆願できぬほど消耗させては本末転倒だ。

僧侶を前に置くか、斥候を前に置くかは——さて、判断に迷う所ではあった。

「ま、もちっとやってみるわ。ちっとでも休めば、手先仕事にゃ問題ないさかい」

そうかと君は頷いた。彼がそう言うなら、そうなのだろう。

消耗を押し隠して務めを果たそうとする者もいるが、彼に関してはそうではあるまい。

確実な仕事をするための努力をしてくれるなら、君から何か言うつもりはなかった。

何となれば、今回は皆が君のそれに付き合ってくれたのだ。

であれば、君とて皆のそれに付き合うべきだろうし、そうしたいと思っているのだから。

「……んお？」

君がそう考えながら四方を警戒していると、不意に半森人の斥候が声をあげた。

すわ罠かと、一党《パーティ》の面々がそれぞれに身構え、備える。

けれど半森人の斥候は「ちゃうちゃう」と言いながら、その指先で奇妙な武器を摘まみ上げた。

「なんぞこれと思うただけや。大したこっちゃあないわ」

それは蝶《ちょう》を模したような短剣、あるいは短刀だった。

刃を翼にした蝶とでも言おうか、四枚の刃を十字に組んだ、一見して持ち手のない短刀だ。

先の《火球》によるものだろう。高熱に晒されたそれは、青く焼けた鈍い色を放っている。

切り合いより投擲に向いていようが、君にはこれをどう投じたのか見当もつかなかった。

「盗賊の短刀にも似てっけど、なんやよぉわからん武器やなぁ」

半森人の斥候は二枚の刃を鍔に見立てて握ってみたり、苦心しながら検分している。

なにせその刃先へ指を走らせただけで、うっすらと指の皮に傷が走るほどの鋭さだ。

このような忍びの者どもが何故《なぜ》持っていたかはさだかでない、見事な業物である。

よくもまあ、君も咄嗟に打ち返せたものだった。

「鑑定致しましょうか？」

興味津々と言った様子でしずしず歩み寄ってきた女司教が、そっとその武器を覗き込む。

彼女の目でどれほど物が見えているかはわからないが、感じるところがあるのだろう。

「んにゃ。まあ、上ェ戻ってからでいいやろ」

半森人の斥候はそう言って、とりあえずといった塩梅《あんばい》でその武器を腰帯に挟み込んだ。

じゃらりと音の鳴る革袋も手元で弄んでいるあたり、収入も相応にあったのだろう。

女戦士がくすりと笑って、蟲人僧侶の脇腹《わきばら》を肘先で軽く小突いた。

「残念ね。罠か何かだったら仕事もあったかもしれないのに」

「どっちでも構わねえよ」

斥候が「おおっと」とおどけた様子で呻いて、従姉がくすくすと笑う。

君は改めて息を吸い、迷宮の冷たい空気を肺に取り込み、吐き出した。

そこには濃密な《死》の味が混ざっている。だが、それは饐れた忍びの者どものそれだ。

君と君の一党《パーティ》はそれに挑み、戦い、打ち勝ち、全員がここに揃っている。

――文句なしだ。

§

地上に上がると、ふわりと湿った風が君の顔を撫でて通り抜けた。

空は明るいが、同時に暗い。昼間だが――黒雲が渦巻いている。雨の予兆だろう。

「迷宮の中にいると、今がどれくらいの時間かわからないわね」

女戦士が頬に手を当てて、溜息を吐くようにそうぼやく。

迷宮に満ちる瘴気のせいか、戦いの緊張のせいか、体感時間は当てにならないものだ。

中へ踏み込んでどれほどの時間を過ごしたのか、君にだって判別はつかない。

だが出てきた所に雨が降っていなくて良かったと君は呟く。

なにしろ迷宮の中では雨が降らない。雨具の用意などは誰もしていないのだから。

「……雨でも私たちは関係ないのだけれどね」

そんな声は、迷宮の入口でやれやれと空を見上げている、あの近衛の女騎士だった。

見張り番として立っている彼女とも、もうすっかり顔なじみだ。

聞く所によればたまたま君たちと重なる事が多いだけで、ちゃんと交代勤務なのだそうだ。

それでも勤務時間は動くわけにいかないので、雨となれば雨晒しで立っている必要がある。

冒険者は昼夜関係なく来るし、そうでなくともいつ怪物が外に出てくるかもわからない。

まったくご苦労な事だと君が労うと、近衛騎士ははははと照れたように手を振った。

「今回も全員生還、と。良い感じだね。最深部へ積極的に挑む一党《パーティ》も、そう多くないのに」

そうなのだろうか？

「君たちと、あの金剛石のお殿様くらい？　帰ってこない人たちはもう少しいるけど」

そんなものか。君は頷き、もう少しばかり世間話を重ねて、彼女と別れた。

町外れから城塞都市へと向かう道を、君は仲間と共に急ぎ足で歩いていく。

冒険から生還しても、雨に打たれて風邪を引いて倒れるなど、笑い話にもなるまい。

「あ、降って来ます」

女司教がふと天を仰いで呟いたのは、ちょうど城門を潜った直後だった。

遅れて雨粒の最初の一滴が石畳を叩き、その後はもう、ざ、という轟音だ。

墨でも塗りたくったかのような豪雨に打ち据えられ、従姉が「ひゃああ」と悲鳴をあげる。

「は、はやくどこかに入りましょう……！」

外套をひっくり返して頭上を覆う涙ぐましい努力をしながらの、懸命の訴え。

なにせ一党《パーティ》の中で鎧を着ていないのは、従姉と女司教の二人だけだ。

濡れた衣服はぴたりと張り付いて、うっすら肌色が透けて見えるようにも思える。

「そうですね、風邪を引いてしまいますし……」

おまけに女司教の方は、気にしていないのか気づいていないのか、深刻な気配がない。

対して黒髪を雨晒しにしながら、鎧を纏った女戦士が「そうかなあ」と余裕の表情。

「冷たくって気持ち良いから、私はこのままでも良いけど？」

よしてくれと君は手を振った。さて、ここからだと――……。

「黄金の騎士亭が近いやろな。さっさと飛び込んでまおう！」

それだ。

「よしきた」

蟲人僧侶がガチリと顎を鳴らし、方針の決まった君たちは放たれた矢の如く街路を走った。

ほどなく黒々とした雨の向こうに、ぼんやりと暖かな橙色をした灯が見えてくる。

水しぶきに滲んだそれは、間違いなく酒場の看板を照らす燈火《ともしび》だ。

君たちは迷いなく自在扉を押し開け、ぽたぽたと水を滴らせながら酒場に足を踏み入れた。

「お帰りなさいませーっ！」

いらっしゃい、じゃないあたり、君たちもすっかり常連という事なのだろうか。

兎人の女給がひょこひょこと駆け寄ってきて、にこにこと君たちを出迎える。

君はひとまず――「手拭《てぬぐ》いを貸してください！」と従姉が叫び――麦酒と温かい食事を頼む。

「私は葡萄酒がいいなぁ。温かい奴ね。胡椒《こしょう》じゃなくて、お砂糖をひとつまみ」

それもだ、と追加して、「はぁい！」と女給が走り去るのを見送り、いつもの席へ。

「うちの女性陣は注文が多いなぁ、大将」

「えっ」

半森人の斥候のぼやきに、心底戸惑った声をあげる女司教。君は笑った。君たちは笑った。

この分なら地下三階を、早々に踏破するのも夢ではないかもしれない。

はたしてこの迷宮が何階まで続いているのかは、想像もつかない以上、夢物語だろうが。

それでも目標は、地下迷宮の最奥に潜む何者かを倒すことなのだ。

志《こころざし》は高く持ち、けれど足元はしっかりと、と――……。

「どうぞ！」とぱたぱた駆ける女給から手拭いを貰い、体を拭きながら、君はそう考える。

例えば武具にしたって雨晒しのままでは錆《さ》びてしまうし、金物でなくとも傷むもの。

いざ戦いの段に引き抜いた湾刀が赤鰯《あかいわし》では、格好もつかぬし斬死《きりじに》も免れまい。

「髪の毛も手入れしておかないとダメだものねー」

「宿のお部屋に戻ったら香油とか塗りましょうか」

「あ、わ、す、すみません……っ」

女戦士と従姉が二人がかりで女司教を構っているあたり、女三人寄れば姦《かしま》しいとはこの事か。

この一党《パーティ》で一番の長髪であるから、女司教の髪を拭って水気を取るのに二人とも熱心らしい。

その辺り、男連中は気楽で良いものだと君は笑って呟いた。

「せやな」と頷く半森人の斥候に対し、蟲人僧侶はしかし難しい調子で顎をガチリと鳴らした。

「だがまあ、雨になるとな。塚が崩れるからな……」

……なるほど。各々種族ごとに悩みも色々ということか――……と。

君は円卓につく直前、少し離れた場所の冒険者たちの様子が気にかかって、動きを止めた。

輝かしい物の具を纏った美丈夫の姿は、見間違うわけもない。

どうかしたのかと、君は貧乏貴族の三男坊である男へと気さくに声をかけた。

「ああ、いや、地下四階に至ったところでな。地図の確認中だ」

深刻な様子をした金剛石の騎士が、君の顔を見て、やや表情を和《やわ》らげた。

彼の一党《パーティ》は赤毛の司祭に犬人の戦士を始め、どうやら全員無事に揃っているようだ。

君は先を越された事にいささかの無念を覚えながらも、素直にその事実を喜んだ。

そちらも無事で何よりだと君が言うと「無事は無事だがな」と金剛石の騎士が呟く。

その傍らで影のような銀髪の娘が、ちらりと女戦士を見やり、やあと軽く手を上げた。

気づいた女戦士が頬を柔らかく緩め、ひらりと手を振ってそれに応じる。

「……元気そうで何よりだね。てっきり死んだかと思っていたよ」

「ひどいなぁ、ちゃんと生きてるよ？」

先だって聞いた彼女の来歴を思えば、孤児院での幼馴染《おさななじみ》であった、という事なのだろうか。

だがまあ、話されもしない事に深く突っ込んでも仕方はあるまい。

やれ一党《パーティ》の仲間はどうだ。やれ頭目《リーダー》は頼れるか。やれ粘菌はもう大丈夫か。

君はそんな二人の会話を意識から切り離し、金剛石の騎士に向き直った。

――しかし迷宮探索の最先端を行く一党《パーティ》にしては、覇気がないように思えるが。

「それに追いついて来ている貴公らが言うと、嫌味か皮肉にも聞こえるぞ」

もっとも、そう言って笑う辺り、金剛石の騎士もそうは思っていないのだろう。

君は疲れているのだからそう聞こえるだけだと笑い、肩を竦めた。

まったく、地下四階への階段がなかなか見つからぬと聞いていたが、先を越されてしまった。

となれば次は地下五階だ。今度はこちらが先陣を切って――……。

「……いや、実のところ、地下四階の探索も終わったのだ」

金剛石の騎士はそう言って、さして深刻でもない口調を努めて保ったまま、こう言った。

「だが――地下五階へ降りるための階段が、存在しない」

――なんだって?

君は思わずそう聞き返していた。

降り続ける雨音は強く、今やもう、酒場の窓へ叩きつけるほどの勢いとなっていた。

当然のように、外は夜の如く、暗い。

開かれた竜の顎《あぎと》ほど剣呑《けんのん》なものはない。知ると見るとでは大違いだ。

「おお、とぉ……!?」

半森人《ハーフエルフ》の斥候《スカウト》が虎口《ここう》――竜口《りゅうこう》か？――より飛《と》び退《の》くが、君は彼ほどに機敏ではない。

君が伏せろだか避けろと叫ぶのと、竜の喉《のど》がぶくりと蠢《うごめ》いて膨《ふく》らむのがほぼ同時。

次の瞬間には轟音《ごうおん》と共に熱風が迷宮の玄室を吹き抜けて、君たちの肉体を焼け付かせた。

それは比喩《ひゆ》ではあるが、比喩ではない。

高熱の息吹《いぶき》は決して炎ではなく、けれど触れた君の皮膚を見る間に焼け爛《ただ》れさせていくのだ。

「か、ひ……ッ、ぁ、ひゅ……っ!?」

背後では従姉《いとこ》が喉を押さえ、まるで首でも絞められたかのようなか細い吐息と共に崩折《くずお》れる。

ぜひ、ぜひという吐息は聞くだに命が危《あや》うく、ちらりと見やれば、その顔色は青よりも白い。

君はかろうじて背後に向かいたがる足を叱咤《しった》して、前線へと踏みとどまる。

ここで戦線が崩壊すれば、君が駆け寄ったところで待ち受けているのは確実な死のみだろう。

それを認めた蟲人僧侶が、彼自身もひどく緩慢《かんまん》な動きになりながら触角を振りかざした。

「毒だ、息を止めろ‼」

――これはいかぬ！

君は片膝《かたひざ》を突きながらも、何とかこの場で前衛としての務めを果たさんと身を起こす。

いや、起こそうと試みるが、しかし猛烈な毒の瘴気《ガス》は見る間に君の体から力を奪っていく。

体中の燃えるような痛みもさることながら、一吸いごとに喉と肺腑《はいふ》が焼けるように痛むのだ。

傍《かたわ》らでは陸にて溺《おぼ》れるが如《ごと》く、槍《やり》に縋《すが》る女戦士がひゅうひゅうと必死に息を喘《あえ》がせている。

もはや互いに割ける余力《ヒットポイント》は乏《とぼ》しく、続く爪爪牙尾が致命的となろう。

鍛えた肉体を持つ君たちですらこれなのだ。後列が直撃を受ければ一溜《ひとたま》りもあるまい。

故に君は立ち続けねばならぬ。従姉らに届く瘴気を、ほんの僅《わず》かであれ遮《さえぎ》るためにも。

――いやはや、まったく。

広さの判然としない迷宮の中にあって、山の如き体軀《たいく》、窮屈そうに折りたたまれた翼。

苔《こけ》むしたとも見える暗い緑色の鱗《うろこ》は、どれほどの歳月を積み重ねてきたものなのだろうか。

凡百の冒険者など塵芥《ちりあくた》の如く蹂躙《じゅうりん》できるだろう、爪と牙《きば》と尾については言うに及《およ》ばず。

そして何よりも、落ち窪《くぼ》んだ眼窩《がんか》の奥で煌々《こうこう》と燃え上がる、深く淀《よど》んだ赤い瞳《ひとみ》よ。

遮蔽物《しゃへいぶつ》なき輪郭線《ワイヤフレーム》のみの迷宮で、よもやかような怪物――緑 竜《グリーンドラゴン》と相対すとは！

かつての勇者、白金等級に数えられし者はたった一人でこれと向かい合ったというが……。

まずその気骨からして勇気ある者と呼ばれるのが相応《ふさわ》しいように思える。

あと一手番、向こうに与えれば、死ぬ。

その純然たる事実——《死》を前に、君は不思議と呑気《のんき》にそんな思索に耽《ふけ》る余裕があった。

「も、ろぉたぁッ!!」

——つまり一手も与えず行殺《ぎょうさつ》すれば良かろうなのだ。

瞬間、君の背後から頭上を、風を孕《はら》んだ外套《がいとう》が大きく膨らんで飛び越えて行く。

先んじて瘴気に晒《さら》される部位を最小に留めた半森人の斥候が、俊敏に竜へと突き進んだのだ。

その手にひらめく蝶《ちょう》を模した異様な形状の短剣が、ひょうと刃を唸《うな》らせながら投じられる。

「イヤアッ!!」

——一閃。

竜には迷宮を銀光が貫いたように見えた事だろう。事実、その紅瞳には刃が突き立っていた。

けたたましい咆哮《ほうこう》を上げて悶絶《もんぜつ》しながら、竜はその長首を振り回し、迷宮の天を仰《あお》ぐ。

刃の根本から鮮血を迸《ほとばし》らせる様を見る限り、竜といえど血が出るのならば殺せるという事か。

とはいえ「行きます！」と女司教《ビショップ》が声を絞り出したのは、それに勇気を得たからではない。

「《ウェントス《風》……クレスクント《成長》……オリエンス《発生》》!!」

彼女は僅かに得た一呼吸で真言を結ぶと、腰に吊《つ》るした角笛を唇に当てて息吹を吹き込む。

途端に猛烈な突風が迸って、迷宮に満ちていた暗緑の瘴気を一気に押し流していく。

——《突風《ブラストウィンド》》の術か！

女司教の卓越した意志は、この時、混乱する緑竜のそれを凌駕《りょうが》して現実を改竄《かいざん》してのけた。

従姉と共に呪文《じゅもん》の勉学を続ける彼女は、ここの所、目に見えて実力を伸ばしつつある。

だが、従姉は猛烈な瘴気に晒された影響から立ち上がれずに、玄室の床に臥《ふ》せっている。

女司教はその華奢《きゃしゃ》な胸にやっと空気を取り込むと、素早い動きで従姉の方へと駆け寄った。

「そちらは、おまかせします……！」

「よし、良いぞ！　──《巡り巡りて風なる我が神、我らの旅路にどうか幸あらんことを》！」

顎《あご》を鳴らして応《こた》えた蟲人僧侶の《祝福《ブレス》》が、君と女戦士へともたらされる。

交易神は旅の神、風の神。清らかな風の中にあって、その祝禱《しゅくとう》の旋風が刃に纏《まと》って渦を巻く。

その追い風を背に受けながら、君と女戦士は肩を並べて駆け、緑竜へ真《ま》っ直《す》ぐ突き進んだ。

「そぉれッ！」
一、二と交差する刃は、仰《の》け反《ぞ》った拍子に晒された竜の喉笛《のどぶえ》目掛けて。
屠龍《とりゅう》にて狙《ねら》うべき弱点は喉の鱗だと、師は言っていたものだが──……。

それが真実かどうかはさだかでないが、真空の刃を纏った湾刀《わんとう》は、するりと肉へ潜り込む。

途端に吹き出た竜血は、さながら溶けた岩のように熱く、赤黒い。

脇腹《わきばら》を突いた女戦士もこれにはたまらず、きゃあきゃあと声をあげて飛び退いた。

緊迫感のない声の調子は常通り。だけれど横目で見た彼女の顔は、緊張と恐怖に汗が滲《にじ》む。

「へぇき……！」

君の視線に気づいた女戦士が、小さく一声叫ぶ。それに合わせ、君も刀を構え直す。

「これ、でも……喰《く》らい――なさいッ!!」

そこへか細い咳《せき》込みと共に響いたのは、女司教の肩を借りた従姉の叫び。

自慢の髪はぼさぼさで、裂けた衣服から見える白い肌身は赤く爛れ、目には涙。

けれど彼女は真っ直ぐに両手を突き出して、呪術の声を高らかに歌い上げた。

「《トニトルス《雷電》……オリエンス《発生》……ヤクタ《投射》》!!」

《稲妻《ライトニング》》の白い光芒《こうぼう》が、迷宮の闇《やみ》を塗《ぬ》り潰《つぶ》す。

幾何学《きかがく》的に不規則な屈折を描いて迸る雷撃は、音を超える速さで竜を打ち据えた。

「く、うぅ……う、ぅ……ッ！」

過剰な魔力は溢《あふ》れ出るあまり従姉の指先を焦《こ》がすが、尚《なお》も彼女はひるまない。

さしもの竜といえど、この一撃を受けては――……。

「ちょっと、嘘《うそ》でしょう……ッ!?」

そんな君の希望的観測を、女戦士の叫びが否定《ひてい》する。

稲光《いなびかり》の残影がまだらに滲む視界に、君は未《いま》だ蠢く巨体を認めた。

片目、喉、腹から血を滴《したた》らせ、焦げた鱗より煙を上げながら、竜は君らを睨《にら》みつける。

その視線に込められた殺意は言うまでもなく、生かして帰す気は毛ほどもないようだ。

――だが。

それはこちらも同じこと。

君は竜が顎を開いた瞬間、するりと身を前に送り込む。

サジタ《矢》……インフラマラエ《点火》……ラディウス《射出》。呟《つぶや》く真言は三つ。

そして指先に灯《とも》った鬼火を、君はひょうと竜の喉奥へと投じた。

「──────」

ごくりと音が聞こえてきそうな、息詰まる刹那《せつな》の空白の後──……。

腹がぼこぼこと内から膨らむや否《いな》や、竜は傷から炎を噴き上げて爆発《ばくはつ》四散したのだった。

§

「ふぃー……。や、まっさかこないなとこにドラゴンが出てくるたぁ思わんかったわ」

竜の肉片と共に吹き飛び壁に突き立った短刀を抜きながら、半森人の斥候が声を漏《も》らす。

蝶の短刀を手にして以来、彼の前衛ぶりはずいぶんと板についてきている。

君としても一安心だが、それでも慣れぬ戦いは緊張を伴うらしく、声に疲労の色は濃い。

この後に宝箱の開封が待っている事を思えば、隊列は悩ましいところだが──……。

「馬鹿《ばか》を言え。迷宮《ダンジョン》には竜《ドラゴン》が棲《す》まうものだ。古来よりな」

一方、こうして後方に蟲人僧侶が控えていてくれる安心感は捨てがたい。

冒険に最適解など存在しないのだと、君はつくづく思い知っている最中である。

「せやかて、竜の探索《クエスト》言うやろ。のそのその辺り歩かれてたまるかい」

「昨今、野外を歩いていたって野生の竜が草むらから飛び出してくるご時勢だぞ」

「ありがたみがねえなぁ」

そんな益体《やくたい》もつかぬ会話を続ける二人はさておいて、君は傍らの女戦士の肩を叩《たた》く。

「ん？」と振り返る彼女は微笑を浮かべているが、その顔は青ざめていて血の気が薄い。

君だとて人の事は言えないが、長物を使う分、消耗の度合いは大きいのだろう。

ましてや相手はドラゴンだったのだ。無理もない。

「まだまだやれるけど」と、君の指摘に彼女は拗《す》ねた様子で唇を尖《とが》らせた。

「でも、ちょっとびっくりしちゃったかな？　今日はもう、竜には会いたくないかも」

まったくもって同感だ。ここらが探索の切り上げ時であろう。

君はそう見切りをつけて、女戦士へ息が整うまでの見張りを頼むことにした。

「はぁい、周り見てまぁす」

存外素直に応じて壁際《かべぎわ》でぺたりと座り込んだ彼女へ頷《うなず》き、君は次へ向かう。

半森人の斥候は蟲人僧侶に任せて良いとして、一番気にかかるのは――……。

「……お姉ちゃんは、大丈夫ですよ？」

このはとこめ。

やはり玄室の端で座り込み、女司教に世話を焼かれる彼女に君は顔をしかめる。

超過詠唱《オーヴァキャスト》を試みた指先は焼《や》け焦げ、痛々しくも包帯が巻かれていた。

「幸い、奇跡を嘆願するほどの、命に関《かか》わる傷ではないのですけれど……」

気遣わしげに女司教は呟いて、治療道具を鞄《かばん》にしまい込みながら額《ひたい》の汗を拭《ぬぐ》う。

「上に戻ったら、手当てをしないと痕《あと》が残ってしまうやもしれません」

「うーん、それはちょっと嫌ですねえ」

なんて、言われた当人が呑気そう――当人にとっては深刻そう――なのだから困る。

君はとにかく今日は引き上げる旨《むね》を伝え、帰路で無理をしないよう従姉へ言い含める。

「それはもちろん。……でも《稲妻》が通じなかったのは、ちょっぴりショックです」

まあ、致し方あるまい。君は思案しながら応じる。下級といえど相手は竜なのだ。

風神の《祝福》がなければ、君や女戦士の刃が通ったかも怪しいものである。

君の《火矢《ファイアボルト》》が功を奏したのも、運良く、というのが一番大きいところだろう。

《宿命》と《偶然》の骰子《サイコロ》は、絶対的な技量差のみで勝敗を決めたりはしないものだ。

「お姉ちゃんたちも、もうちょっと呪文の勉強をしないといけませんね」

そうは言っても、努力が無意味と言って笑う者では迷宮の踏破など夢のまた夢だ。

むんと気合を入れる従姉の調子に苦笑しながら、あまり女司教を付き合わせるなと釘《くぎ》を刺す。

「いえ、そんな！　とってもためになる事ばかりで、むしろわたくしの方がお願いしていて……」

君の言葉に女司教は慌ててぱたぱたと首を左右に振り、どこか楽しげに口元を綻《ほころ》ばせた。

「二人で一緒に呪文書を開いておりますと、興味深い発見ばかりで、とても楽しいのです」

「そうなんですよ！」と従姉。

「古い文献の中からあれこれ見つけ出すのが、とっても得意で、驚いちゃいました」

そういえば、幼い頃から勉強をしていた――と言っていたか。

「でも、まだまだなんです」

やはり経験が活《い》きているではないかと君が指摘すると、女司教は頬《ほお》を染めて顔を俯《うつむ》かせた。

「先だって見つけた魔界の核《デーモン・コア》から力を引き出す術も、まだ形にできておらず……」

――うん？

何やら怪しげな言葉が飛び出したが、まあ、女司教がついていれば大丈夫だろう。たぶん。

ともあれ帰り道で無理をしないよう繰り返し伝え、君は、さて、と息を吐く。

斥候の具合が良いようならば、そろそろ宝箱を調べてもらう事にしよう。

玄室の怪物は打倒したといえど、あまり長々と一所《ひとところ》に留まっていたいとは思えない。

「おう、直《じき》に集まってくるぞ」

君が近づいてきたのを察したのだろう、蟲人僧侶ががちりと顎を鳴らして警戒を促してくる。

探索を進める中で、君とて迷宮や玄室の隅にうずくまるように淀む影の存在は気がついていた。

鎧《よろい》を着た男、ローブを着た魔術師めいた男、それに僧侶と思わしき娘の姿……。

鼠人《スケイブン》だの人食鬼《オーガ》の類《たぐい》ならばまだ良いのだが――……。

「初心者狩りか、あるいは……」

――腐《ロッティング》った死体《・コープス》か。

「やんなっちゃうなぁ。……面倒くさいんだもの」

《死》の迷宮に魅入られた手合にしろ、《死》そのものであるにせよ、と。女戦士は息を吐く。

君は軽く肩を竦《すく》めて、粘菌《スライム》の類でないだけマシだろうと言ってやった。

女戦士はにこにことした表情を浮かべ、無言で槍の石突を繰り出してくる。

それをひょいと避けるように足を踏み出し、半森人の斥候へ声をかけた。

「おう、大将。もうええで。さっさと宝箱《チェスト》調べて、引き上げようや」

彼は身軽な動きで立ち上がり、水袋の中身を呷《あお》ってから口元を拭った。

七つ道具を器用に操《あやつ》って鍵穴《かぎあな》を探り、罠《わな》を調べる手つきは、言うまでもなく見事なものだ。

それでもその間、間近に立って周辺を警戒するのは一党《パーティ》の戦士としての役目だろう。

一番危険な役目を担《にな》っているのは半森人の斥候だし、仲間を置いて逃げる気は君にはない。

――地下四階の探索は順調だった。

ただ、階段が見つからないという事実が立ちはだかっているだけで。

君は知らず、溜息《ためいき》を吐《つ》き……その隙《すき》を見逃さない女戦士の二撃目に、思わず悲鳴をあげた。

実際のところ、地下四階はなるほど、実に単純な構造をしている。

ただただひたすら、いくつもの玄室が連なってできた回廊があるのみ。

未知の領域であった地下一階、罠の並ぶ地下三階と比べて、拍子抜けするほど呆気《あっけ》ない。

確かに現れる怪物は、上層よりもその強大さを増したようには思う。

件《くだん》の緑竜こそ稀《まれ》な例だが、巨大な蜘蛛《くも》に、人喰鬼、人狼《じんろう》などが闊歩《かっぽ》しているのだ。

到底、余裕綽々《よゆうしゃくしゃく》とは言えまい――――けれど、ただそれだけだ。

注意深く調べ、歩き、戦い、生き延びてしまえば、その先には何もない。

迷宮から唸るように湧《わ》き出《で》る無尽蔵の財貨があるのみ。

ここより先には、それ以外なにもない。

その事実は生半《なまなか》な怪物よりも強く、強烈に君たち――――いや、君の行く手を阻《はば》んでいる。

「……開いたで」

ごとりと音を立てて箱の蓋《ふた》が落ち、中に詰まっていた金貨の山が輝きを放つ。

それを横目に、君は知らず、重ねて深々と溜息を吐いた。

§

地上へ戻り、町外れから城塞都市へ戻った君たちは、目も眩《くら》まんばかりの喧騒《けんそう》に包まれた。

行き交う冒険者たちは威勢よく、夜も更《ふ》けて尚店には明かりが煌々と灯り、金銀が飛ぶ。

迷宮から唸るほどに湧き出る無尽蔵の財宝が、この城塞都市を不夜城へと変えたのだ。

「んー、せっかくやし、今夜は最上級《ロイヤルスイート》ってぇ手もあるなぁ」

そんな雑踏をひょいひょいとくぐり抜けながら、半森人の斥候は呑気に笑う。

別に節制を決め込んでいるわけではないが、なんやかやここまで馬小屋暮らしなのが君だ。

女性陣には簡易寝台の大部屋を充《あ》てがっているけれど、上の部屋にだってもう手は届く。

一党《パーティ》の共有資産を除けば個々人の財布に分配しているのだから、後は好きにすれば良い。

君としては別に構わないのではないかと、やや投げやりにそう返した。

「わたくしは……今のままでも、良いのですけれど」

珍しいことに、やや気後《きおく》れした感じで女司教が異を唱えた。

ひょこひょこ一党《パーティ》の真ん中を歩く彼女が、こうして自分の意見をはっきり言うのは喜ばしい。

その気持ちは従姉も同じなのか、にこにことしながらぽんと両手を打ち鳴らす。

「ふふふ、一緒に夜中までお話しするの、楽しいですものね！」

はとこは疲れているのだからさっさと眠らないと明日潰れるぞ。

君がそう揶揄《やゆ》すると、彼女は「そんな事ありません！」とぷりぷり怒るのだが、まあ良い。

――良くはないが、良い。

今日もずいぶんと玄室を回ったのだ。明日一日ぐらいは休みに当てても構わないだろう。

幸いなことに金ならある。力量についても、何とか緑竜と戦える程度には育ったのだ。

焦《あせ》る必要は、どこにもない。

「ふぅん……」

君がそう言うと、女戦士が何か言葉を含んだ吐息を漏らし、ちらりと視線を流してくる。

「わたしは、別に明日も頑張れるけどなぁ？」

「ま、休みたい時には休んだって構わないだろうよ」

君が何かを言うよりも先に、蟲人僧侶が顎を挟んできた。

彼は相変わらず表情のわからぬ顔つきで触覚を揺らし、君の方を複眼でじっと見やる。

この蟲人の見る世界では、君はどのように映っているのだろうか。ふと、気になった。

「俺《おれ》はどっちでも構わん」

何気なく、けれど重々しく言われた言葉に、君は僅かに息を呑《の》んだ。

そして空中に言葉を探し求め、ややあってから――恐らくはほんの一瞬だ――口を開く。

――では、休みだ。

君がそう宣言すると、蟲人僧侶は顎をガチリと鳴らし、女戦士は「はぁい」と気のない声。

「おやすみ……」と物憂げな調子で女司教が呟く。「……どうしましょうか」

「お勉強も良いですし、お買い物も良いですね！」

それに従姉が機嫌よく追従し、女性二人の楽しげな会話がきゃいきゃいと響く。

君はそんな彼女らの声を背に黙々と足を前に進めて――……。

「おう、大将。今日は酒場ァ寄ってかんのか？」

半森人の斥候の言葉に、いつのまにか黄金の騎士亭の前を通り過ぎかけた事に気がついた。

立ち止まり、看板を見上げる。中からは賑《にぎ》やかに冒険者たちが騒いでいる声が聞こえる。

夢を抱いて城塞都市に来たばかりの若者か。あるいは今日も迷宮での戦いに勝利したのか。

中には仲間を失って弔《とむら》いの酒を飲むものもいるだろう。

際限なく溢れ出る財宝を求め、この街に来て、迷宮へ挑み、戦い、殺し、生き延び──……。

──やがては《死》に飲み込まれる。

地下四階が、その《死》の最果てなのだろうか。

君にはわからなかった。

わからなかったが、何故《なぜ》か酒を飲もうという気は起きなかった。

他の冒険者に会いたいとも思わなかった。ましてや、かの金剛石の騎士らともだ。

今日は酒場には行かず休む旨を君は伝え、皆が楽しめるよう一党《パーティ》の財布を斥候へと放った。

たまには頭目《リーダー》がいないほうが良い事もあろう。君は仲間に別れを告げ、宿を目指す。

「あ……」

そんな君へと女司教が何事かを言いかけたが、しかしそれ以上の言葉はなかった。

君は足を止めたが、であれば重要な案件でもないのだろうと思い、そのまま歩き出した。

一人で街を行けば、やはり目につくのは増えつつある冒険者の姿だ。

誰《だれ》も彼もが迷宮から吐き出される、無尽蔵の財宝を目当てにやって来ている。

その行き着く先が、地下四階の玄室であったとしても、気にもとめまい。

天を見れば、街の明かりで白んだ夜空に、微《かす》かに滲む一筋の煙が認められる。

竜の棲まうという山の火だ。だが、それもこの街の冒険者らには関係のない事だろう。

君はふと、誰彼構わず捕まえて、あの迷宮は地下四階で行き止まりだと迫りたくなった。

その意味がわかるかと問い詰めて、罵《ののし》り、喚き散らしてやりたくなった。

そんな事をしても、きっと白い目で見られて終わるだけだろうけれど。

ほどなく、君はいつも泊まっている宿に辿り着いた。

いつものように馬小屋を借りて、藁山《わらやま》の中にうずくまるようにして腰を下ろす。

今日の探索は――ひどく疲れた。

緑竜が出たせいだろうか？　いや、あの怪物との遭遇は想定外だが、想定内だ。

探索それ自体はさして問題もなく終わった。だが、やけに体が重い。

座り込んだ体には力が入らず、手も足も、まるで地面に縛り付けられたように動かない。

まあ、そんな日もあるだろう。大した事ではない。明日は休んで、それで良いではないか。

何一つ代わり映えはしないのだ。

また迷宮へ潜り、怪物と戦い、生き延び、財宝を得て、帰還する。

思うに、その単純な繰り返しだけでも良いのではないか。それ以上先がないのであれば。

君はぶすぶすと煙を上げて燃え残った灰のような気持ちを抱えたまま、うとうとと微睡《まどろ》んだ。

しばらくしてガサゴソという微かな気配に瞼《まぶた》を上げた頃には、どれほど経《た》っていたろうか。

薄暗がりの中に動くその影は、見慣れた、半森人の斥候の姿をしている。

「なんや、あっちだと落ち着かへんのや」

君が目覚めた事に気づいたのだろう。彼は言い訳がましくそう言って、困ったように笑った。

「あのやわっこいベッドに入ってっと、かえって歳《とし》ィ食っちまいそうでなぁ」

そうかと君が頷くと、彼は「おやすみ大将」と言って、藁山の中に丸まった。

向こうの隅にいるのは、蟲人僧侶だろうか。彼の複眼では起きているかどうかもわからない。

君は目覚めたばかりで酷《ひど》く鈍った思考の中、何ともなし、馬小屋の外へ視線を向けた。

遠く、宿の建物の明かりがぼんやりと滲んで見える。簡易寝台の大部屋はどこだろう。

――今夜は、彼女は来ないか。

ふと、そんな事を君は思った。

別に用もないのだから、それは当たり前の事だが、何とも無性に寂《さび》しいのは何故だろう。

馬鹿馬鹿《ばかばか》しい疑問に君は笑って、再び無理矢理に目を瞑《つむ》り、藁の中で眠りを求めた。

どうであれ――あと何時間かすれば、夜は明けるのだ。

それで何が解決するわけでも、ないにしても。

§

「リーダー、お買い物に行きましょう！」

ふんすと力強く意気込んだ女司教の宣言に、君はお、おうと声を漏らして匙《さじ》を取り落とした。

朝食の麦粥《むぎがゆ》へと沈む匙をともかく置いておいて、君はゆっくりと女司教へと向き直る。

――朝の『黄金の騎士』亭は、いつも通りの気怠《けだる》い喧騒に満ち満ちていた。

ようやっと迷宮から引き上げてきた者たち、これから繰り出す者たちが杯を掲げ飯を喰う。

昨日今日城塞都市を訪れたばかりの者たちが、緊張した様子で仲間を求めて左右を見る。

黙って座っていればお声がかかると期待する者も、夜にはそれが幻想だと気づくだろう。

そんなのは魔術師や僧侶の話で、田舎《いなか》から出てきた農家の三男坊にはありえない事なのだ。

「あ、じゃあ私も何か頼んじゃおっかな。そうだなぁ、甘いものとか食べたいなぁ」

「そうですね。わたくしも……触媒が少し入り用で。あ、甘いものも！」

「そういや、水薬とか細々したもんが、ちぃと減っとったなぁ。頼めっと助かるんやが」

「俺はまあ、どっちでも良い」

――などと現実逃避をしている合間にも、仲間たちは既に行く前提で話を始めている。

いやだが待って欲しい。そのような買い物であれば自分が一人で行こう。一人で。一人で！

君が皆を気遣ってそう言い返すと、まっさきに女戦士が「えぇーっ」と非難の声をあげた。

「せっかくこの子が勇気を出してお誘いしたのに、君ったらそんなこと言っちゃうんだぁ？」

かわいそー、と。心配よりむしろ君を揶揄する口振りでいって、女戦士は女司教へ手を回す。

ぎゅうっと庇《かば》うように抱きしめられた女司教は「いえ、そんな」とてれてれ声をあげるのみ。

「む」とそれを見たはとこが、きりっといつもの調子で目を三角に吊り上げる。

「ダメですよ、女の子に恥をかかせては！」

ええい、そういう話ではあるまい。

君は柄《え》まで麦粥に浸った匙をとりあげ、それを何とか拭って誤魔化《ごまか》すように食事を続ける。

察するに、皆の生暖かい視線から、これはもう完全に根回しがされていると見て良かろう。

提案者は誰か。間違ってもはとこではあるまい。「失礼な！」という抗議は無視する。

「だから、この子だってば」

ねえー？　などと言いながら、女戦士は抱きしめた女司教の頬を撫《な》でて愛《め》でている。

「は、はい」と頷く女司教の方も、恥ずかしがってはいても満更《まんざら》でもないらしい。

君としては彼女が他の女性陣や仲間と上手《うま》くやっているのは、喜ばしい限りだが――……。

「別に仲間から買い物に誘われるぐらい、そう珍しくもないだろう」

迷っている君に対して、蟲人僧侶はガチガチと顎を鳴らしながらそう指摘する。

「それとも、何だ？　行きたくない理由でもあるのか？」

聞かれた途端に「まあ！」とはとこが眉《まゆ》を吊り上げるが、どうでもよろしい。

君としては別段、断る理由などもないのだが、いやしかし……。

どうにも理由のわからぬ焦燥感に君が迷っていると、半森人の斥候がけらけらと笑った。

「大将、こらもう詰みやで。素直にちょいと迷宮探索以外のこともやってくるとええわ」

――むう。

そう言われてしまえば、そうなのだろうか。

確かにここの所、探索と鍛錬ばかり考えていたように思う。敵を切り倒し、前に進む。

そうでなくば迷宮に蠢く《死》に抗《あらが》えないと考えていたからだが、しかし――……。

――それだけでは《生》には足りぬ、か。

一の裏は六だ。一の目ばかり気にして骰子を振るのは、何とも馬鹿馬鹿しい事に違いない。

もちろん、今こうして麦粥啜《すす》りながら考えているだけで、心の内での理解には至っていない。

頭と心は異なるものだ。だが合わせる事はできる。そのために行動をすれば、だが。

――よし。

君は頷き、椀に残ったものを一気に掻《か》き込《こ》んだ。

気づけば君以外の仲間は、とうに食事を終えている。ずいぶんと出遅れたものだった。

では行こう。買い物だ。一人ではなく、女司教と二人で。

「――はいっ！」

途端、ぱあっと蕾《つぼみ》が綻ぶように顔を輝かせ、女司教が何度もこくこくと頭を頷かせた。

やったやったと女性陣同士で小さく手を合わせてるあたり、やはり仕込まれていたのだろう。

だが不思議と、悪い気はしなかった。

親しいものに気遣われるというのは良いことだし、それを無下にするほどの焦りは害悪だ。

君は通りがかった獣人――兎人だ――の女給へ、水を一杯求めた。

「はぁい！　ふふ、聞こえてましたよ。息抜き、大事ですからね！」

けむくじゃらの手でぽんと肩を叩かれ、君は苦笑いをした。よほどわかりやすいらしい。

だが、まあ、良い。重ねてそう思う。

休み、遊ぼうと、そう決めただけで、体の中に詰まっていた息が漏れたようだった。

君は頷き、両手を合わせ、一党《パーティ》の共有資産としている財布を卓上に置いた。

――では、各々《おのおの》が何を買ってきて欲しいのか、まずはそこから始めるとしよう。

§

「さあ、見てらっしゃいな。迷宮で見つかった、世にも奇妙な生ける金貨だよ！」

「ちょいと高いぜ。鑑定料と売値が同じって、ぼったくりじゃあないか」

「いやね、この熊の彫像は、何百万もの敵を殺した熊で、ご利益《りやく》があるって話で……」

「ちょっと、純金製の鍵なのよ？　良い値で買って頂戴よ！」

ぶらりと街に繰り出してみれば、城塞都市の狭い空間にはこれでもかと人が詰まっている。

威勢のよい掛け声が飛び交い、買い出しに出てきた冒険者と商人のやりとりが耳に届く。

なにせ真新しい商品にも、支払うための金貨にも、この街では尽きるという言葉がない。

まこと、世界の終わりが近づいているとは、とても思えない光景だ。

みすぼらしい格好をした難民と思わしき人々も、けれどここではほっとした表情が見える。

安堵《あんど》だろうか。不安はあるにしても、何とか生きていけると、そう思えるのか。

この街に吹く善き風は、どこか優しいように思えてならない。

「交易神のおかげなのでしょうね」

君の傍らを、とてとてと必死についてくる女司教も、どこかホッとした様子で呟く。

「でも、やはり難民の方が多くて……。戦《いくさ》は上手く行っていないようですわね」

けれど続く言葉に何やら物憂げな気配が漂うのは、彼女の使命感ゆえだろうか。

先だって寺院で聞いた生《お》い立《た》ちを思えば、無理もない事ではあろう。

世界を救わねばならないのだ。

その困難を思えば、現状を見て考え込んでしまうのも当然だ。

だが彼女はしばし俯いて黙ったあと、「うん」と力強く頷き、君を見上げた。

「そのためにも、今日はお買い物です！」

そうはっきりと宣言し、行きましょう！　と率先して足を前に繰り出す。

今度は逆に、君の方が彼女を必死に追いかけるはめになって――君は笑った。

何とも、愉快だった。

「まずはどこから参りましょうか？」

上機嫌でくるりと振り返り、眼帯に覆《おお》われた視線を向けてくる彼女。

冒険の時とは異なり、武器防具を外した平素な出で立《いた》ちだが、実に活き活きとしている。

元が名家の令嬢だったからというのでもないが、どこぞのお嬢様と言われても不思議はない。

ともすればこれが素の――小鬼退治や、親の教育に押し込められる前の――彼女なのか。

君はそんな事を考えながら、ひとまずは雑多なものを見て回るとしようと伝えた。

武具防具や薬の類であれば、日頃《ひごろ》世話になっているあの偏屈な老人の店へ行くべきだろう。

けれどそれ以外の細々としたものや、女戦士や従姉が好き勝手頼んだ甘味の類は別だ。

露店を巡るのも、悪くはないだろう。

なにせ彼女は至高神の女司教。鑑定の権能があれば、変なものを掴《つか》まされる事はない。

頼りにしていると君が伝えると、彼女は嬉《うれ》しそうに「はいっ」と応じた。

§

さて、ぶらり、ぶらりと道行けば、犬でなくとも興味深いものへとぶつかるものだ。

路上へ広げられた様々な品物の中に、君の目を引く品だっていくつも並んでいる。

例えば――刀剣の類などは、その典型的な一つだ。

「おお、旦那にお嬢さん、お目が高い！　古今東西、よりすぐりの名剣業物揃《わざものぞろ》いですぞ！」

やや訛《なま》りのある、どこからか流れてきたと思わしき行商人が流れるように弁を振るう。

恐らくは平服だから、君の隣にいる少女が何者なのか気づいていないのだろう。

君がちらと女司教の方を見ると、彼女も悪戯《いたずら》っぽく、その眼帯の下から目線をくれる。

くすくすと笑いを噛《か》み殺《ころ》す彼女に頷きかけて、君はどうれと剣の前にしゃがみこんだ。

――なるほど、まあ、たしかに。

ぱっと見た程度ではあるが、名剣だの業物だのと並べ立てるだけの品ではあろう。

少なくとも拵《こしら》えは見事なもので、手にとって鞘《さや》を払えば、白刃が煌々と輝いている。

もっとも、この程度はどうとだって取り繕えるものだが――……。

「……よろしければ、見てみましょうか？」

こそこそと、声を潜めて――どこか楽しそうに――女司教が囁《ささや》いてくる。

そうだなと応じつつ、君が手にとったのは竜殺《ドラゴンスレイヤー》しと仰々しく記された剣だった。

獣殺《ワースレイヤー》しだ魔術師潰《メイジマッシャー》しなども並んでいるが、まず竜だ。

先だって遭遇したあの緑竜。奴《やつ》を相手取る時にこれがあれば、もう少しは楽に済んだろうか。

「ああ、これは……」

女司教は、ついとその細い指先で剣の柄《つか》へ触れた。

そのまま、愛撫《あいぶ》するかのような手つきで刃の方へ指を這《は》わせ、何とも曖昧《あいまい》な笑みを浮かべる。

偽物《にせもの》なのだろうか？　君の疑問に、女司教は「いえ」とゆるく首を横に振った。

「……本物ではありますわ。ですが……なんといいますか……」

彼女はその眼帯の下に隠された目でちらと店主をみやり、つつつ、と君の傍《そば》へと身を寄せる。

そしてちょこんと僅かに背伸びをし、君の耳元へ唇を寄せると、小さな声で囁いた。

――やる気がないのです。

ほう。君の相槌《あいづち》に彼女はくすくすと子供っぽく笑って、そのままひそひそと言葉を続けた。

「あれは飛ぶものを落とすもの。地の底に蠢くものを相手取っては、真価を発揮致しませんの」

一口に竜殺しの魔剣といっても、色々とあるものだ。

英雄伝説に謳《うた》われるもの、竜を殺すもの《ドラゴンバスター》、竜を滅ぼすもの《ドラゴンヴァラー》……。

竜と戦う以外はただの剣とされる物も多いから、必然、出回っている贋作《がんさく》も多いと聞く。

なにせ実際に竜と戦うために竜殺しを求める者など、そう多くはいないのだから。

その点を言えば、この剣は本物であるだけマシといったものだろう。

たとえこの地下迷宮で真価を発揮することはなくとも、だ。

「ですので、もし選ぶのでしたら……わたくしならば……」

つつ、と。女司教の指が、踊るように布へ並べられた武具の間を行き交った。

そしてやがて、一振りの剣の前でぴたりと手が止まる。

「……ええ、わたくしが選ぶならば、この剣がよろしいかと」

それは幾重にも刃が連なった、奇っ怪なる剣であった。

拵えは些《いささ》か古風であり、相応の歳月を経てきた代物であろうが……。

「やあお目が高い。そいつぁね、名のある鍛冶師の鍛えた業物でしてね、旦那。どうです？」

促されるまま手に取ってみると、確かな手応えと奇妙な軽さを覚えた。

店主に確認を取ってから軽く振ってみれば、唸るような剣風が鳴る。

なるほど、これは確かに業物だ。

一振りすれば、たちまち敵の血肉を引き裂いて、挽肉《ひきにく》の如く変えてしまうに違いない。

このようなものを扱う武具屋は、この城塞都市に一軒しか君は知らぬ。

そこで扱われていない以上、これはよもや、迷宮から出土したものではあるまいか。

「へっへっ、ここんとこ大量に持ち込まれましてね。いや、ありがたい限りですわ」

見ればなるほど、たしかに、他の刀剣類なども含めて、そうした類が多い印象を受ける。

いや、何も剣に限ったものではない。

敷布上を見回せば、杖《つえ》だの指輪だのも多く並んでいるではないか。

君とて魔術の心得はある。

無造作に転がされた杖の一つに、強力な炎の魔力が宿っている事くらいはわかろうものだ。

自分の従姉はもちろん、女司教といった術使いにとっては頼もしい装備ともなるだろう。

――しかし。

君はふと、妙な違和感を覚えて、手にしていた古の名剣をそっと布の上へ戻した。

それは言葉にし難《がた》く、単なる気のせいに過ぎなかったのかもしれない。

ただ、得も言われぬ……あのならず者どもの玄室に踏み入った時のような、ひりついた何か。

「よろしいのですか?」

店主に愛想笑いを返しながら、君は腰の湾刀を軽く叩いた。

手に馴染《なじ》んだ武具の方が良さそうなので、この手のものがあればまた頼むやもしれぬ。

冷やかしの類には慣れているのだろう。「そうですか」と店主もさして気にした様子はない。

とはいえ、これはまあ、あくまで君に関しての話だ。

もし女司教が何か欲しいものがあれば、装備を整えるのは一党《パーティ》の頭目《リーダー》として当然の事。

どうだろうか――……。

「――――」

しかし彼女は、君の問いかけにも気づく様子すらなく、その見えざる目を一点に向けていた。

彼女の視線を辿《たど》った先にあるのは、特に何の変哲もない、綺羅《きら》びやかな細工の施《ほどこ》された指輪。

さぞや高価なものであろう事は、君の目にもわかる。些か、気後れする程度には。

だが優れた呪具の類ならば、ここは一番、竜の顎に飛び込む気概で、贖《あがな》うのもやぶさかでは。

「……いえ」

女司教が、酷く怯《おび》えたような、震えた声で呟いた。

「いえ……大丈夫です。わたくしは、良いのです」

そして彼女は数度繰り返すようにふるふると首を横に振り、そそくさと歩き出してしまった。

君は慌てて後を追う。しずしずとした歩き方だが、冒険者の常、彼女の足取りは確かだ。

ほどなく追いついた君へ、女司教は問われるまでもなく、ぽつりと小さく呟いた。

「あの指輪は……呪《のろ》われております」

呪いとな。鸚鵡《おうむ》返《がえ》しに呟く君へ、彼女は細い肩を震わせ、怪物を見た赤子のように俯いた。

「なんと言って、良いか……。冷たく、引きずり込まれるような、そんな……」

——ふむ。

君は低く唸った。

それはともすれば、君があの業物の剣に感じたものと同じ、奇妙なものではなかったか。

ぞっとするのともまた違う。ひたひたと、忍び寄ってくるような冷たい何か。

この城塞都市に満ちているもの。あまねく冒険者と、常に隣り合わせに存在するもの。

君は立ち止まり、雑多な市場の向こうを見やるように、そっと振り返った。

もはやあの露店はもちろん、剣も、指輪も、喧騒に塗りつぶされて見ることはできない。

——だが、しかし、あるいは。

あれは恐らくきっと、《死》の冷たさであったのではあるまいか――――……。

§

「あ……」


と、足早に市場から逃げるようだった女司教が、不意に立ち止まってはたと顔を上げた。

追いついた君がどうかしたのかと声をかけてみるも、彼女は「いいえ」と首を横に振る。

「ええと、こちらです。たぶん……」

するりと彼女はその目に拘《かか》わらずしっかりとした足取りで、路地を曲がって駆け出していく。

人や建物にぶつかるとか、転ぶだとか、そうした懸念《けねん》を感じさせない、躊躇ない走り方。

君は慌てて後を追いかけてはみたが、そういった意味での心配はしなくても良さそうだった。

――もしやすると、なかなかにお転婆《てんば》だったのではあるまいか。

なんて、そんな益体もない考えすらも脳裏《のうり》に過《よぎ》る。

その身に不幸が降りかかるよりも前、あるいは英雄たらんという教育を与えられるよりも前。

もっとも、無意味な仮定ではあろう。

どこまでが生来のもので、どこまでが経験によって培われたものかなど、わかりようがない。

そして経験で得てきた部分も含めて、そのひととなりに至るのだ。

つまり、結論としてはこうだ。

彼女はなかなかに、お転婆なのだ。

「……こちら、ですわね」

辻々で足を止めてはちょいと耳を澄ませるように小首を傾《かし》げ、くるりと回って次の角へ。

後を追いかける君には、到底その行く先など思いもよらない。

どこへ行くのかと問うても「わかりません」とだけ言うのだから、まったく。

けれど、そんな風にして女司教に振り回されるのも、じきに終わる。

ほどなくして君にも、彼女が探し求めていたのが何だったのか見て取ることができた。

それは、幼い少女であった。

黒髪を親か姉に結ってもらったと思わしき、十に届くかどうかといった小さな娘。

それがまん丸と大きな目を見開き、ぎゅっと唇を一文字に結び、両手を握りしめている。

彼女が堪《こら》えている事を指摘するのは簡単だが、しかし、同時に恥ずべき事だろう。

しかしそれでもしゃくりあげ、微かな声が漏れているあたり――……。

――聞こえたのか。

「ええ、まあ」

女司教ははにかむように応じ、それよりも子供の元へ駆け寄る事を優先する。

白い衣服が汚れる事も厭《いと》わずにさっと跪《ひざまず》いて、その娘と目線を合わせさえもしたのだ。

「……どうかしたのですか？」

その様を、まったく感心するやら、驚くやら、笑ってしまうやら。

少なくとも君が抱いたのは、暖かな気持ちである事に間違いはあるまい。

それに引き換え、だ。

君は大仰に首を左右に振って肩を竦めながら、少女の傍に佇《たたず》む人物へ歩み寄る。

まったく、嘆かわしい。まさかかような子供を虐《いじ》めて泣かせる冒険者がいようとは。

「……虐めてなどおらぬわ」

心底参ったといった顔つきで振り返る、金剛石の騎士の姿がそこにあった。

その傍らには子供とあまり変わらぬ背丈《せたけ》の、銀髪の娘――否、銀髪の斥候も侍《はべ》っている。

表情と感情の薄い娘ではあるがしかし、どうにも困りきった様子なのがひと目でわかった。

この様を女戦士へと伝えたら、きっとコロコロと楽しそうに笑うに違いあるまい。

「む」と銀髪の娘は唇を尖らせた。「取引として、あの子の恥ずかしい話を提供するよ」

後で相談だなと君は頷きながら、どうかしたのかと君は金剛石の騎士へ問いかける。

少女は女司教の声かけに表情を緩《ゆる》めているし、自分よりも彼女に任せた方がよろしかろう。

「いやな。迷子だとは思うので、声をかけたのだが――……」

「開口一番、泣くのではないぞって言ったよね」

――おおっと。

君は銀髪の娘にならって、胡乱《うろん》げな視線を金剛石の騎士へ向けた。まったく、嘆かわしい。

「二度も繰り返すな。卿《けい》とて、子供の相手は得意とはいえまい」

この若き騎士が年相応の表情をするのを、君は初めて見た。

だけれども、その発言は捨て置けぬ。そうかもしれぬし、そうではないかもしれぬ。

どこかの魔術師の言葉で彼をからかいながら、君はさてどうしたものかと思案し——……。

「あの……」

と、女司教から声がかかったのは、その時だった。

「……よろしいでしょうか?」

君が頷くと、彼女はそっと少女の手を引いて歩み寄ってくる。

どれ。君は片膝を突いてしゃがみ込み、黒髪の少女と目線を合わせた。

利発そうで、凛々《りり》しく、途方もない恐怖を必死で堪えている——良い娘であった。

「あねうえと、はぐれてしまったの、です」

訥々《とつとつ》と、舌っ足らずな声で彼女は呟いた。

ふむん。君は思案し、頷いた。それはまた、世界が滅ぶような一大事だ。

——であれば、姉上とやらを探しに行かねばなるまい。

「はいっ!」

君がそう言うと最初からわかっていたような女司教の返事は、何とも面映《おもは》ゆいものがある。

故に君はそちらを見もせずに立ち上がり、膝についた土を軽く叩いた。

と、金剛石の騎士と銀髪の斥候が、呆気にとられたような目を向けているではないか。

「――――」

「いや、なに。卿の人となりは、先だっての酒場での騒動で知っていたつもりだが」

金剛石の騎士は、悪く思うなと笑って、ひらりとその手を振って見せた。

「……やはり人を知るというのは難しく、愉快だな」

君はからからと笑った。なに、理屈も膏薬《こうやく》もいかにでも練ってつけられようが……。

冒険者《アドベンチャラー》であるならば、こういう時に言うべきセリフというのは決まっているものだ。

――冒険者にまかせとけ。

§

「そうなの、お姉さまと……」

「……はい。買い物に来たのですが、はぐれてしまったのです」

とはいえ、君にできる事はあまりない。

少女の手を引き、和《なご》やかに話を聞きながら前を行くのは女司教だ。

盲目であるにもかかわらず危なげがないのも当然で、路地の整然さは迷宮と比ぶべくもない。

幼い子供の話に懇切丁寧に受け答えしながらも、その足取りはたしかなものだ。

「………やれやれだ」

その子の反対の手を取るのは、小柄な銀髪の斥候である。

少女からは同年代と思われているのか、女司教とはまた違った意味で懐かれたらしい。

ぐいぐいと手を引かれ、話しかけられる度に「あー」だの「うー」だの「だー」だのと呻《うめ》く。

それでいてボソボソと受け答えをしてやる辺り、慣れておらずとも面倒見は良いのだろう。

——ともあれ。

そんな彼女らを前にしてみれば、君にできる事はあまりない。

物を探すなら斥候の仕事で、子供の相手は女司教の役目であろう。

もっとも並んで歩く金剛石の騎士のバツの悪そうな顔に対し、君としては気楽なものだ。

少なくとも奥底の見えてしまった地下迷宮に比べれば、人探しの一助はずっと気分が宜《よろ》しい。

何か誰かの助けとなる、成果がある、先があるというのは、まことに素晴らしいではないか。

「卿には悩みなどなさそうだな。……いや、あっても飄々《ひょうひょう》としているだけか」

——いきなり、何を言うのかと思えば。

君はからからと笑った。とてもとても、そんな悟ったような心持ちにはなれぬものだ。

実際、つい先程までの己《おのれ》を思えばあまりにも過分な評価だといえよう。

一党《パーティ》の仲間がいればこそ、だ。

——得難いものを得た。

君がそう呟くと、金剛石の騎士は「そうか」と眩《まぶ》しい物を見た時のように呟いた。

「探索の進捗《しんちょく》が気になっているのやもと思うていたのだがな」

それだ。君は一切《いっさい》の間を置かずに言った。それが気になっている。

はたして地下迷宮は地下四階で終わりなのか。この迷宮にはこれより奥底がないのか。

ないとすれば、延々と殺戮《さつりく》と略奪を繰り返すより他、何もすべき事はないのだろうか。

金剛石の騎士はなんとも言えぬ表情のまま、「うむ」と低い声で唸るように相槌を打った。

「我らも探索は続けている。……他の階層に対して、地図の空白が大きいのは事実なのでな」

それはなるほど、君も頷けるところではあった。

迷宮が完全に正方形――あるいは直方体と言っても良い――でない事は、既にわかっている。

なにしろ地下一階と地下二階とで、階段の座標がズレているのだ。

それが物理的構造によるものか、魔術かなにかで次元が歪《ゆが》められているのかは、ともかく。

――思えば、それに気づいたのも彼女であったか。

君はちらと、前を行く女司教の方へ目線を向けた。

幼子が転ばぬよう気を配り、声をかけ、頬を緩めて進む姿もまた、本来の彼女の姿だろう。

酒場で身を縮こまらせて俯くようになるまでに、どれほどの物が覆いかぶさっていたのやら。

ともあれ――……とすれば、他の階層に手がかりがある可能性はある、か。

「で、あろうな。ただ、さて、またぞろ一階から調べ直すとなると……」

時間がない。

それは金剛石の騎士が言葉にせずとも、君にもわかろう事柄であった。

城塞都市は異様な活気と賑わい、喧騒に包まれている。

迷宮から湧き出す無限の財貨と、それを目当てに集《つど》う冒険者、商人、難民たち。

ここは世界の危機、その断崖の端だというのに、誰も彼もが引き寄せられている。

明日にも奈落の奥底から《死》が這い出して、世界が滅んでもおかしくはあるまい。

だが、誰も気にも留めていないかのようだった。

見て見ぬ振りをしているのか、本当にどうでも良いと思っているのか。

ぶすぶすと残り火が燃える、冷えかけた灰のような、薄寒い光景ではあった。

あるいは本当に――地下迷宮の底に《死》などないのやもしれぬ。

「つまり我々はまったく的外れ、見当違いに、無限に財貨が湧き出る遺跡を攻略しているだけか？」

金剛石の騎士は声をあげて笑った。

「それはそれで手遅れだな」

君も同じように、からからと笑った。

女司教と銀髪の娘がちらとこちらを向くのに、手を振ってなんでもないと促す。

他に本命があるならば、この光景の何と無為なことか。

――しかし、よく見捨てず声をかけたものだ。

「何のことだ？」

子供だ、と君は黒髪の少女を顎先で示して言った。

そのやり方は不得手であったとしても、流石《さすが》は秩序にして善《ローフルグッド》と言うべきか。

金剛石の騎士は、一瞬押し黙り、難しい顔をして「いや」と言葉を濁した。

君はその様子をちらりと見て、特に何か言うこともなく、彼が続けるのを待った。

「……私にも、もっと幼いが……妹がいてな」

だから捨て置けなかったのだ。金剛石の騎士は、自嘲《じちょう》するように続けた。

その視線は、女司教と話す幼子と、その姿を透かして、彼方《かなた》の誰かを見ているようだった。

「双子は忌み子《いご》だと思うか？」

君は少し考えた後、そんな事もあるまいと答えた。迷信に過ぎぬものだ。

骰子の目が極端であった事を、ただ大げさに騒ぎ立てただけのように思えた。

「父はそう思わぬらしい」

吐き捨てるように金剛石の騎士は呟いた。

「……あれは、もう駄目だな」

銀髪の娘がぎょっとした様子で見やるのを前に、君はそうかと短く応じた。

――誰かを見限らねばならぬ時というのは、往々にしてあるものだ。

それ以上には、何も言うべきではあるまい。気持ちを推し量ることなど、困難極《きわ》まる。見限る相手が身内であれば、尚の事。「ああ、この程度なのか」と至るには、色々あろう。貧乏貴族の三男を自称するこの男にも、過去のことがあり、今があるに違いあるまい。それを知らぬ身としては、ただ語られた事を受け入れる以上、すべきではないのだ。

「あ……！」

と、不意に女の子が顔をぱぁっと輝かせ、たたたと小走りになって駆け出した。

女司教が慌てて後を追うか手を取ろうか、両方を同時にすべきか判断に迷って動きが止まる。

銀髪の娘が「おおっと」と気のない調子で呟くのが聞こえ、君はその視線の先を目で追った。

「あ、いた……！　まったくもう、勝手に離れたらダメだって言ったでしょー⁉」

凛《りん》とした声が、しょんぼりとした少女の「ごめんなさい」を上書きするように響く。

見覚えのある女。聞き覚えのある声。どこかしら少女と似ている。姉というのは彼女だろう。

くるりと髪をなびかせて振り返った時、君はその正体に気がついた。

やや豊満な胸元《むなもと》を平服に包んでいるから、一瞬理解が及ばなかったのだ。

近衛《このえ》騎士――いつも迷宮入口で顔を合わせる彼女の方も、君たちに気づいたらしい。

君と女司教に「やあ」と頬を緩め、金剛石の騎士と銀髪の斥候に何故か顔をひきつらせた。

「え、ええと。どうも、その、妹がご迷惑をおかけしたみたいで――……」

「良い」と金剛石の騎士は、いやに様になった仕草で手を振った。「冒険者としては当然だ」

セリフを取られた君としては苦笑しかないのだが、困ったような仕草が近衛騎士と重なった。

君たちは顔を見合わせて微かに笑いあい、それで近衛騎士の緊張も解《ほぐ》れたらしかった。

「ごめんね、迷惑かけちゃって。ほら、お礼言いな」

「ありがとう、ございましたっ」

少女が礼儀正しく、いやに大振りな仕草でぺこりと頭を下げた。

君は気にするなと述べて、しかし貴女の妹だとは、すぐに気づかなかったと述べた。

近衛騎士はけらけらと軽い調子で笑って「意外だった?」と悪戯っぽく片目を瞑る。

「そりゃあ、お姉さんだってお勤めしてない時くらいあるもの」

まったくであった。

世界の危機——恐らくは、だが——を文字通り目前にしていたって、それは変わるまい。

家族と共に過ごす暇なしに、何が世の平和だというのか。

近衛騎士とその妹はもう一度君たちに頭を下げると、手を取り連れ立って雑踏へと向かう。

二人の姿が人混みに紛《まぎ》れて見えなくなるまで、君たちはそれを見送った。

「……良かったです」

ぽつりと女司教が呟いたのは、そうしてホッと息を吐いた直後のことだった。

「あの子に怖がられずに、済んで」

ふむ。君が意味を理解できずにいると、女司教が何とも言いづらそうに言葉を濁した。

「ええ、その、わたくし……ほら、傷が多いでしょう？」

そう言って、女司教は曖昧に微笑《ほほえ》んで小首を傾げた。媚《こ》びたような表情だった。

君は馬鹿馬鹿しいと一笑に付した。有象無象の言うことなど、気にしなければ良いのだ。

どうせどんなに整っていようが、一点の傷なりを見つけ、大げさに騒ぐ手合はいる。

それはそうやって騒ぐのが楽しいだけで、気にしていてはこちらの身が保たなかろう。

「そうでしょうか……。あ、いえ、そう言ってくださるのは、嬉しいのですけれども」

とはいえ、女司教にとってはあまり慰めにもなっていないようだ。

どうしたものか──……と考えたところで、あまり美醜に拘《こだわ》らぬ君にはなんとも言えぬ。

彼女は儚《はかな》げだが美しく、平坦《へいたん》だが整った体の線を持っていて、それ以上を気にした事がない。

これはやはり女戦士か、業腹《ごうはら》だが従姉の方に任せるべきだろう。君では藪蛇《やぶへび》になりかねぬ。

「……ふぅん」

そんな君と彼女の会話をじぃっと見上げた銀髪の娘が、ぐいぐい金剛石の騎士の袖《そで》を引いた。

「ほら、もう行こう。さっきの出店で見た剣買うんでしょ？」

「うむ、あれは間違いなく名剣だ。私には向かんが、一党《パーティ》の戦力向上には必要だろう」

大真面目《おおまじめ》な様子で金剛石の騎士が頷いた。そういえば、彼の一党《パーティ》には他にも戦士がいたか。

君は、早々に地下五階を見つけてくれと言った。さもなくば、諦《あきら》めがつかないではないか。

金剛石の騎士はそれを聞いて、からからと尊大な仕草で声をあげて笑った。

「ま、そうだな。腐っていたところで何も変わらぬのだしな」

お互いに。君は頷き、金剛石の騎士もまた頷き返した。

君たちは最後にもう一度、姉妹《しまい》の去っていった城塞都市の人混みへと視線を向けた。

そこでは商人が、冒険者が、難民が、思い思いに日々の糧《かて》と楽しみを求めて賑わっている。

ひゅるりと風が吹き抜けた。交易神の運ぶ、良き風だった。

「やはり、世界は守らねばなるまいよ」

君は何も言わなかった。

それは、言うまでもない事であったからだ。

§

「……やはり大きいほうが良いのでしょうか。それほど小さいつもりも、ないのですけど……」

いきなり何を言い出すのかと思えば、体格の話だ。

先程の近衛兵、平服故に見て取れた体格は、やはり鎧を纏って剣を振るうに相応しいものだ。

僧職は時として前衛を担う事もある以上、女司教にしてみれば気になるところもあろう。

従姉はともかくとして、前衛で戦う女戦士とは以前より交流があったようだし、尚の事。

もっとも、君の師は体格ではないと常々主張していたものだが……何を言っても藪蛇だろう。

そういった事は、宿に戻ってから皆に聞いてみれば良いのではないだろうか。

「そう、ですね。そのように致しますっ」

こくこくと女司教は力強く頷いて、見えない杖を振るように腕を動かしてみせる。

――まったく。

君が笑みを噛み殺している事にも気づかぬらしく、女司教の足取りは軽い。

いや、それを言えば君の足も、肩も、出かける前とは比べ物にならぬほど楽になっていた。

礼を言うべきなのだろうが――改まって礼を述べるのも、何か違うような気がする。

酒場に待つ一党《パーティ》の面々を思い浮かべ、君は微かに頬を緩めた。

挑み、戦い、道を切り開く。今までとやるべき事は、何一つ変わらない。

ほんの少し行く手が見えなくなったからといって、その程度で慌てふためくとは、いやはや。

――未熟極まる。

夕闇《ゆうやみ》押し迫る城塞都市の街路を、君はそんな風にぶらりぶらりと女司教と共に辿っていく。

女司教とは他愛《たあい》ない話を繰り返し、今日の買い物について語り、迷子の少女について話す。

ただそれだけで、体の中に詰まっていた、淀んだ気がふ、と抜けていくようだった。

結局のところ、人の心根などというものは、そんな程度のものなのかもしれない。

友人に頼まれて買い物を終わらせる。迷子の娘の保護者を見つけてやる。

細《ささ》やかながらも小さな冒険の達成感は、君にほんの僅かな前進をもたらしてくれた。

――だいたい、そもそもだ。

不意にその答えに辿り着いて、君はことさらに威張りくさった調子で言い切った。

この迷宮に諸悪の根源がおらなんだら、そいつを探して冒険を続ければ良いだけではないか。

地下四階で終わりだというのなら、上等である。踏破し、次へ進む。それだけの話だ。

君たちから逃げられると思うのがおこがましいのだ。まったく。

「まあ……」

君のその大言を聞いた女司教はあっけに取られた後、口元に手を当ててくすくすと笑った。

鈴が転がるような声音《こわね》で、本当に、心底愉快でたまらぬといった様子で。

「そう、ですわね。でしたら《死》の源《みなもと》が見つかる時まで、わたくしは――――……」

目尻に浮かんだものを拭い取って、女司教が何を言おうとしたのか、君にはわからなかった。

「――――――！」

不意に、女司教の名を呼ばわる声が投げかけられたのだ。

「あ――……」

親しげに弾《はず》むその声に、女司教は呆然《ぼうぜん》としたように立ち尽くす。死人に出会ったかのように。

振り返った君の目に映るのは、さて――……女司教と瓜二《うりふた》つの姿をした少女だった。

やはり僧服。しかし女司教に比べて肢体の稜線《りょうせん》は美しく隆起し、表情は花のように艶やか。

そして何よりも、彼女の瞳には光がある。痛みも苦しみも知らぬ、星のような輝きがあった。

「えと、その……」

女司教の声が、ひどく掠《かす》れて上擦った。何を言っても叱《しか》られてしまうと思う、子供のように。

「ご無事、だったのですね。…………良かった……」

やがて紡《つむ》がれた言葉にはひどく媚びたような柔らかさと、穏やかな本心が混ざっていた。

「あははは、もっちろん、無事に決まってるじゃない！　わたしが迷うわけないでしょー？」

対する娘の方は、けたけたと甲高い声で笑って、鞄からこれみよがしに地図を取り出した。

ぱらりと広げられたそれは、ただそれだけですら精密で見易《みやす》いものだと見て取れる。

君の知る限り最も卓越した技量を持つ蟲人僧侶には劣るだろうが――……。

――一線を画している。

ので、ある。

少女は指輪の煌《きら》めく手でひらひらと地図を振った後、そそくさと畳んで鞄にしまい込む。

「そっちはどう？　街の中で迷ったりしてない？　道覚えようと頑張ってたでしょ」

「え、ええ。……その、なんとか……」

「初めて来た場所だとすぐ迷っちゃうんだもん。ついててあげないといけなかったしさ」

女司教の跡切《とぎ》れ跡切《とぎ》れな相槌さえ気にする様子はなく、娘はぺちゃくちゃと喋《しゃべ》り続ける。

君は自分が彼女の眼中にないのを良いことに、その仕草と態度をじぃと眺めていた。

悪く言えば遠慮のない、良く言えばあけすけで裏表のない、そんな娘なのだろう。

これでいて女司教を気遣っていないわけではないのも、見て取れる。

だいたい心配していないのであれば、彼女が道に迷わぬようついて行く事などすまい。

誤解されやすいに違いない――と、そう思う事すら、誤解なのかもしれないが。

どだい、初見で他人の人となりなどわかろうはずもないのだから。

「あ、隣の人って一党《パーティ》の……わけないよね。酒場で待っててって言ったんだもん」

だが君が何か返事をするよりも早く、彼女はさっさと自分の中で結論を付けたらしい。

くるりと踊るように後を振り返った娘は「おーい！」と後続の誰かに向けて呼びかけている。

君がそっと女司教の様子を窺《うかが》うと、彼女はひどくぎこちなく、顔を俯かせてしまっていた。

以前に何があったのかはわからないが、先までの明るさは完全に消え失《う》せている。

ともすれば、まだ酒場で一人で鑑定を行っていた時の方がマシであったやもしれない。

――ふむ。

小さく君が息を漏らしただけで、女司教はびくりと刺されたように肩を震わせる。

君は苦笑し、特に何をするでもないと囁くように呟いた。

無論、そんな一言で安心できるわけもなかろうが、女司教はこくりと小さく頭を上下させた。

「――ああ！　良かった！　今、ちょうど酒場に行こうとしていたんだ！」

やや、あって。

そう言って颯爽《さっそう》と君――いや、女司教の前に現れたのは、涼やかな面持《おも》ちをした若武者だ。

傷のついた鎧具足《よろいぐそく》に身を固めた出で立ちは、駆け出しではない、熟達の冒険者のそれ。

腰には湾刀の納まった朱塗りの鞘を帯び、それを指輪のついた手でしっかと握っている。

きつく巻いた鉢金の下に安堵の表情を浮かべ、息せき切った様子を隠すこともなく。

「迎えに来たよ！　さあ、一緒に冒険へ行こう！」

――にこやかに笑って、そう口にしたのだった。

§

「なにそれ、勝手だよねぇ？」

「いやあ、向こうにしてみりゃウチらんが勝手やさかい、しゃーなしやろ」

「お姉ちゃんとしては、あなたの態度に色々と言いたい事があるのですけれども……！」

「ま、君はそういうトコあるよね」くすり。微かな笑い声。「うん、知ってた」

「で、どうしたんだ」

ぎちり、と。顎の噛み合《あ》う音。

「まあ……俺は、どっちでも良いがな」

§

若い戦士の言葉に、女司教は呆然とした様子であった。

――無理もあるまい。

この城塞都市、かの恐るべき地下迷宮において、冒険者が消息を絶《た》つという事の意味。

それは即《すなわ》ち、彼ら一党《パーティ》が失われた事に他ならない。

迷宮の中で壊滅的状況に陥《おちい》り、野営して救助を待つにしても、限度というものがある。

女司教の心根を思えば、生存を願いつつも、もはや諦めざるを得なかったに違いない。

生きているのだとしても、自分は置いていかれたのだと、そう判断したのは当然だろう。

突然の事態に、思考が追いついていかないのも、当たり前だと言えた。

「ほら、きみは……いや、司教は……」

戦士は一瞬何か言い淀んだ後、すぐに言葉を切り替えて、努めて明るい口調で続けた。

「修練に時間がかかるものだから、きみを守って戦えるようになるまで、鍛えていたんだ」

「そんな……。わたくし、そんな事、知らなくって……」

彼女は今にも掠れて消えそうな声でそう呟き、衣服の胸元をきつくきつく握りしめた。

そこには信奉する至高神の聖印が揺れており、それに縋るかのような仕草だった。

君は黙って、彼女が絞り出そうとする言葉を待った。戦士の方も、口を挟む事はない。

「……なんで、会いに来てくださらなかったのですか……?」

ようやく、女司教はひどく震えた小さな声で、それだけを問いかける。

確かに――君としても、それが一番気にかかってはいた。

女性陣ならば知っているのだろうが、君は彼女の過去を詳しくは知らない。

小鬼が絡《から》んだその傷跡を、当人が望んでもいないのに他人が抉《えぐ》りにかかるべきではあるまい。

だから、彼女を酒場に残し、先行した事は、目の前の若者なりの気遣いであったのだろう。

その上で、残された彼女が、鑑定屋としてどう扱われるか、想像もしなかったのか。

よもや看過していた――などとは、君としても思いたくはなかった。

「酒場にいれば、安全だって思っていたから……」

言い訳がましく、そっと目を伏せて答えたのは、女司教に瓜二つの僧侶であった。

胸元には青い飾り帯で彩《いろど》られた、天秤剣《てんびんけん》の聖印。彼女もまた至高神に仕《つか》えているのだろうか。

法の天秤を担う以上、事の善悪を判断するのは神ではなく人だ、とは良く聞く。

――彼女もまた、それが女司教のためになると、悩んだ末の決断だったのであろう。

「それに鍛えるためとはいえ、不本意な殺生《せっしょう》も行ってしまったから……」

「ぼくらも懺悔《ざんげ》が終わるまでは、会わせる顔がなくて。……その方が良いだろうって」

続けて、戦士もそう付け加えて、「本当にごめん」と深々と頭を下げた。

僧侶の底抜けな明るさは元より、真っ直ぐに女司教へ語りかける戦士の表情にも陰りはない。

判断の是非については、君も他人の事をとやかく言える立場ではない。

ただ真っ直ぐなのだろうなと、そう思う。その是非もまた、君にはわからないが。

「で、でも、そんな……。わ、わたくし、わたくし……っ」

――女司教ですら、わからないのだ。無理もあるまい。

であるのに、今この時、この瞬間に出会ったばかりの君が何を言えようか。

そう思い、ここまで黙って彼らの会話を聞いていた君だが、ここで口を挟んでも良い。

少なくとも君とて当事者の一人である。

君自身が好むと好まざるとにかかわらず、その権利自体はあるのだ。

無論、女司教の言葉を待っても構わない。

君は少し考えた後――……。

――好きにすると良い。

そう、短く声をかけた。

「え――………?」

女司教は、きょとんとした――親に突き放された子のような顔で、君を見返してくる。

無論、君個人として、一党《パーティ》のリーダーとして、彼女の離脱に思うところがないではない。

だが、それは女司教に請われてもいないのに、押し付けがましく言うべきことではあるまい。

そう、君は一党《パーティ》の頭目《リーダー》なのだ。

断じて、女司教の保護者でもなく、代弁者でもない。

であるからには、女司教の決断を尊重するべきなのである。

これは彼女の人生であり、彼女の決断であるのだから。

だからこそ君は重ねて、好きにすると良いと繰り返した。

——どのような選択をとったとしても、彼女が心配するべき事はない。

何故なら君は一党《パーティ》の頭目《リーダー》であり、彼女は君の仲間であるのだから。

「わたくしの、好きに………」

君の言葉に、女司教は力なく、しょんぼりと肩を落として俯いてしまった。

沈黙が君たちの間に長く横たわる。

「——」

何を言おうとしたのか若い戦士が口を開きかけたところを、女僧侶が無言の肘鉄《ひじてつ》で黙らせた。

呻く彼の横で、彼女は胸元の青い飾り帯に手を当ててふんすと鼻を鳴らし、友の答えを待つ。

君は微かに笑いそうになったのを、笠《かさ》を深く被り直すことで誤魔化した。

「……あの」

ややあって、ぽつりと小さな言葉が地面に落ちて、転がった。

「わたくしは、お役に立てて、いなかった……でしょうか……？」

——女司教は君に、震えるような声で問いかけてくる。

君は即答した。否だ。

無論だった。役に立っていないなどと思った事はなかった。

魔術、奇跡、地図役、司教としての鑑定、今日の買い出し、仲間内での相談。

どれ一つとっても、彼女がはたしてきた役割は大きく、重要であろう。

少なくとも後衛の一人として、彼女の役目を他に任せて良いはずもあるまい。

「そう、ですか…………っ」

君の言葉を聞くと、女司教はそっと、その眼帯の縁を撫でるように目尻を擦った。

彼女は震える唇を開き、すうっと大きく息を吸って、その細い胸にいっぱいに空気を溜める。

そして、一息に言い切った。

「すみません。――――わたくしは、この方々と共に参ります」

彼女は晴れやかな表情で、君の隣に並んで立ったのだった。

「えぇーっ⁉　なにそれ、信じられない！」

女司教の返答を聞いて、真っ先に反応したのが彼女に瓜二つの僧侶であった。

それは咎《とが》めるような口振りであったが、表情からすると、驚きの方が大きいのだろう。

誤解されやすいだろうなと、君はそんな失礼なことを思う。

「……ごめんなさい。でも、わたくし――――自分の力で、やってみたいんです。だから――――……」

「それで良いの？　ホントに？　……この人、大丈夫なの？」

――誤解されやすいだろうなと、君は投げた飛棍《ブーメラン》が飛んできた思いだった。

胡乱げな眼で少女が睨みつけてくるのは、言うまでもなく君だ。

酒場で鑑定していた世間知らずの娘を、言葉巧みに一党《パーティ》へ引き入れた怪しげな男である。

失礼なと言い返すわけにもいかず、君は笠を目深《まぶか》にかぶり直した。

「……やめなよ」

そんな君の気持ちを代弁したわけでもなかろうが、朱塗りの湾刀を帯びた戦士が苦笑する。

「だってぇ……」

僧侶の娘は唇を尖らせるが、彼女自身、不満はあっても抗弁する余地が見つからないらしい。

「初対面の人に失礼だよ」

「……はぁい」

すごすごと引き下がった娘に頷くと、戦士はゆっくりと女司教に向き直った。

彼の表情は硬い。が、それは緊張や怒りより、どんな顔をすれば良いか、悩むためのようだ。

ほどなくして彼が選んだのは、穏やかな笑顔だった。

「わかった。頑張って……応援してる。でも僕らは友達だから、何かあったら頼るんだよ」

「────はいっ！　ありがとう、ございます……っ」

天秤剣を薄い胸の前で掻き抱くようにして、女司教はこくこくと、何度も頭を上下させる。

その小鳥か子犬のような仕草に戦士は目を細めた後、静かな動作で彼は君へと視線を向けた。

「えっと、君が一党《パーティ》の人……だよね？　その、僕の仲間がすみません」

君は笑って、気にするなと手を振った。彼女を思っての事であれば、咎める気もない。

むしろこちらこそ、優秀な司教を引き抜く形になってすまなんだと思うほどだ。

それを聞くと、青年は「優秀な司教なんですね」と、我が事のように嬉しげに呟いた。

「彼女のこと、よろしくお願いします。その、僕の大事な友達だから」

「怪我《けが》なんかさせたりしたら、ぜったい許さないからね!!」

若者の言葉に続けて、少女が声高に君へ言い募《つの》る。

もちろんだと君は頷いた。言うまでもない事だ。

迷宮は危険な箇所であるから保障はしかねるが、それでも微力は尽くすつもりでいる。

——と同時に、君は心底の安堵から、ホッと息を吐いた。

ああは格好つけて言ったものの、離脱されたらどうしたものかと悩んでいたのだ。

彼女が残留を決意してくれて安心もしたし、どうやら後顧の憂いなく探索ができようものだ。

一時はどうなる事かと思ったものだが、これにて一件落着——……。

§

「——ダメだッ！　そんなの、認めないぞッ！！！！」

とは、いかないらしい。

§

「余所《よそ》へ行くなんて、私は許さないからなッ‼」

顔を真っ赤にして叫んでいるのは、年若い少女――と言っても、女司教らと変わりはない。

軽《かろ》やかにこちらへ駆けるその身のこなしからして、斥候の類であろうか。

只人《ヒューム》であるが、君の一党《パーティ》の半森人の斥候と比べて遜色ない動きのようにも思える。

東の砂漠の出だろうか。その装束《しょうぞく》と日に焼けた肌には、君も少し見覚えがあった。

やや細身で、胸は薄く、革鎧に厚みはない。そしてやはり、彼女もまた指輪をはめていた。

「その、ごめんなさい、わたくし――……」

「――嫌だ！　だって、友達じゃあないか！」

しかし問題なのは、その勢いであった。

先の僧侶の態度が率直《そっちょく》故に誤解されやすいものであるなら、真っ直ぐすぎるというべきか。

キッとこちらを睨む視線の鋭さは、よもや迷宮でならず者を相手取る時のそれではないか。

とにかく、ひたすら硬く鍛えた刃物の印象を覚える。話を聞くのではなく、突き刺すような。

君としては嘆息するより他ない。

女司教のかつての友人であり、この戦士らの仲間であるなら、悪人という事もあるまい。

当然、彼女としても悪意はないのだろうが――……さて、どうしたものだろうか。

「よさないか。感情的になっては、皆を困らせるだけだぞ」

君のその気持ちを代弁するかのように、冷静そのものといった声が投げかけられる。

見れば黒髪の青年――やはり戦士らしい出で立ちの若者が、砂賊の娘を追って現れていた。

恐らくは、彼もまたかつての――そう、かつての、女司教の一党《パーティ》なのだろう。

君の横に立つ彼女が、小さな声で黒髪の戦士の名を呼ばわるのが耳に届いた。

「けど、だって、だけど……！」

「そうやってお前ばかり怒鳴っていては、誰も何も言えないじゃあないか」

砂賊の少女をなだめにかかった黒髪の青年、その手にも、やはり指輪が煌めいている。

その態度は落ち着いていて穏やかだが、しかし、君を見る目には納得の色が薄い。

君は思わず苦笑いをしてしまう。

それだけ女司教が思われている事は素直に喜ばしいが、説明するのは骨が折れそうだった。

もちろん、そこで労苦を惜しむつもりは毛頭《もうとう》ない。

女司教の決断にこそ口を挟まないが、一度決めた事なら、それを支えるのは頭目《リーダー》の務めだ。

しかし……と、君は相手の一党《パーティ》を注意深く観察する。

朱塗りの湾刀を帯びた戦士、女司教に瓜二つの女僧侶、砂賊の娘、黒髪のやはり戦士。

この四人、というのは……いささか探索向きとは言えぬ構成であるように思えた。

いや、常々望む冒険者が一党《パーティ》に集えるわけではないのだろうが――……。

「いけないなぁ、そういう事を言っちゃぁ……」

その君の疑問に答えるように、ゆらりと朧気《おぼろげ》な、影のような声が一つ。

最後の一人。

これで五人――なるほど、彼らの一党《パーティ》が全員そろったということか。

「――……」

女司教が、戸惑ったようにそちらへ眼帯に覆われた目を向ける。

異様な風体の冒険者であった。

影のような声、と君が思ったのは当然で、なるほど確かに、影のような出で立ちである。

黒尽くめの男。

その人物を評するならば端的に言って、それに尽きる。

黒塗りの笠を被り、全身をすっぽりと黒い外套で覆い隠している。

僅かに垣間見《かいまみ》える肌は青白く、目は鬼火のように爛々《らんらん》と燃えていた。

それでいて……その声は夜の草原を撫でる風のように、ひどく穏やかなのだ。

影のようではある。しかし、たんなる影と呼ぶには――妙な圧があった。

「先生！」と、砂賊の娘がパッと声を弾ませた。

「先生からも何か言ってやってくれ！　わがままを言っているんだ！」

ワガママと来たか。君が苦笑する横で、女司教は「先生」と不可思議そうに小さく呟いた。

「どなた……ですか？」

「ああ、そっか。きみはまだ、会ったことなかったよね」

応じたのは、朱塗りの湾刀を帯びた戦士だ。

彼は顔をほころばせ、尊敬する人物を紹介するように――ようにではないが――手を広げた。

「紹介するよ、僕らの鍛錬を手伝ってくれた、魔術師の先生なんだ」

「ドーモ……」

そう言って、先生――……黒笠の男は両手を合わせ、うっそりと頭を下げた。

――君もまた、どうもと両手を合わせて彼に頭を下げ、互いに名乗り合った。挨拶《あいさつ》は大事だ。

しかし――魔術師……魔術師？

それを生業《なりわい》にするにしては、まとった雰囲気が些か剣呑に過ぎる、が……。

――できる。

足捌《あしさば》き、目の動き、手指の細かな動作に至るまで、一挙手一投足に隙がない。

その視界に死角はなく、打ってかかればするりと抜けてしまうだろう。

明らかに、高位の冒険者だ。

はたしてどれほど地下に潜り、戦い続ければこの位階にまで到《いた》れるのか。

君にはとても想像はつかぬ領域にいるだろうことが、君にはひと目でわかった。

「いやあ、剣呑、剣呑……」

顎を撫でてゆったりと喋る仕草は、まるで世間話に興じるかの様子。

こちらを歯牙にもかけない――いや、そうではあるまい。

向こうもこちらの力量を値踏みした上で、問題ないと判断したのであろう。

「この場で決めても、遺恨が残るだけだと俺は思うねぇ」

――まったくだ。

君は用心しいしい、注意深く、けれどそれを気取られないように応じた。

女司教の意向はハッキリしているとはいえ、向こう側の一党《パーティ》全員が受け入れたわけではない。

迷宮の中で他の一党《パーティ》と遭遇する事は稀だが、遺恨を残したままの探索は、落ち着かない。

相手側が闇討《やみう》ちを企《たくら》むなどという、そんな失礼な考えの話ではない。

まず間違いなく、互いにその事態を憂いて、動きが鈍ってしまうだろうという事だ。

迷宮の中で余所事に気を取られるなど、《死》を招く行為にほかならない。

「そこで、どうだい。ここはひとつ勝負といかないか？」

――……勝負？

君は油断なく、腰の刀へ手を添えるように身構えつつ問いかける。

この場で一太刀《ひとたち》という事か。あるいは違うのか。

女司教が、戸惑いながら天秤剣を握り直すのが、目線を向けずとも君にもわかった。

彼女は歴戦の冒険者になりつつある。あるいは君も、そうであれば良いのだが。

「いやあ、そんな物騒な話じゃあない。……ああ、そもそもが物騒ではあるけれどねぇ」

黒笠の男は、ゆらりゆらりと手を振って、それから歯を剥《む》くように笑った。

「ちょうど、我々も四階の探索を進めているところでねぇ。きみらも、そうだろう？」

うむ。君はゆっくりと頷いた。

「――どっちが先に地下五階へ行く手段を見出すか、というのはどうだね」

それは――……。

君は何を言うべきか、いや、拒否するつもりはないが、それでも少し戸惑ったように迷った。

そもそもそんなものが存在するのか、という事をつい先程まで疑問に思っていたのが君だ。

にもかかわらず、この眼の前の男は、それがある事を確信したような口振りである。

「異存ない！」と真っ先に答えたのは砂賊の娘だ。「私たちの方が優れていると証明してやる！」

「べ、別に、優劣が問題では……ないのです」

ふるふると、首を横に振った女司教が懸命に言い募った。

「ただ、その。わたくしは、こちらの一党《パーティ》で……自分を、その……」

「そうよ、先生」

女司教の言葉を受けて、僧侶の娘が――やや声は不満げだったが――戸惑いの声をあげる。

「あの子がうつるって言っているんだよ？　だったら、それはもう仕方ないじゃない」

「そりゃあ、彼女の気持ちだろう?」

しかし黒笠の男は、穏やかで、しかし切り捨てるような言葉で言い切った。

魔術師にありがちな口調だと——君はふとそう思う。それに男は気づいたか、笑みを深めた。

「きみたち自身はどうか、っていうのが…………俺は大事だと思うねぇ」

「————。僕、僕……僕、は……」

ぎり、と何かがきしむ音がした。

見れば若い戦士もまた、指輪を帯びた手で、腰の朱塗りの鞘を握りしめている。

握力に鞘が悲鳴をあげたのか——あるいは、鞘の内で刀が鳴いたのやもしれぬ。

「勝負、しましょう……!」

そして彼は、君を真っ直ぐに睨みつけて、絞り出すようにして気を吐いた。

「僕も、あなたに、友達を任せて良いのか、確かめてみたい……!」

————?

君は一瞬、奇妙な疑念を覚え、知らず半歩後退《あとずさ》っていた。

一転してこちらへ勝負を挑まんとする若者の表情は、先ほどの穏やかさとは真逆だ。

いや、人の感情とは得てしてそういうものかもしれないが……。

「いやあ、若い子は血の気が多いからねぇ」

そんな君の疑問へ、黒笠の男のくつくつという笑い声が答えた。

その一言で、全《すべ》てが説明できてしまうかというように。

「けど、決着はつけたほうが良いだろう？　冒険者同士で内輪揉《うちわも》め、迷宮の主の思う壺《つぼ》だ」

黒笠の男は、うっそりと笑い続ける。確かに、それはそうだ。だが、しかし。

それこそ女司教、彼女の意志を尊重すべきではないか。君はそう口にしかけ――……。

「――それとも、まさか自信がないとは言わないだろ？」

……いや、そんな事はないと、首を横に振った。

そう言われて、君とて引き下がれるわけがなくなってしまった。

つい先頃《さきごろ》まで君を襲っていた不安とは、もうきっぱりとケリをつけたのだ。

障害が何であれ、壁がなんであれ、それを突破し、乗り越える。

他の些末《さまつ》な事は、全てどうでも良い。笑いたい者がいるならば、笑わせておけば良い。

「ただの競争さ。ただの」

君の決意を見て取った黒笠の男は、最後にその分厚く冷たい手を、ぽんと君の肩に置いた。

長い馴染みの友人へするような、親しげな、気安い動きであった。

「勝っても負けても、それでどうこうってもんじゃあないんだから。……ではね、行こうか」

「はい、先生……！」

まさしく弟子から師に対する打てば響く返事と共に、若い戦士の一党《パーティ》は黒笠の男へ従った。

ぞろぞろと連れ立って、赤黒い夕闇に染まりつつある街路の向こうへ、彼らは消えていく。

君はその後姿が見えなくなるまで睨み、そして――あっさりと触れられた肩へ手を置いた。

「あの、大丈夫……ですか?」

気遣う声は、その肩の僅か下から、おずおずと。

君はどっと大きく息を吐きながら、女司教に対して頷き、それから声に出して応じた。

全身にべったりと嫌な汗が滲み出て、衣服が張り付いているのを感じる。

どうにも、妙な相手であった。間違いなく、手練《てだ》れの……恐るべき相手であった。

朱塗りの湾刀を帯びた戦士と――そしてあの、黒笠の魔術師。

彼らの風体を雑踏の喧騒へ追いかけて、君は拳《こぶし》を握りしめた。

――この勝負、受けざるを得まい。

「その……ごめんなさい。わたくしのせいで、こんな――……」

女司教はおろおろと、傍目《はため》にも哀れな様子で狼狽《うろた》え、蚊の鳴くように小さな声で謝罪する。

頭《こうべ》を垂《た》れて身を縮こまらせ、それはやはり、かつての酒場にいた鑑定屋の姿を思わせた。

この心優しい少女がどれほど胸を痛めているか。いかな君にとて、容易に想像がつく。

君は笑って、そう心配することはないと言う。何より、謝罪すべきは君の方であろう。

彼女の意向を尊重するつもりでいて、結局こうして勝負を勝手に引き受けてしまったのだ。

「ですが、それは――……」

なに、結局はいつも通り、探索を続ければ良いのだ。

言い募る彼女へ、君は至極あっさりとそう結論を出した。

「…………はい」

君を気遣ってだろうが、それでも彼女は笑ってくれた。

今にも夕闇の中へ溶けて消えてしまいそうな、儚い笑みではあったものの。

そう、何も今までと変わることはない。

迷宮を踏破する。怪物を切り倒す。仲間と共に、《死》へ挑む。何の変化もない。

君は彼女のためにも探索を成功させねばならないが――……。

しかし結局、それさえも、いつも通りの事に過ぎないのだ。

そこまで考えた君は、はたとある事に気がついて、からからと声をあげて笑った。

「――……?」

不審げにこちらを見やる女司教に、いやなにと手を振り、何でもないと身振りで示す。

たいした事ではない。言うまでもない事だ。

慣れていたのも、むしろ当然のこと。

なにしろ、彼女を庇って冒険者相手に剣へ手をかけたのは、これで二度目なのだから。

最初の酒場の時と比べれば、我ながら、ずいぶんと落ち着き払った振る舞いができたものだ。

となれば、なるほど。

己は確かに前へ足を進めているに違いあるまい――……。

§

「ふぅん、そんな事があったんだあ……」

白々しく、女戦士はそう呟いて唇をちろりと舐《な》める。

翌日のことだ。迷宮への道すがら、君は皆に昨日あった事を語っていた。

「やけに帰りが遅いとは思ってたのよねえ……」

あの後、酒場に戻って話すには、いかんせん君も女司教も疲弊していたので致し方ない。

もっとも馬小屋で眠る君たちと異なり、女性陣は簡易寝台で多少聞いていそうなものだが。

「私はてっきり、二人で散策しているとばかり思っていました！」

まあ、このはとこはともかくとして、だが。

——それにしても、性急《せいきゅう》な判断であったろうか？

「んにゃ、まあ、大将が持ち直してくれたんやし、ありやろ、あり」

半森人の斥候が、君の疑問に——気に病む女司教にも聞かすような朗《ほが》らかな声で言った。

「どの道、迷宮ンどん底まで行くて決めとるさかい、気にするこっちゃないわ」

「十分に鍛えんと死ぬだけだがな。それに地下五階があるとも限らねえ」

ぎちり。蟲人僧侶がその顎を鳴らして、いつものように尖った声を発する。

まあ、それは確かに、そうなのだ。不思議と、連中はそれを疑っていないようだったが。

「ま、俺はどっちでも良い。……なにか改善点はあるか？」

「お姉ちゃんとしては、弟にもうちょっと女の子への気遣いを覚えて欲しいと思います」

いいはとこめ。そういう話題ではあるまい。

「気遣いできるようになられても困っちゃうんだけどねぇ」

ええい。女戦士までにやにやと猫めいて笑いながら乗っかってきたではないか。

君はこれ見よがしに溜息を吐きながら、そっと女司教の方へ目線を送った。

「……ふふっ」

彼女は皆のいつも通りのやりとりに、そっと頬を緩めてくすくすと小さく笑っている。

思いの外《ほか》、落ち込んだ様子はない。

察するに――やはり簡易寝台で女性陣による会話があったのだろう。

それに斥候も蟲人僧侶も、まるで、この迷宮探険競技への反発がないのもある。

君は良き仲間に恵まれた事を、ふと交易神に祈りたくなった。

――この探索を終えたら、一度寺院に詣《もう》でておく事にしよう。

「しかし、その魔術師……気になるな。聞けばかなり位階も高いようだが……どうだ？」

蟲人僧侶に問われた女戦士が「知らないよ？」と、ふるふる首を左右に振った。

「魔術師の話はあんまり聞かないもの。もう探す必要もないかなあって思ってたし」

ふうむ。君は低く唸った。

君の一党《パーティ》において先達の冒険者である二人が存在を知らないとは、不思議な事だった。

元より城塞都市では冒険者の出入りは激しいとはいえ……。

『他人の鍛錬を手伝う腕っこきの魔術師』なぞ、それなりに話題にもなるだろうに。

「そういえば、あちらの一党《パーティ》については何か伺《うかが》っておられないのですか？」

「ん、ああ。ワイもちょいと……冒険の合間、聞いてまわってはおったんやがな」

従姉からの問いに、半森人の斥候が腕を組んでから答えた。

「有象無象の一党《パーティ》の話題は埋もれっちまうし、ましてや鍛錬つーて迷宮籠《こ》もってたんやろ？」

君は頷いた。少なくともあちらの言を信ずるならば、そうだ。

「道理で手がかり一つないわけや。地下四階に行ける一党《パーティ》なんざ、そう多くないんやが……」

それもそうだと君は頷いた。まあ、別にこれは彼の手抜かりというわけではあるまい。

だがしかし、確かにそこは気になるところではあった。

いくら上位の冒険者がついているとはいえ、君たちと同じ進捗とは驚くべき事だった。

城塞都市に集う多くの冒険者と違い、君たちは金稼ぎなどせず、ひたすら探索を進めている。

金剛石の騎士の一党《パーティ》が最前線としても、それに後れを取っていないのはそのためだ。

まさか迷宮の中に、鍛錬を積むのに適した場所があるわけでもあるまいに……。

「まあ、考えてもわからない事は、わからないものです」

そんな君の迷いを吹き飛ばすように、従姉がばっさりと言い切った。

「私たちはいつも通り、地下四階の探索を進めて行きましょう！」

「せやな！　ワイらのやることたぁ変わらんのや！」

うむ。

君は力強く頷いて、目の前に聳《そび》え立つ迷宮の入口を見上げた。

まず君は湾刀の目釘《めくぎ》を検《あらた》め、鎧具足もしっかりと点検していく。

他の仲間たちも同様に装備を確認しはじめるが、頭目《リーダー》である君は全員分目視で再確認する。

皆の状況を把握し、相互確認し、そして最後に頭目《リーダー》が見てくれるというのは、安心に繋《つな》がる。

「あ、お薬とかは……どうしましょうか？」

「私はそういう割れちゃいそうなのは、やだなぁ」

女司教がいそいそと鞄から取り出した薬瓶《くすりびん》に、女戦士が渋い顔をして手を振った。

まあ前衛に持たせるものでもあるまい。

そして僧職二人が、いざという時――来ない事を祈ろう――前にでる事を鑑《かんが》みれば……。

「私ですね！」

にこやかに従姉が手を挙げた。まあ、そうなるだろう。

女司教から薬瓶を受け取った彼女は、その豊満な胸元に埋めるように薬瓶を抱きしめた。

「はい、お姉ちゃんに任せてください！」

まあ、それでこのはとこが張り切って、多少落ち着いてくれるならよしだ。

――さて、いよいよ迷宮だ。

と、入口の脇《わき》に控えていた近衛兵――顔なじみの彼女が、君の姿を認めて優雅に頭を下げた。

「昨日はありがとね」

あの妹の事だろう。君が大した事はないと言うと、近衛兵は大した事だよと続けた。

「ちゃんと帰ってきてよね。死んじゃったら、あの子に説明するのイヤだからさ」

君は笑って、足取りも軽く、輪郭線のみが広がる迷宮の闇へ足を踏み入れる。

そんな君の横で、くすくすと女戦士が鈴を転がすように笑い声を立てた。

「変わんないねぇ、やること」

まったくだ。

結局、誰に何を言われたところで、君のやるべき事は変わらないわけだ。

§

地下一階、二階、三階。

暗黒領域《ダークゾーン》を避け、ならず者どもの巣窟《そうくつ》を抜け、罠の回廊を踏破して……。

幾度となく通ってきた道順を、君たちは危なげなく辿っていく。

数多《あまた》の冒険者たちを屠《ほふ》って来た迷宮も、怪物も、今の君たちにとっては通り道だ。

玄室へ足を踏み込む際にだけ気を配れば、徘徊《はいかい》する怪物はそこまで恐ろしくもない。

ほどなく辿り着いた縄梯子《なわばしご》を、君たちは慎重な動きで下って、地下四階へと降り立った。

「今日はどのように致しましょうか……?」

ふ、と。梯子を下りて息を吐いた女司教が、がさがさと地図を広げながら問うてくる。

ひとまず地下四階を一周するとしよう。

君は少し考えてからそう答えた。隠し扉の類があるやもしれぬ。調べて回るべきだ。

「するってえと、ワイがあっちゃこっちゃ見てけばええんやな」

「えぇー……?　疲れるのやだなぁ……」

前衛二人の反応は様々だ。

もっとも形の良い眉を下げて不平不満を言う女戦士の姿は、もう見慣れたものだが。

何せこれで見つからなければ、また地下一階から探索し直すより他ないのだから。

ここで発見できて欲しい——とは、全員共通の見解だろう。

故に、君たちは躊躇なく玄室へ踏み込んでいく。ばたりと扉が倒れた、その向こう。

薄闇《うすやみ》が広がり、ぞっとするほどに無機質な、何の香りもしない空間を君は睨む。

——匂《にお》いがしない?

本当にそうか?

君は僅かな違和感を確かめるように、微かに鼻をひくつかせた。

甘い。

ふんわりと漂い、香るそれは花の香りにも似た、あるいは香水のように甘やかな――……。

「――来やがるぞ！」

蟲人僧侶が触角を揺らして顎を鳴らす。即、皆が武器を執り、身構え、君も刀を引き抜いた。

闇が蠢き、その奥から――否。

暗黒《シェイド》そのものが、君たちへと襲いかかってきた。

「な……ッ⁉」とひどく上擦った声をあげたのは半森人の斥候だ。「――んやァ、これ⁉」

君としても困惑を隠せない。これは――まったく正体不明の存在ではないか！

全身に纏わりつくような動きは、いつぞやの生ける気体《ガスクラウド》を思わせる、が――……。

――手応えが、ない……！

振るう刃は文字通り空を切り、吹き抜ける風の音がくすくすと笑い声のように耳をくすぐる。

漂う香りは異様に甘くとろけていて、まるで酒精を喰らった時のように頭がくらりと揺れた。

「うあ……んっ⁉」

不意にひどく上擦った声が隣から響く。女戦士だ。

ちらりと見れば彼女は槍へ縋りつくようにして、腰砕けになり、辛うじて立っている有様《ありさま》。

瞳は潤《うる》み、頬は迷宮の暗黒の中でもわかるほどに赤い。はふ、はふ、と切羽詰まった呼吸音。

闇が蠢く度、鎧具足に包まれた肢体が、ひくり、ひくりと痙攣《けいれん》するように跳ね、身悶《みもだ》える。

だがしかし、君も彼女へ呼びかける余裕はない。

口を開けば途端に闇が入り込む。肺腑の中まで、くすぐられるような感覚。

それが――不快ではないというのが、たまらなく恐ろしい。

心から恋《こ》い焦がれる女と口吻《こうふん》を交わした時のように、息が吸えない事さえ心地よい。

――力が、抜ける……！

いや、吸われているのだ。不思議と、そんな確信があった。

君は辛うじて足に力を入れて踏ん張り、砕けよとばかりに歯を食いしばった。

鎧の内へ入り込む瘴気《しょうき》の愛撫するかの如き感触に晒されながらも、耐えねばならぬと思った。

うつらうつらと微睡む時のように、ともすれば意識が奈落へ落下するような浮遊感がある。

ふ、と気が抜けた瞬間、意識の空白が、不意にある。

そこへ落ちれば眠れる。楽になれる。だが――……恐らく、二度と戻っては来られまい。

「大将、こら……あかん！　気ィ張らんと、死ぬやつや……！」

「んく、ぅっ……！　あ、ぁあぁぁ……ッ!!」

斥候の警告も、女戦士が泣きじゃくるように声をあげて槍を振るう音も、今は遠い。

彼女が癇癪《かんしゃく》を起こした子供めいて振り回した槍は、やはり――闇を薙《な》ぐばかりだ。

君はわかっているとか、落ち着けとか、そんなような事を口走った、つもりだった。

女の影が目の前にちらついて見えた。

それは燃えるような赤毛の女で、肌は白く、果実のように艶やかな肉を纏っている。

背には骨と皮が張り付いた翼があり——……目を凝らすと、曖昧模糊《あいまいもこ》となって霧散する。

女の姿は瞬《まばた》きするごとに現れては消え、入れ変わり、時として黒い鎧と黒髪の娘にもなる。

闇の靄《もや》が生み出す錯覚なのか、あるいは君を襲う怪異の正体なのだろうか。

きぃんと耳鳴りがする。それはぺちゃくちゃと、不明瞭な女どもの囁き声でもあった。

耳を澄ませば聞き取れそうでいて、決して意味を成さない。溺れそうで、口を開けたくなる。

後方で誰かが何かを叫んでいるのも、もうわからない。

——これは、いかぬ。

「《巡り巡りて風なる我が神、我が心を彼方まで、彼《か》の心を此方《こなた》へと》！」

だが、そこへ風が吹き抜け、女どもの悲鳴があがった。

金切り声をあげてのたうち回るように闇が退《しりぞ》き、君は喘ぐように息を吐く。

「面白《おもしれ》ェ……。どうやら、俺の心はよくわからんらしいな、ええ。夢魔どもめ」

がちりと顎を鳴らし、複雑怪奇な呪印を結んだ、蟲人僧侶であった。

今のはまさに《鎮静《トランスファー・メンタルパワー》》の奇跡に他なるまい。

夢中より人の欲望、心の闇へ這い寄る夢魔《サキュバス》も、蟲人の心は見通せぬのか。

巨漢の蟲人は遠ざかった闇を睨みつけるように触角を揺らし、吐き捨てた。

「聖域を張って捕らえるまでもねえ。立てるか？」

「あったぼうや……！」

半森人の斥候が威勢良く声をあげ、君も応と短く返事をする。

へたりこんでいた女戦士へ手を伸ばすと、彼女はびくりと身を跳ねさせた後、頷いた。

「ごめん。へーき……！」

汗と涙とをぐいと拭って、槍と君の手を支えに立ち上がる。これで良し。

君はともかく湾刀を構えて、呼吸を整えた。暗闇《くらやみ》を睨みつけ、足を開く。

夢魔とは幽世《かくりよ》に存在する、物質的には儚きものだと聞く。それ故に夢幻の中では恐ろしい。

――だが、正体見たり。

それとわかれば、気を張って目覚めている限り、そう易々と吸精はされまい。

しかし同時にこちらの刃も彼奴《きゃつ》ばらに届かぬとなれば、決定的になるのは――呪文だ。

「まかされました！　やっつけちゃいましょうっ！」

「はいっ！　……頑張り、ます……！」

決断的な君の指示に威勢良く、そして真剣な面持ちで二人の娘が応じる。同時、闇が吠《ほ》えた。

「ＳＵＣＣＣＵＵＵＵＵＢＢＢＢ！！！！！」

それは得体の知れぬ奇っ怪な呪文であり、恐らくは魔界の言語であったのやもしれぬ。

迷宮に渦巻くのは地獄の閃光《スパーク》であり、恐らくは《稲妻》の一撃に他ならぬ。

――だが、君たちが体を張っている間に理力《フォース》へ集中していた彼女らの方が、一手早い。

「《マグナ《魔術》》……《レモラ《阻害》》……《レスティンギトゥル《消失》》!!」

「《裁きの司《つかさ》、つるぎの君、天秤の者よ、諸力を示し候《さぶら》え》……!」

従姉の高らかなる呪術の声が魔力を雲散霧消せしめ、続く女司教の言葉が空《くう》に理《ことわり》を描く。

それは天の高みより降《ふ》り注《そそ》ぐ、神鳴る一撃。深淵《しんえん》なる迷宮の奥底にまで届く神の威光。

女司教の突き出した天秤剣より迸る――《聖撃《ホーリー・スマイト》》であった。

「――――!?!?!?!?」

神の裁きを受けた夢魔は、この世のものとも思えぬ絶叫を上げて悶え苦しむ。

闇がもがきながら虚空《こくう》で身を捩《よじ》り、のたうち回る様を君は初めて目にした。

異界の物質ならざる存在の血肉《エクトプラズム》が焼け焦げ、見る間に燃えていく。

「いくら甘い言葉で愛を囁き、哀れに振る舞い泣き叫び、許しをこうても、無駄なことです」

白熱した光に照らされ浮かび上がる女司教の表情は、どこまでも冷たく、透き通っていた。

「魔神、夢魔、吸血鬼らはそういう生き物で……それは、鳴き声に過ぎませんもの」

もし本当に悔い改めるのだとしても、罪には罰が必要だ。そればかりは、どうしようもなく。

闇に隠れて生きるものも、早く人になりたいと望むならばこそ、それを逃れる事はあるまい。

神々は善と悪の判断を、人に委《ゆだ》ねられたのだから。

「――小鬼と、同じように」

最後、絞り出されるようにして呟かれたその一言を、君は聞かなかった事にした。

それにその言葉は、虚空に残響する雷電竜《らいでんりゅう》の唸りに混ざり、すぐに弾《はじ》けて消えてしまった。

§

ぶすぶすと大気の焼け焦げる嫌な臭いが、戦闘の終了を示すものだった。

玄室には闇の痕跡《こんせき》はそれ以外何も残っておらず、ただ君たちが立ち尽くすばかり――いや。

「……やー、まっさかこんな魔神の類が出てくったぁなぁ……」

緊張から滲んだ汗を拭いながら半森人の斥候が向かう、宝箱だけが置き去りにされていた。

針金が錠前を探る金属音を背景に、君はまったくだと頷いた。

あの竜とても恐るべき怪物であったが、あれはまだこの世のものだ。

夢魔が――異界の存在がまろびでてくるとは、およそ尋常な事ではあるまい。

「やはり魔神の王、なのでしょうか。本当に、迷宮の最下層にいるのは」

従姉が不愉快そうに――珍しいことだ――眉をひそめ、はたはたと黒い煙を手で払う。

それに女司教が戸惑ったように、ゆるく小首を横に振った。

「あれは噂《うわさ》ではありませんか？　……いくら《死》を招く瘴気を噴き出す、といっても」

彼女の声は否定というよりも、信じたくはないといった様子である。

それについては、まあ君も同意だが——だが事実は認めねばなるまい。

この世の外と繋がっていなければ、あのような手合いが湧き出《ポップ》しはしまい。

「噂といえば、大魔法使いが——……なんていうのも、ありますね」

んんんー、と。従姉が口元に指をあてがって考え込む。

君はそれに口を挟まない。あれで従姉は聡明《そうめい》だし、魔術については君より詳しい。

——もっとも、出てくる答えが胡乱だったりする事も多々あるのだが……。

まあ、それよりもだ。君は心ここに在らずといった風に虚空を見る、女戦士へ目を向けた。

君とても精気を吸われかけたのだ。彼女も一見して無傷というだけであるやもしれぬ。

——大丈夫か？

「ん、へぇき。……ちょっとびっくりしちゃっただけだよ」

君の問いかけに一瞬呆けたような顔をした彼女は、びくりと身を震わせて、そう答えた。

数度瞬きをして、平気、平気と繰り返し呟き、顔をごしごしと掌《てのひら》で擦る。赤くなるほどに。

「それより、お水か何かもらえないかな。喉渇いちゃった」

君は頷き、彼女へと水袋を放った。

迷宮に潜っていると飢えも乾きも曖昧になる。自覚したら、躊躇なく飲むべきだ。

こくり、こくり。白い喉が水音と共に隆起する様から、君は目を逸《そ》らす。

「何にしても、何かあるというのは間違いなさそうですね」

ふぅ、と。豊かな胸に手を当てて、結局答えの出なかった従姉が呟いたのに応じる。

魔界と門をつなげたにせよ《死》を溢れさせたにせよ、生半な相手ではあるまい。

「《転移《ゲート》》は失われていますからねぇ。お姉ちゃんもまだまだ、よくわからないですし」

理論は知っているんですよ理論は。ボヤくはとこへ、君はそうかと投げやりに返した。

だが本当に魔神どもが出てきた以上、いつぞや言っていた魔界の核《デーモンコア》とやらの力が必要やもしれん。

「魔界の核《デーモンコア》……」

ぽつり。何やら考え込んでいたらしい女司教が、小さく声を漏らす。ひどく真剣な表情で。

君は冗談だと手を振って、地図はどうだと、話題を切り替えるように問うた。

「あ、はい！　こちらに……！」

女司教があわてて頷き、鞄から折り畳んだ羊皮紙を取り出すと、ぱたぱたと駆け寄ってきた。

斥候が宝箱と格闘している間、周辺警戒と休息は必要だが、同時に方針も詰めるべきだ。

ちらと女戦士を見れば、彼女はわかっていると槍を構え、宝箱傍の壁に寄りかかった。

君は続けて蟲人僧侶に先の奇跡を労《ねぎら》いつつ、地図の検分のために声をかける。

「大したこっちゃない」と彼は顎を鳴らし、君の横から地図を覗《のぞ》き込んだ。「で、どうだ？」

「やはり、四階には扉はないようなのです……」

がさがさと広げられた地図を、君と女司教、蟲人僧侶の三人で検めていく。

女司教の地図と、自分たちの記憶、特に蟲人僧侶の観察を照らし合わせても、差異はない。

――が、明らかに空白があるな。

およそ四分の一か、それ以上か。他の三階層に比べると、四階は形が歪《いびつ》なのだ。

「ええ」と女司教が頷いた。「もちろん、全ての階がきちんとした正方形とは限りませんが」

「今までの三階がそうだったんだ。ここもそうだと思ってかかって、まず問題はねえだろう」

蟲人僧侶はその鋭い指先で、未だ埋まっていない四階の空白を軽く叩いた。

「なら、ここに行く手段も、ここから下りる手段もあると見て良い」

――上の階か。

「かもしれん。違うかもな」蟲人僧侶は顎を鳴らした。「俺はどっちでも良い」

……いや、それしかあるまい。

君は数瞬の思案の後、そう結論を出した。地下三階、二階、一階。やはり確かめねば。

少なくとも、先のない状況で倦《う》んで、鬱々《うつうつ》と沈み込むよりはよほど良い。

目標があるだけで、何もかも変わる――そういう意味では、彼らにも感謝せねば。

「え？　ああ……」

君の言葉に戸惑った表情を見せた女司教が、どこかぎこちなく、それでも喜びに頬を緩めた。

「……ええ、そうですわね」

憎み合っているわけではないのだ。気楽にゆこう。

いずれ何年もすれば、この冒険譚《ぼうけんたん》を肴《さかな》に酒でも飲めるやもしれぬのだから。

「っしゃ、開いたでえ！」

――お。

君は地図を畳んで女司教へ返すと、そそくさと宝箱の方へと出向いた。

湾刀、湾刀、湾刀はないか。いや、なければないで良いのだ。自分はどっちでも構わん。

「おい」

蟲人僧侶が後ろから何か言っているのを聞かなかった事にして、君は斥候の手元を覗いた。

いつものように山のような金貨と、武具らしいものがいくつか。

「ま、見ての通りや。武器は上に戻ったら鑑定してもらわなあかんな」

それよりも。

「大将は、あン夢魔どもがどんな女に見えたんや？」

ひゅおんと風を切る音がして槍の石突が唸った。斥候が「おおっとぉ!?」と飛び退く。

「ほぉら。罠があるかもしれないのに、油断してちゃダメでしょう？」

黒髪に黒い鎧の女戦士が、にこにこと笑顔で囁く。斥候が君を見た。君は頷いた。

――うん。まあ、そうだな。その通りだ。

ひとまず、上の階へ戻ろう。そして地下への道筋を探さねばなるまい。

そそくさと動き出す君に続いて、仲間たちが笑いあいながら歩き始めた。

結局、今日もまた、階段は見つからなかった。だが――……。

別にそんな日があっても良いのではないかと、君は思った。

§

そうして怪物の死と君たちの生、そして財貨を積み重ねるうちに数日が過ぎた。

——城塞都市、『黄金の騎士』亭には朝も夜もないらしい。

イェイイェイと声をあげ腰をくねらせる踊り子らの舞台を横目に、君は朝食の皿をつついた。

赤と緑の蛙《かえる》を模した装束は滑稽《こっけい》だが、その滑稽さが却《かえ》って卑猥《ひわい》で淫靡《いんび》なのやもしれぬ。

ぴたりと張り付いて肢体の線も露《あら》わな装束は、帰還した冒険者らにとっては大歓迎らしい。

少なくとも君としても、仲間たちを待ちながら麦粥を啜る間、目を楽しませるには不満はない。

「おやん。行き詰まって不貞腐《ふてくさ》れてるかと思ったら、ずいぶんとご機嫌じゃない」

けらけらと愉快げな声を、ひゅるりと吹いた風が運んできたのはその時だった。

風と同じような柔らかさで君の隣へ、すっと滑り込んだ女が猫めいて目を細めている。

君はちらりと彼女の方を見て、まあぼちぼちだと短く答え、麦粥を啜った。

「ま、腐ってないのは何よりだね。応援しているお姉さんとしても嬉しいよ」

ひらりと手を振った外套姿の女——情報屋は、ひらりと手を振って、女給を呼びつける。

「レモン水ひとつお願い。お代はこのおにーさんに」

まあ、構うまい。少なくともそれを飲む間ぐらいは、話してくれる事があるのだろう。

それにこちらとしても聞きたい事はなくもないのだ。

「ほほう」運ばれてきた杯を受け取った情報屋が目を輝かせた。「さらなる地下への行き方？」

君は笑った。それは別に聞きたい事ではない。一階からくまなく探し直すつもりである。

だがまあ、話してくれるというなら是非とも聞かせてもらいたいものだ。

「ふふん、そうやって気を回してくれるところは得点高いね」

くすくすと笑い声を転がし、レモン水を楽しみながら、情報屋は君へ目配せをくれた。

「とはいえ、見当はついてるんだろ？」

うむ。君は頷き、口を開く。情報屋と、言葉が重なった。

「――暗黒領域」

それは歌うように口ずさまれた、地下一階に横たわる《死》の影であった。

迷宮に満ちた瘴気さえ立ち入らぬ無明《むみょう》の空間。文字通りの暗黒。未踏破の区画。

踏み入って、帰ってきた者はいまい。

誘いにしてはあからさまであり、十中八九は嫌らしい罠の類。

少なくとも金を稼ぐために迷宮へ潜る手合いは、好き好んで近寄る事はない。

そんな場所へ踏み入らずとも、怪物と戦えば金は幾らでも手に入る。

ただでさえ命の危険があるのだ。わざわざ《死》に身を投じる必要がどこにある？

「でぇーも」と、情報屋の女は甘えたように呟いた。「君は、違うよねぇ？」

自分たちだと、君は訂正した。君一人だけではない。一党《パーティ》の皆が、そうだ。

「良いね、そういうの。……うん、好きだよ」

それはどうも。君はぶっきらぼうに答えた。

偽りのない賞賛の言葉だろうが、真っ直ぐ受け取るには気恥ずかしいものがある。

女はそんな君の様子へ気をよくしたようで、頬杖《ほおづえ》をついてけらけらと喉を鳴らした。

「じゃあ、そんなキミへお姉さんからご褒美。何でも教えてあげるよ？」

──何でもときたか。

「そ。なーんでも……」

どうする？　探るような目で見つめられ、君は誤魔化すように麦粥を匙で掬《すく》って口に運んだ。

気になる事は、多い。だが、聞くべきでない事もあろう。

君は何を聞いても構わないし。何も聞かなくても構わない。あるいは質問を選んでも良い。

──君は冒険者だ。

悪名高き《死の迷宮《ダンジョン・オブ・ザ・デッド》》の噂を聞きつけ、その最深部へ挑むべく、この城塞都市を訪れた。

であるならば、一から十まで他人に頼むのは──あまりにもらしくないではないか。

好き好んで選んだ道である以上は、その歩き方も好きに選ぶべきだ。

とすれば──……。

「うん？　赤い湾刀の一党《パーティ》？」

うむ。君は頷いた。聞くべきことは迷宮ではなく、彼女の事でもなく、それだった。

問われた女はきょとんと目を開き、意外そうに数度瞬きするのが外套に隠れていてもわかる。

ふぅん。そっかそっか。女は嬉しそうに何度か呟くと、円卓にしなだれるように身を預けた。

「そいつらの事は知らないけどね」

そしてこてんと頭を横倒しにするようにして、君を上目遣《うわめづか》いに見やってくる。

「知らないって事が問題なんだろ？」

無論である。

そもそも地下五階を目指す、探索の最先端にいる一党《パーティ》が無名というのがありえない。

筆頭といえるのが金剛石の騎士たち。次いで、自慢ではないが君たちだ。

この街では天気の話か挨拶でも交わすかのように、冒険者についての噂が流れる。

君たちが他の一党《パーティ》を救い、みすぼらしい男たちと渡り合い、地下四階に至ったのは公然の話だ。

――だが、彼らは違う。

他からふらりと名うての一党《パーティ》が流れ着いたというのならば、わかる。

だが彼らは女司教共々やってきた、言ってみれば君と大差ない力量の冒険者だったのだ。

「なのにキミと大差ない力量の持ち主、なんだもんね」

そういう事だ。いくら先行して潜っていたのだとしても、あまりにも異常だ。

やっかみとか、妬《ねた》み嫉《そね》みの話ではない。君たちとて相応の時をかけねば――……いや。

君たちとても、よもや竜と渡り合えるほどになるとは、思いもよらなかったではないか。

「くふん」

女は、うっとりと……猫が甘えた時のように笑って、杯を口元に運んだ。

「でも、どこで彼らが強くなったかは知ってるよ」

情報屋が水を口に含み、こくり、こくりと喉を蠕動《ぜんどう》させて味わっていく。

君はふと先だっての女戦士の仕草を思い出し、いや、と短く答えた。

そっか。女は濡《ぬ》れた唇を艶めかせ、うん、と頷く。

「決まっているだろ？　――――迷宮さ」

彼女は、何を当たり前の事をと言わんばかりに鼻で笑った。

君は匙で掬った麦粥を口に運び、咀嚼《そしゃく》し、飲み込んでから女へと向き直った。

――詳しく聞かねばなるまい。

「そもそもさ。伝説に語られる白金等級なんかは、もう人の理《ことわり》から外れかけた存在だろ？」

彼女はまず、そんなふうに話を切り出した。世に現れなくなって久しい、勇者英雄。

輝ける鎖帷子《チェインメイル》の冒険譚からこちら、世界を救ってきた偉大な冒険者たち。

時として死すら飛び越えて現世に蘇《よみがえ》り、悪を討って来た。

だが――今は、いない。

「それでこの迷宮は、地下にある。地下になにがあるかといえば——そりゃあ《死》だよね」

地獄。死後の世界。《死》。地の奥底深くに眠るものは破滅だと、鉱人《ドワーフ》の昔語りにもある。

そんな事を、ずいぶんと昔に君は師から聞いたような覚えがあった。とすれば、彼女も地の底か。

「では地下に潜り、そこで生死の端境《はざかい》を駆け抜けて、地上に戻るって事は……さ」

情報屋の女は、いつのまにか杯に差し入れていた麦藁を唇に挟み、甘く噛んで、君を見た。

「《死》と再誕の繰り返しじゃない？」

それは——……。

君は何と言うべきか迷った。いや、わからいではなかった。

まるで旗《フラグ》が立ったように、君の頭にはもう答えが見えていた。

それはもはや否定しようのない事実であり、人智を超えた英雄の行為、その模倣なのだ。

君とて魔術を齧《かじ》る身であるから、理解はできる。模倣は、姿かたちに留まるものではない。

そう、まさに——《死》とは、力だ。

冒険者であれ、怪物であれ、殺し、殺され、どちらかが生き延びる。それは力だ。

であれば、ひたすらに迷宮の中で殺戮を繰り返せば、一晩で位階を高める事もできよう。

迷宮は人智を超えた領域であり、そこで超人たる英雄の所業を模倣すれば、不可能ではない。

だが。

そうして屍《しかばね》を積み重ねた先に——死体の山の遥《はる》か高みに————何があるというのか。

「それはオネーサンには良くわかんないな。私は冒険者じゃないもん」

君の言葉に、彼女はそんな風に曖昧に笑って肩を竦めた。

君とても、答えを聞いたわけではない。質問はもう済ませたではないか。

答えを知りたければ、行くより他あるまい。どこにあるかは、もう気づいているはずだ。

「——暗黒領域」

君が決断的に呟く言葉へ、情報屋の女は心底眩しそうに、歌うように音を重ねた。

彼女はゆっくりと席を立った。「ごちそうさま」と外套の下、笑みへ影が落ちる。

行くのかと君が問えば、情報屋は「うん」と頷いた。

「こう見えて忙しいの、オネーサンは」

ならば仕方あるまい。既に十分過ぎるほどに得た。レモン水一杯では申し訳ないくらいだ。

「じゃ、せめて感謝をしてもらわないとね」

くすくすと耳を擽《くすぐ》るような笑い声。無論だと、君は深々、彼女へと頭を下げた。

ひゅるりと心地よい風が、酒場の中に吹き込み、通り抜けていく。

それが頰を撫でて消え去る間際《まぎわ》、女は「でもさ」と鋭い音を、君に残した。

「——強い弱い、勝つ負けるしか興味ないヤツって、たぶんもう、冒険者じゃないよね」

そんな、言葉を。

§

君の言葉に、ようよう現れた仲間たちの中で最初に声を漏らしたのは蟲人僧侶であった。

「……やっぱそこしかねえか」

うむ。君は頷いた。

この考えに至った経緯はともかくも、やはり可能性が高いのはそこであろう。

酒場で遅めの朝食に興じながらの作戦会議も、これでもう何度目だろうか。

いつも通りに思い思い食事を口に運ぶ中、ぽんと紛れ込んだ異物のような存在。

それが君の切り出した言葉であり、地下一階に横たわる未知の空間であった。

地下迷宮の一階、その片隅に、ぽかりと大きく口を開けた路地がある。

瘴気に満ちた迷宮では先を見通す事は叶《かな》わないが、それでも薄明かりが灯っている。

だが、その先には何もない。

無明の闇が広がり、冒険者を飲み込んでしまうのだという。

——曰《いわ》く、その先では乱心した魔術師が幽世の門を開く外法《げほう》の研究を続けている。

——曰く、その先は亡者の巣窟、冥府《めいふ》と繋がった《死》の空間である。

——曰く、その先へ踏み込んで戻ってきた者は、誰一人としていない。

「暗黒領域《ダークゾーン》……」

およそ金目当てで城塞都市に集《つど》った冒険者ならば、赴《おもむ》く必要のない場所だ。

例外は一攫千金《いっかくせんきん》を狙う命知らずか、迷宮の最奥を目指さんとする者であろう。

つまりは、君たちだ。

「そもそも、前提からしておかしい事に気づく奴《やつ》が少ねえんだ」

蟲人僧侶がガチりと顎を鳴らして言った言葉に、女戦士が「なにが？」と声をかける。

「無限の財貨さ」

迷宮から溢れ出るそれのことか。

君は君自身が幾度となく見出してきた、宝箱を思い返す。

玄室にいる怪物を屠れば、必ず現れるそれ。数多の冒険者が目の色を変えて追い求めるもの。

殺戮《ハック》と略奪《アンドスラッシュ》の根幹を成す存在。

「そんなものが本当にあると思うのか？」

あるから、今この場が成立しているとも考えられる。

君はあまり自分でも信じがたい、都合の良いと思える言葉を並べ立てる。

常々この蟲人僧侶や仲間たちが、君に対してそうしてくれているように。

「だとしてもだ。無から有は生まれねえ。それがこの世の道理だろうよ」

どこからか、なにか――その源《リソース》があるはずだ、という事か。

「けども、金が仰山《ぎょうさん》あるってぇのは良いこっちゃねえんか？」

ふむん。パンを頬張《ほおば》っていた半森人の斥候が、次に腸詰めをフォークで刺しながら指摘する。

「気味は悪いけんども、別段、金に血がついとるわけでもないやろ」

「結果がこの街さ」

蟲人僧侶は、交易神の神官がそうするように、緩く肩を竦めた。

「金ばっか溢れてやがる。めちゃくちゃだ。そのうち、何もかもあぶくみてえに弾けて終わる」

「濡れ手で泡《バブリーズ》な冒険者稼業は夢のまた夢かいな」

腸詰めをかじり、飲み込み、半森人の斥候は呟いた。

「……確かになぁ。となら……何かある、っつー可能性は、一番高いかもしらんか」

半森人の斥候が、ううんと腕を組んで難しい顔をする。

実際、危険な場所である事には変わらないのだ。諸手《もろて》をあげて賛成されるよりはよほど良い。

「わたしは、怖いのはやだなぁ……」

だから女戦士が混ぜっ返すように言うのも、君にとってはありがたい事ではあった。

もっとも頬杖をついて麦粥の皿を物憂げに混ぜる彼女に、不安の色があるのは理解できる。

城塞都市に来てからとはいえ、もう結構な付き合いになるのだから。

「……死んじゃうのは、怖いよ？」

「だったら一生地下四階をぐるぐる回るか？」

ぎちりと顎を鳴らして蟲人僧侶が言い返す。彼は得体の知れぬ獣の肉をかじり、嚥下《えんげ》した。

「俺はそれでも構わんぜ。別の仲間を探してもらわにゃならんがな」

「……別に、そうは言ってないけど」

女戦士が戸惑ったように視線を彷徨《さまよ》わせた後、小さく息を吐いた。

「大丈夫なのかなあ、って。それだけだよ」

――まあ、それを言われてしまうと君としても答えられないのだが。

「そこは嘘でも大丈夫だ、って言って欲しかったな」

やっと女戦士がくすりと微笑んで、君はほっと息を吐いた。

確かに危険なのは重々承知の上だが、それを言えば冒険者は危険に挑む者であろう。

無理無茶無謀はかの伝説に唄《うた》われる自由騎士とて戒《いまし》めているものの、行かなければなるまい。

暴《あば》れ馬が向こうからくるのを見越して、道を避けるものこそが剣の達人。

しかれども、それは常に確実に勝てる相手とのみ戦い、安全な場所にのみ挑む事ではない。

――とはいえ。

こういった話題となれば必ず首を突っ込んできそうな従姉と女司教は、何をしているのか。

「ほえ?」

きょとりとした様子で顔を上げたはとこらは、二人して分厚い本に顔を埋めていた。

古ぶるしき革表紙のその本には、異国の文字が表題として刻まれ、異様な気配を纏っている。

いつぞや彼女らが買い求めたという、どこぞの呪文書ではあろうが――……。

「ああ、いえ、ほら。この間、魔神《デーモン》の類が現れたでしょう?」

従姉が、出来の悪い弟へ事情を説明するような口振りで言った。

まあ確かに、夢魔とて魔神の一種ではあろう。人の夢を媒介に現世へ忍び寄る脅威だ。

君の刃は触れ得ざる者を断ったが、それは彼女ら——だろう——が幽世の住人故のこと。

現《うつつ》で自我と肉の身を保てるほどの上位夢魔《グレーターサキュバス》と、眠りの中で立ち会いたくはないものだ。

「だから召還や、魔界の核《デーモンコア》、《転移《ゲート》》について調べておかなきゃ、って」

魔神召還はともかく、残りの二つは禁忌《きんき》だとか、失われた呪文の類ではないか。

君は半ばげんなりしながら苦言を呈す。それに女司教まで巻き込んでからに。

「いえ、ですが……」と、件の女司教は真剣な面持ちで首を横に振る。

彼女は指先で書物の頁《ページ》、その記述を辿って読みながら、見えざる目を君の方へ向けた。

「先へ進むためには、きっと……必要となると、思うのです」

——ふむ。

君は彼女の真剣な様子に感心し、その発言に考え込みながらも、若干の安堵を覚えた。

彼女の強い意志は、あくまでも先へ進む事に向けられている。

かつての——そう、かつての、だ——仲間たちへの対抗心や、君たちへの不安はない。

それはとても喜ばしいことだと、君には思える。

君は、地下一階の探索だが小鬼の相手は自分がするから呪文に専念してくれと言う。

そして忘れずに、粘菌どもの相手もだと付け加えた。

「……ふふ」と女司教が笑って「はい」と頷いてくれたので良し。

女戦士から「もう！」という膨れ面《つら》と共に、卓の下、長い足を伸ばして向こう脛《すね》への蹴《け》り。

痛みに悶絶する君へ、従姉は「ダメですよ、そういう事を言っては！」と叱責《しっせき》が飛ぶ。

何とも手厳しいばかりだ。もう少し優しく……せめて手心があっても良いのではなかろうか。

「いやあ、今のは大将が悪いやろ」

「俺は何でも構わん」

殺生な話だ。男性陣からの返答へ君が呟くと、蟲人僧侶が「で」と触角を揺らした。

「行くんだな」

ゆく。

「なら決まりだ」

蟲人僧侶はその甲殻《こうかく》に覆われた両掌をガンと打ち鳴らし、立ち上がった。

すかさず半森人の斥候が片手をあげて「姉ちゃん、おあいそ！」と女給を呼ばわる。

「はぁい！」と駆けてきた兎人の給仕へ、ちゃりちゃりと斥候の手から金貨が飛んだ。

そのまま二言、三言と他愛ないやりとりをするあたり、彼もなかなか目端が利《き》くようだ。

「ええと、水薬とかの備蓄は大丈夫ですよ。お姉ちゃんがしっかり管理してますし」

たわわな胸を誇示するようにふんぞり返るはとこ。

「暗黒領域となりますと、やはり地図が入り用になりますわね……」

その隣で、ぐっと両手を握って気合いを入れる女司教。

まったく。君は微かに笑った。頼もしい限りではないか。

――それで、どうする？

卓上に頬杖を突いたままの女戦士は、ちらと君を見上げるように視線を動かした。

「ん。行くよ？」

彼女は猫めいて目を細め、くすくすと笑った。

「君がついてきて欲しそうな顔してるもの」

そうだろうか。君は顎を撫でた。そんな君の袖を、女戦士が摑み、くいくいと引く。

「……スライムが出たら、よろしくね？」

指先で袖口《そでぐち》を手繰《たぐ》りながら、彼女はにへらと頰を緩めた。君は頷いた。

かくして、君たちは装備を整え、身支度《みじたく》を終え、いつものように迷宮へ繰り出した。

赴くは前人未踏、何が待ち受けているかもわからぬ暗黒領域、その向こう。

だが、帰っては来られないかもしれぬ――などとは、思いもしない。

そんなのは、迷宮に初めて挑んだ時から変わらず、至極当然のことなのだから。

§

幾度も往復した、通い慣れた道を逸れるのは勇気のいる事だ。

ゴブリンとスライムという変わらぬ存在との遭遇には、何とも励まされる。

「もぉ、やだぁ……」

ぐずぐずと啜り泣《な》くような声を漏らす女戦士の濡れた肩を叩きながら、君はそんな事を思う。

大丈夫かと背後に声をかけると「……は、い」とひどく掠れた女司教の返事。

「こちらはお姉ちゃんに任せてください」

つくづくこういった時は従姉が頼りになる。君は頷き、息を吐く。

暗黒領域だならず者だ忍びの者だといった以前に、地下一階が一番手強《てごわ》い気がする。

熟達した冒険者であれば、地下一階を一人で散歩もできるというが、とてもとても。

思えば、あの最初の冒険は何とも困難で、苦労をしたものだったが……。

「……ん、もうへーき」

落ち着いた様子の女戦士の肩を最後にもう一度叩いてから、君は仲間の方へ向かう。

遭遇戦で無駄に消耗はしたくない。術も使えない。かといって逃げるのも癪《しゃく》だ。

——というより、しくじったらその時の方が消耗するだろう。

片端より撫で切って進むくらいがちょうど良いのだ。少なくともこの地下迷宮では。

「すみません。……お手数を、おかけいたしました」

従姉から差し出された水袋を両手で握りながら、女司教がこくこくと頷く。

小鬼どもと粘菌類が立て続けに現れると、まあ、やむを得ない事だろう。

真面目な話、この先――暗黒領域に潜む者が、そういった手合いでなければ良いのだが。

「……そうなったら、わたくし、きっと泣いてしまいますわ」

本音なのだか冗談なのだかわからない言葉に、君は微かに口元を緩めた。

ともあれそうやって喋れるのならば大丈夫だろう。進路を頼めるだろうか。

「はい」と健気《けなげ》に頷いた女司教は、雑嚢鞄《ざつのうかばん》から愛用の地図用紙を取り出し、広げた。

「北へ道なりに。その後は角を突っ切って、奥の扉へ。その先は……左へ」

「玄室は入らんでええんかったか？」

横合いからひょいと覗き込んで言う半森人の斥候に、女司教はこくりと頭を動かす。

「ええ。無視して……行かねばなりません」

「こら今回は儲《もう》けが少なくなりそうやなぁ……」

ことさらにしょぼくれた声を出す斥候に、従姉がくすくすと笑いを漏らす。

「暗黒領域とやらの奥には、財宝が山とあるかもしれんぞ」

蟲人僧侶ががちりと顎を鳴らすのに続けて、女戦士がにんまりと口元を緩めた。

「荷物が増えるのは嫌だから、一人で持ってよね？」

「おおっと……」

——良い雰囲気だ。

君は密《ひそ》かに息を吐く。未知の領域へ向かうのに、皆が平静を保っているのはありがたい。

「あなたもお水飲みます？　無理しちゃあダメですからね！」

その溜息を疲労故と見たのか、女司教に続けて君にまで従姉は水袋を差し出してくる。

ありがたいと受け取ったのは良いが、つい今し方、女司教が口をつけていたものではないか。

——ええい、このはとこめ。

「飲むのが恥ずかしいとかぁ？」

くすくすと耳朶《じだ》をくすぐるような女戦士の声に睨みをくれて、君はままよと水を呷った。

味もわからぬままに飲み込み、ぐいとはとこに突き返す。

まったく。まったく。

「ふふふ、いつもそうやって素直なら良いんですけどねえ」

「——？　どうか、なさいましたか？」

にこにこと何も考えていない様子のはとこと、不思議そうな女司教。

加えて女戦士の前で説明する気など毛頭あるわけもなく、君は行こうと声をあげた。

「おう。いつでも良いぞ」

「わいもや」

蟲人僧侶と斥候からも返事があり、君たちは隊伍《たいご》を組み直して進軍を再開した。

階段を下りてから、真っ直ぐ北へ。角を曲がり、突き当たりの扉を蹴り開ける。

そこは十字路になっていて、普段なら西――左へ曲がって、地下二階の階段へ向かう。

だが今日は違う。

君たちは正面である北側、そこにぽかりと穿《うが》たれた深淵の闇を睨みつけていた。

そう、文字通りの暗黒だ。

この輪郭線だけしか見えない迷宮において尚、まったく先を見通す事のできない空間。

それは迷宮という生き物の喉奥のようであり、君たちを飲み込まんと牙を剝く獣の顎だった。

「……本当に行くんか？」

「なぁに、今更怖くなっちゃったの？」

上での様子とは裏腹に、半森人の斥候へ女戦士が言い返す、と斥候が笑った。

「おうよ。怖いかんの。姐《あね》さんに先導頼むわ！」

「……ああん、もう」

小さな舌打ち。君は笑って、一番乗りは頭目《リーダー》の権利だと告げた。扉を蹴り破る権利だ。

「ここは扉ありませんけどね」と従姉が混ぜっ返し、蟲人僧侶が「早くしろ」と唸る。

君は一歩ずつ前へ進んだ。一歩、二歩、三歩、四歩。

だが、そこまでだ。

視界も、何もかも、すぱりとその一歩先で塗り潰されたかのようにかき消されている。

まず湾刀の鞘先を入れてみる。やはり、暗闇に飲まれて消えてしまう。抜くと、戻る。

「……てえことは、消えっちまうわけじゃねえんやろかの」

「床がなかったりしてね？」

斥候と女戦士の言葉はもっともだが、やはり踏み込まねばなるまい。

君は正義と天秤を司《つかさど》る女神と、幸運と風を運ぶ女神に祈った。

暗黒の城塞のただ中では祈りも届かぬと故事にはあるが、祈った上で進むより他ない。

君は無明の空間へと意を決して飛び込み——……その足が、しっかと石床を踏みしめた。

だが、わかったのはそれだけだ。

闇。

視界を黒一色に塗りたくられたような、完全な闇の中に君はいた。

前も、横も、上も、振り返ったところで背後すらも見えない。

ただ君がそこにいるという事を、足裏から感じる床の圧力だけが教えてくれる。

もしこれすら消え失せていたら、君は自分が立っているのかどうかすら、わからないだろう。

宙に漂っている。あるいは溺れている。落ちている。船の上に立っているように体が揺れた。

手を伸ばすと冷たい物に届いて、一瞬心臓がぎくりとする。何のことはない。迷宮の石壁だ。

君は思わず自分の顔を触り、頰を撫でた。大丈夫だ。己は在る。手すら見えないにしても。

「大将、大丈夫かー？」

半森人の斥候の声が届く。奇妙な事に、驚くほど近くから。帳《とばり》一枚隔てただけのようだ。

君が不可思議な感覚に戸惑いながらも問題ない旨を伝えると、一党《パーティ》の足音がぞろぞろと響く。

そして「わ」だの「きゃ」だの、各々の困惑した声が続いた。

「……こらまた妙な場所やな」

「もともと迷宮だって目なんざ当てにしてねえだろ」

「そらあんさんは触角あるかんの」

「……そんなにおかしな場所なのですか？」

と、最後は女司教か。この領域ならば、むしろ彼女が一番頼りになるやもしれぬ。

地図を描くのも他の者では無理であろうし、任せておいたのはやはり正解だった。

「……はいっ。頑張ります……！」

君がそう言うと、彼女がむんと気合を入れるのがわかって、闇の中で君は笑った。

「ですけど、はぐれないよう慎重に動きましょう。手をつなぐ、のはダメですよねえ」

ううん。従姉がそんな風に声を漏らす。難しい顔をしているのが、闇の中でもわかる。

いや、従姉に関してだけではない。他の面々も、声だけで、おおよその表情は察される。

例えば――……。

「じゃあ、ゆっくり歩いていこっか。見えないからって、触ったらダメだからね？」

なんて言っている女戦士が、かつこつと鉄靴を鳴らして歩き出す様などもだ。

「こないな場所で怪物が出てきたらたまらんものなあ……」

半森人の斥候がおっかなびっくり、慎重な足取りでそれに続くのも、わかる。

結局、君たちにとって、この暗闇はただ視覚が遮られるだけにすぎないのだ。

君はそれが、どうしてかとても嬉しいのだった。

§

完全なる暗闇の中を、君たちは隊伍を組んでそろそろと進んでいく。

少し進んでは、声をかける。少し進んでは、声をかける。

その繰り返しを提案したのは従姉であり、今回ばかりは君も素直に従っていた。

いくら慣れ親しんだ一階とはいえ、ここは未知の領域だ。何があるかわからない。

はぐれたりなどしては、コトだった。

「……しっかし、何もあらへんなぁ」

だから半森人の斥候のこのぼやきも、恐らくは意図した上での発言だろう。

先ほどもフィート棒を求めて、女戦士に「槍は貸さないよ」と返されたばかりだ。

「わいはてっきり、入った途端に頭のおかしなじいさまが呪文とばしてくっと思っとった」

「地下一階に黒幕か？」がちりと、蟲人僧侶の顎が鳴る。「ありえねえだろう」

「あら、でもお出かけしたりお買い物したりするには便利ですよ」

はとこが暢気《のんき》なことを言って、ぽんと手を叩く。君はあからさまに溜息を吐いた。

「階段を何度も上ったり下りたりするの、大変だもんねえ」

くすくすと女戦士の笑い声。女性の気にするところはまったく、よくわからない。

だが、まあ、ありえないという事はありえないものだ。

《死》の正体が何であるかわからぬ以上、地下一階に居を構えていてもおかしくはあるまい。

あるいは、たまさか買い物に出てきた相手と遭遇する事も、なくはないだろう。

「四方《しほう》世界に疫病をばらまこうという手合いが、友好的か？」

蟲人僧侶が呆《あき》れたといった風に顎を鳴らす。

これで反応は五人。とならば――さて、女司教はどうかしたのだろうか。

「……」

返事はない。だが気配――そんなものが存在するとすればだが――は感じられた。

なにやら考え込んでいるのだろうか。従姉が「どうしました？」と柔らかく問いかける。

「あ、いえ……っ」

はたと女司教は顔を上げ、横に振ったらしく、靡く髪の起こす風が君の元にも届いた。

「そろそろ地図の端を超えてしまいそうなので……紙を継ぎ足さなくては」

「あら、手伝いましょうか？」

従姉からの提案に「では、こちらを持っていて頂けますか？」と女司教が答える。

手探りでも二人は作業を進められるのだろう。従姉は粗忽《そこつ》だが、彼女らは仲がよい。

――回廊の限界か。

君はがさがさと紙の擦れる音を聞きながら、低く唸った。それを超えるとなると。

「これは、当たりかもしれんな」

蟲人僧侶が用心しいしい、重々しい調子で顋を鳴らした。

「地下一階に黒幕がいるというのも、あながち冗談じゃなさそうだ」

「いやあ、わからへんで」

半森人の斥候が、地上での時とは打って変わって深刻そうな口調で言う。

「この迷宮の主は根性が悪いもの。罠やー、とか仕掛けてくっかもしれへん」

「魔法でどこかに吹き飛ばされちゃったりして」

女戦士がくすりと声を転がして、蟲人僧侶が「面白くもねえ」と毒づいた。

何にしても油断して良い場所ではない――……油断しない事くらいしか、できないのだが。

「……終わりました」と、女司教――いや従姉か？――が声をあげたのは、その時だった。

この暗闇の中にあっては、女司教の描く地図だけが頼りだ。迷っては、出てこれそうにない。

そういう意味では、帰ってきた者がいないというのも頷ける話だ。

――そういえば、迷宮で死んだ者の軀《むくろ》はどうなるのだろう。

今更ながらにそんな事が気になったのは、鼻をくすぐる、奇妙な臭いのせいだろうか。

「……何か、妙な臭いがしませんか？」

女司教が、ぽつりと呟いた。「におい？」と従姉がきょとんとした声を漏らす。

鼻をひくつかせているだろう従姉の姿は容易に想像できたが、君は腰の湾刀に手を添えた。

「こら、なんやろな……」

「……前方か？」

斥候と蟲人僧侶もまた各々の警戒姿勢を取っている事が窺える。

女司教が「いえ」と呟き「右手の方からです」と続けた。「どっちでも良い」と顎が鳴る。

君は慎重に、文字通りの手探りで右側へと手を伸ばす――壁に触れた……いや。

「大将、ちょいとええか？」

半森人の斥候の声に頷き、君は暗闇の中で、恐らくは邪魔にならないよう、一歩退く。

入れ替わりに誰か――言うまでもない――が君の前へ動き、何かが動く気配が数秒。

そして、ふわりと風が吹いた。

がちゃりという稼働音を伴って、風が吹き抜けたのだ。生臭く、不快な風が。

「ええで」と言われたので壁の方へと手を伸ばせば――何もない。

本来なら石壁があるだろう場所には、ぽかりと空間が開いていた。隠し扉、分かれ道だ。

「面白ぇ……。どうする、行くか？」

――――前か、右か。

君は仲間たちと共に真っ直ぐ突き進んでも良いし、この隠し通路へ曲がっても構わない。罠かもしれぬ。いや、それを言ったらこの空間そのものが罠なのだ。今更の話だ。

君は微かな手がかりを摑むべく、行こうと言って、決断的に右側へと足を踏み出した。

床は確かに存在し、先へ進む事ができる。どうやら長い通路だと、そんな予感があった。

仲間たちが頷くのが気配でわかり、君たちは暗黒の只中《ただなか》へと踏み込んで行く。

「…………これ」

女戦士の囁き声。それが僅かに震えていたのに、君は気がついた。

「……嗅《か》いだこと、あるな」

全員が黙り込んだ。だが、前へと進む足は止まらない。

黙々と歩き続けるうちに、通路は左、右と、のたくる蛇のように折れ曲がってゆく。

引きずり込まれているような、そんな錯覚。帰る事はできないだろうと思わせる。

君は沈黙を破るべく、地図は大丈夫かと短く問うた。

「えっ、あ、は、はい」と、女司教の上擦った――震えた声。「大丈夫、ですわ」

ならば良い。君がそう答えると、また会話が途絶えた。

暗黒の中、知覚できる情報は皆の足音、息づかい、足裏の石床、そして――臭い。

歩き続けるうち、君にも気がついていた。いや、とうの昔に、かもしれない。

女戦士の言うとおりだ。この臭いは嗅いだ事がある。あるいは女司教も。

「……やな臭いですね」

従姉が衣擦《きぬず》れの音と共に呻く。口元を外套で覆ったくらいでは、どうにもならないだろう。

胸が悪くなるような、どこか甘い、反吐《へど》の出る臭いだ。

ゴミ溜《た》めにも似た、忘れ去られた汚物の臭いだ。

隠し通路の末端が、臭いの源だった。

手を伸ばしてみれば石壁とは違う感触。恐らくは、また扉なのだろう。

臭いは扉の隙間《すきま》、扉の奥から漏れていることが、君にもはっきりとわかった。

「……調べてみって」

小さくえずいた半森人の斥候が扉を探るべく動いたのにあわせ、君もまた一歩退く。

前にこの臭いを嗅いだのは、そう、地下二階でのあの戦いの時の事だ。

君は斥候の邪魔にならぬよう動き、ゆっくりと腰の湾刀を鞘から引き抜き、握った。

「……罠はなさそうやが」

頷き、柄に唾《つば》をくれて湿らせ、掌に馴染ませる。武具を検め、ゆっくりと足を振り上げる。

この臭いは――つまりは、《死》の臭いだ。

§§§

そこは、文字通りの意味で玄室であった。

だがしかし、玄室としてこれほどまでに冒瀆《ぼうとく》的なものは他にあろうはずもない。

死体。

それだけだ。

散乱し、腐敗し、放置され、忘れ去られた死体で、そこは溢れかえっていた。

いくつかの小部屋へと続く扉は開いたまま、積み上げられ、崩れた屍の山が雪崩《なだれ》ている。

地下迷宮だからか、小蠅《こばえ》の類は涌《わ》いていない。だがしかし、救いといえばそれだけだ。

男もいた。女もいた。森人《エルフ》も圃人《レーア》も、獣人も。種族がわからぬほど朽ち果てた者も。

老若男女問わず——ただ襤褸《ぼろ》のような装備の残骸《ざんがい》が、彼らが冒険者であった事を示している。

ばんと蹴倒《けたお》した扉の向こう、久方ぶりの薄明かりに浮かんだのは、そのような光景だった。

「……っ」

息をのんだのは、従姉か、女司教か。あるいは女戦士——もしやすると自分であったやも。

吹き出してきた腐臭は瘴気さながらで、呼吸するだけで肺腑を侵されるよう。

足の踏み場もなく軀が転がるその中へ踏み込むのは、怪物の巣窟へ挑むのに似た勇気がいる。

だが、君は意を決して中へ入った。戸板の下で、潰れた肉の軟《やわ》い感触があった。

「戸板の下にゃ屍肉喰らいにご用心、と。……しっかし、えっぐいことしよるわ……」

軽口を叩きながら、半森人の斥候がひょいひょいと音もなく玄室へと足を運ぶ。

彼の身のこなしがあれば死体を踏まずに済むのだろうか。あるいは、気にしていないのか。

「…………」

ちらと、君は声もなく後に続いた女戦士の表情を窺った。

迷宮の薄闇のせいか、その細面《ほそおもて》は常にもまして白く、青い。血の気が失せているようだ。

だが君は彼女のきつく嚙み締められた唇に言及はせず、皆に無理はするなと一声をかけた。

――どう見たところで、ここが迷宮のさらなる深層に繋がっているとは思えないのだから。

「こんな、事が……」女司教の喉が、ひゅうひゅうと鳴った。「どうして、こんな……」

指が白くなるほどの力を込めて、彼女は天秤剣をきつく、きつく握りしめていた。

視覚に依《よ》らずとも、この光景は理解できるのだろう。見えない事は幸いにならない。

今にも崩れ落ちそうな様子に君は何と声をかけたものかと思ったが、従姉が先に動いた。

彼女はなにも言うことなく、女司教の手に自身の手を重ねたのだ。

従姉は君の方を見て、小さく頷いた。君も頷き返す。

認めたくはないが、従姉のこういった部分を、君は素直に尊敬している。

「大将、見てくれんか?」

君は女戦士に警戒を頼むと告げて――彼女はこくんと頷いた――斥候の下へと向かう。

彼はしゃがみ込んで、死体の状態を検分していたようだった。

それに倣《なら》って君も傍らにかがみ込む。むっと湯気が顔に当たるように、腐臭が漂った。

「……寺院の尼さんが見たら、背教者めって怒鳴るとこやろな」

君は彼の軽口に口元を無理くり緩め、笑った。

あの寺院にも多くの冒険者が《保存》され横たわっていたものだが……。

彼らは生きていた。丁重に体を清められ、いつかの治療のために備えられていた。

そこには敬意があったし――だからこそ、喜捨をする甲斐《かい》もあったのだ。

こんな冒瀆的なやり口を、どうして彼女らが認められようか。

「せやろな。……で、こいつなんやが」

半森人の斥候は蝶のような短剣の先を手術刀のように用い、死体の傷口を指し示す。

「ワイも大将ン横でずっと見とったから、わかるんやけども……どう思う？」

それはまったく、鋭い傷口であった。

渾身《こんしん》の力を込めて打ち込み、手首の動きでもって刃を引かねば、こうはなるまい。

甲冑《かっちゅう》の隙間を狙うのとはまた違う、精妙に急所を切り裂くその太刀筋《たちすじ》。

恐らくは――君は躊躇《ためら》うことなく言った――湾刀によるものだろう。

「……やっぱ、そうか。……そんな気はしたんや」

だが、生半な剣ではこうはいくまい。鎧ごと切り裂く、などとは。

兜割《かぶとわり》などといった所で、本来は刃を兜にめり込ませるを以《もっ》て成功とするものだ。

具足もろとも骨肉を断つなどとは、尋常なものではない。

――そう、尋常ではないのだ。

死体には湾刀で断たれたものがあった。剣で切られたもの。そして、呪文で焼かれたもの。多種多様な傷と、多種多様な殺され方。

それも致命傷となったであろう古傷の上に、幾度も傷が重なっている。真新しい傷もある。

迷宮を徘徊する怪物どもの手口ではない。あの初心者狩りどものような、手合いでもない。

これはまさしく――冒険者のやり口ではないか。

「なるほどな、読めたぜ」

くの字に曲がった蛮刀を弄《もてあそ》びながら、蟲人僧侶が吐き捨てるように顎を鳴らした。

「ポッと出の連中だ。どうやって地下四階だ、五階だなんて力量になったかと思ったが……」

そうだ。

君も、ずっと引っかかっていた言葉がある。

――それに鍛えるためとはいえ、不本意な殺生も行ってしまったから……。

――ぼくらも懺悔が終わるまでは、会わせる顔がなくて。……その方が良いだろうって。

彼らが何を殺したのか。

何を懺悔したというのか。

どうやって、鍛えたのか。

許されざる行いとは、何なのか。
「こいつらで、鍛えてやがったんだ」
その答えが、今まさに、ゆらりと立ち上がった。
悪夢のような光景だった。
襤褸を纏った道化師の如き、捻《ねじ》れた体を強引に引き起こしたその姿。
それが一人――いや、一体か？――だけであれば、まだ警戒もしたであろう。
未知の敵だ。皆で連携し、注意深く戦い、打ち倒すことに余念はなかったろう。
だが、状況はそうではない。
肉と骨の擦れる音がし、腐った内臓から濡れた音を響かせて、一つ。また一つ。
君が蹴倒した戸板が震え、その下からも、また一体。
玄室に詰め込まれていた軀が、全て起き上がり、押し寄せてくるとなれば――……。
――もはや、笑うしかあるまい。
「外に出た方が良いんじゃない⁉」
従姉が珍しくせっぱ詰まった声をあげるが、君は首を横に振った。
こんな手合いを外に出してはいけない。
ましてや、暗黒領域の中で囲まれるのはごめんだった。
君は素早く周囲を見回し、玄室の中央へ踏み込みながら皆へ円陣を組むように叫んだ。

「は、はい……っ！」

女司教が率先して動けたのは、やはり従姉のおかげであろうか。

二人が連れ立って来るのを背に庇《かば》い、君は湾刀を持つのとは逆の手で女戦士の腕を摑む。

「あ――……」

呆然とした声と、顔。思っていたよりも、彼女の腕は細く、華奢だ。

君は叱咤しながら、自分の隣へと引き寄せる。やってもらわねば、死ぬ。

「……うん。……ごめんね」

彼女は何とか長槍を構えて、一度ふるりと顔を横に振った。君はそれで十分だった。

「……芋虫と冒険者の逸話《いつわ》を知ってるか？」

蟲人僧侶が低く、そして平素と変わらぬ重々しさで君へ触角を揺らした。

「冒険者が煉獄《れんごく》を踏破するか、さもなきゃ増え続けた芋虫が冒険者を押し潰すかだ」

――なるほど、ためになる話だ。

「ためにはなっけど笑えへんなぁ……！」

すでに武器を手にした蟲人僧侶と半森人の斥候は、脇を固めるべく動いてくれている。

従姉と女司教を中心に、君たちは四人で亡者の群れに相対した。

――こうなってくると、やはり斥候より戦士を一党《パーティ》へいれるべきだったろうか。

「おおっと……！」

君の空元気《からげんき》かやせ我慢じみた軽口に、斥候はからからと笑い返してくれた。

だが、普段ならここで一言毒を吐く女戦士からの合いの手はない。斥候は肩を竦めた。

「一党《パーティ》から外すんやったら、せめて酒場に戻ってからにしてもらわんと困るわ」

考えておこう。君は頷き、じりじりとにじり寄ってくる死体へ目を向ける。

片端より撫で切るまでにて成就《じょうじゅ》なり、とはいえ――……。

「……呪文を使いましょうか?」

女司教が声を低くして問うてくる。彼女は天秤剣を手に、いつでも詠唱できるようだった。

だが、君は首を左右に振った。

まだその時ではない。ここは、地下四階でもなければ、ましてや地下五階でもないのだ。

――本番は、この後にある。あの暗黒領域の、その奥に。

「でも、いざとなったらお姉ちゃんは呪文を使いますからね!」

い、いはとこめ。君は唇の端をつり上げた。いざという時は、任せた。

「はい、任されました!」

彼女はその豊かな胸を張って誇っている事だろう。女司教の手を取って、きっと。

となれば――後顧の憂いはないというわけだ。

「実際な。最初の玄室に飛び込んで、一当てして帰るべきだと俺は思うぞ」

どっちでも良いが。蟲人僧侶が顎を鳴らした。

「亡者どもなら、解呪に弱いはずだ。集中する時間をくれ」

君は頷いた。呼吸を整える。覚悟は良いとも。片端より撫で切るまでだ。

直後——冒険者の成れ果てどもが、雪崩を打って押し寄せてきた。

§

かつて祀《まつ》られていたであろう彫像は叩き砕かれ、香炉はどこかに打ち捨てられている。

だがそんなものに足を取られないか気を配るような余裕は、君にはなかった。

「MUUUUURRPPHH!!!!!」

不明瞭な呻き声をあげて迫る冒険者の亡霊どもは、もはやまともな知性も残ってはいまい。

かつての技量は消え失せ、武器や術を振るうこともなく、爪を立ててんと摑み掛かって来る。

「……ッ、う……!」

無論、朽ちた爪なぞで君たちの装備を破れるわけもない。女戦士が槍を叩きつけ、追い払う。

だが——……音が鳴るのだ。

かりかり、がりがりと。亡者どもの爪が、歯が、物の具の表面を執拗に掻き毟《むし》る音が。

摑みかかられ、振り払う。腐り切った肉から汚汁と共に臓物《ぞうもつ》が飛び散る。視界を覆う。

それを拭い取る一瞬の隙ですら彼奴らには足りず、君は悠々と態勢を整え、返す刀を振るう。

足元が血と脂で滑《ぬめ》る。柄まで滴った汁が、手や指先を狂わせる。

けれど関係はないのだ。ぐ、と足を踏みしめ、湾刀を握りしめ、頭から面へ叩き込む。

頭骨から脊髄《せきずい》から両断という戯画地味たことはおきない。だが文字通りに脳天をかち割る。

こんな有様で脳髄に何の意味があるのかはわからないが、ひとまずはそれで敵は崩れ落ちた。

呼吸を整える。腐臭を吸い込む度、肺腑の中が汚されていくような錯覚が君を襲う。

「こいつぁ……きっちいな……!」

半森人の斥候が蝶の短剣を振り回しながら、呻くように声を漏らした。君は答えなかった。

そう、別に――この亡者どもが強いわけではない。

一太刀、二太刀と刃を振るえばそれで事足りる。腐乱した肉体など脅威にもならない。

端的に言えば、小鬼や粘菌にも匹敵《ひってき》するほどの弱敵だ。

数が多くなったところで恐るるに足らない以上、もしやすると連中以下かもしれない。

しかし――淀むのだ。

ただ無造作に武器を叩きつければ事足りるようなこれは、戦闘とは呼べない。

草を刈るように亡者を薙ぎ、次の相手を探し、やはり刃を振り回して仕留《しと》める。

体力を消耗するわけでもない。だが、そう、淀んでいくのだ。

繰り返す度、繰り返す度、頭がぐわんぐわんと揺れるようになる。

視界が明滅し、滲んでぼやけ、呼吸がひどく浅くなる。

無心といえば聞こえは良い。

だが実際は単に考えることすら億劫《おっくう》になっているだけだ。

――淀む。淀んでいく。

疲労困憊《ひろうこんぱい》するわけでもなく、殺し続ける事に精神が疲弊するわけでもない。

武器を振るう腕は萎《な》えず、立ち上がる敵をただ繰り返し、繰り返し、斬《き》り伏せる。

生き残るためではない。財貨のためでもない。ただ殺すことのみを目的とした殺戮。

積み重ねていく度、心の奥が冷え込んでいく。頭の芯《しん》が鈍くなる。火が消えていく。

後に残るのは、ただ熾火《おきび》のくすぶり続けるような灰ばかり。

――これは、作業だ。冒険ではない。

「……っ」

従姉が、君の背後でひきつったような様子で息を呑んだ。

前を見やれば、そこには四肢をずたずたに切り刻まれた死体があった。君がやったのだ。

だがその軀はふわふわと、まるで見えざる糸に吊り上げられるかのように立ち上がる。

もはやそれは人の形をした肉を持つ、おぞましき、名状しがたき、異形の生命に他ならない。

「あ……ぃ、……ぁ……っ」

女戦士が、むせび泣く童子のような声を漏らして、いやいやと首を横に振った。

がちゃりと鎧の音を伴って、へたり込むように尻もちを突く。戦いの、その最中に。

元々この部屋に踏み込んだ時から、様子がおかしい事に君も気がついていただろうか。

それがとうとう限界に達してしまったのか。君は何か言おうと口を開き――……。

瞬間、よろめいた彼女の脇から鋭く天秤剣が繰り出された。

「しっかり、なさってください……！」

女司教だった。

狼狽える女戦士へ摑みかからんとする死骸を天秤剣で打ち落とし、彼女は声を張り上げる。

「相手が醜悪だから、といって……！　それに怯えてさしあげる必要、は……！」

ないのだ、と。

眼帯に覆われた視界、長柄武器だからといって後列からの攻撃。まともに当たりはしない。

それでも女司教は歯を食いしばり、天秤剣を振るって死骸を迎え撃っていた。

無論、そう言う彼女だとて、これが小鬼を相手にすればそうはいかなかったろう。

だからこそ懸命に、かくあれかしと踏ん張っている。そうでなくば、ここにはいない。

君も、女戦士も、女司教も、仲間たちも、皆そうだ。

「勝てないかもしれない、ですが……っ！　怖い、かもしれなくとも……っ！」

――それでも、立って戦わねばならないのだ。

女司教は歯を食いしばり、唇を嚙み締め、必死になって天秤剣で死体を突く。

ああ、まったく――……。

淀み、冷え切り、消えかけても、まだ灯《スパーク》を掲げている者がいるではないか。

君は女戦士の肩を軽く叩き、彼女の分もと一歩前に出て剣を振るった。

水気が抜けて乾ききり、干からびた死体だった。薪《まき》を割るような手応えと音。

ここは一番、踏ん張らねばなるまいぞ。君はからからと笑って、斥候へ声をかけた。

「せやかてちょいとしんどいなぁ！　バテてきてもうたわ！」

代わってくれと言いたげな返事に、君は他を当たれと返した。殺生なという悲鳴。

いつもと同じ。軽い声で、気楽な調子。まったく、頼もしい限りではないか。

とはいえ。いかんせん、飽きがきたのは事実だ。そろそろ何とかならないだろうか。

「もう少し粘れ」と無慈悲に顎ががちりと鳴る音。「ここで死んでも誰も気にしねえぞ」

やれやれ、まったく。うちの聖職者はどうしてこうもおっかないのだろうか。

君のぼやきに女司教が「こ、怖くはないと思います……！」と反論の声をあげる。

おおっと。

軽く肩を竦めた君は、女戦士をちらと見た。ぼんやりとした彼女の瞳と、視線が交わる。

「…………」

女戦士は何か言おうとして、口を閉じ、俯いてしまった。その目尻が、赤かった。

彼女は《生》を探し求めてきたと——前に聞いたのを君は覚えているだろうか。

あの夜、一人君を訪ねてきたこの娘はそう呟いた。迷宮に《死》があるのならば、その逆も。

——その《生》が、こんなものであるわけがあるまい。

「あ——……」

君が言った言葉が、はたして彼女に届いたかはわからない。なにしろ、敵は数ばかり多いのだ。そのくせ大して強くもないのだから、手間ばかりかかってよくない。

「……まったく、女の子の扱いがなってませんね」

はとこがやれやれと呆れた調子で呟くのが聞こえた。彼女が、女戦士の傍へ跪く。

二人に背を向けて戦っていても、従姉がにこりと微笑んだのが君にはわかった。

「立てますか？」

「…………うん」

女戦士のか細い声。ごしりという衣擦れ。袖口で——恐らくは目尻を拭う音。

「……ごめん、なさい」

「いえ、平気、へっちゃらです！　あんなの、びっくりしない方がおかしいんですよ」

具足の金具ががちゃがちゃと鳴る音がして、女戦士は立ち上がった。ゆっくりと、だが。

君は彼女へ短く声をかけた。平気かとか、大丈夫かとか、そういった感じの言葉を。

明確な答えはなかった。君の隣に並んだ女戦士は「もうちょっと、頑張れる」と呟いた。

——なら、今は良しだ。

君たちは真っ向から、一丸となっておぞましき亡者の群れに立ち向かった。

繰り返しになるが、それは戦いとは到底呼べぬ、単なる作業にすぎない。

生と死の積み重ねが冒険者の強さとなる――そんな言葉が、ふと君の脳裏に蘇った。

一理はあるのだろう。だがしかし、こんなものの積み重ねに、何の価値があるだろうか。

「よぉし、もう良いぞ！　亡者どもなら、解呪には弱いだろう……!!」

蟲人僧侶の祝禱によって清涼な風が玄室に吹き込み、死者たちを塵へと変えていく。

粉塵が舞い上がるただ中に在って尚、君にはこの作業の意味が、終《つい》ぞ理解できないでいた。

§

「休憩にしましょう！」

言い出したのは言うまでもなく従姉であり、その神経の太さはどこから来るのか。

ぽんと両手を打ち鳴らして、まるでピクニックか何かで弁当を提案する時のような仕草。

ほっとするやら呆れるやらで、先ほどまでの倦怠感《けんたいかん》もなにもかも、あっさりと消え失せる。

面と向かって言うと調子に乗るから言わないが、従姉のこの部分は尊敬に値するものだ。

もっとも場所が死体の残骸――灰となって消失した塵の積もる玄室なのは、頂けないが。

「せやかて暗黒領域で休むてわけにもいかんさかいなぁ……」

「俺は別に」と蟲人僧侶。「それでも構わねえぞ」

「おおっと……」

半森人の斥候が苦笑い気味にそう呟いたが、まあ、そう言われると確かにそうなのだ。

灰を蹴散らかすわけにもいかず、ともかく玄室の中に、君たちは座り込む事を決めた。

「あ、結界は、わたくしが……！」

そそくさと鞄から聖水を取り出した女司教が、とてとてと部屋の中を駆けていく。

この亡者どもが再び起きあがって来ないとも限らない。怪物除けの結界は必須だろう。

それが終わったら地図の確認も頼むというと、女司教は「はいっ」と元気良く応じる。

彼女が聖水を滴らせて陣を描くのに、蟲人僧侶が重たい腰を持ち上げた。

「どれ。俺も手伝ってくるか……」

「ほなら、ワイは入口の方見張っとくわ」

続いて、ひょいと動いた半森人の斥候が、両手に短剣を弄びながら音もなく動く。

「大将、先に進むつもりなんやろ？」

――まあ、そうだ。

少なくともこちらの体力や呪文といった資源《リソース》はいっさい消耗していない。

それに……こんな代物を作り出して喜んでいる手合いの顔は、見てみたいものだ。

「せやろな」

短い、けれど確かな同意の言葉だった。

彼の背を見送った後、君も短く息を吐いてから動き出す。

それを見た従姉が笑みを浮かべ「はい」と水袋を差し出してきた。ああ、まったく。

「なにかしら？」

にこにこと小首を傾げてくる彼女に何か言うべきかと思ったが、君は首を横に振った。

正面から言ってやるつもりはないのだ。ただ、礼だけを述べた。

「はいはい。じゃあお姉ちゃんは、呪文の準備をしておきます。次に備えて！」

次。暗黒領域のその奥。だがその前に、君が向かうべきは玄室の隅へだ。

そこでは女戦士が膝を抱え、うずくまるようにして座り込んでいた。

君は何も言わず、彼女の隣に腰を下ろした。

迷宮の壁も床も、瘴気の中では曖昧模糊としているが、触れれば冷たい石の感触がある。

その冷え切ったものに体を預けて、黙り込むことしばし。

「……お姉ちゃんをね」

ぽつりと、呟くように。俯いたままの女戦士が声を零した。

「……助けたかったんだ」

君はそうかとだけ答えた。以前にも聞いた話だった。寺院に預けているとも。

恐らくは《保存《プリザベーション》》の奇跡でも手遅れ──無意味とは言うまい──だったろうことも。

その上で彼女がちょくちょくと寺院に顔を出している話も、覚えているかもしれない。

君は水袋の中身を口に含んだ。生ぬるく、さして味も感じられない。

酒を飲みたいと思う。師を、思い出す。痩《や》せて骨の浮いた、枯れかけた花。酒と薬の香。

――人は、死ぬものだ。

どんな者であれ、生きているなら死ぬものだ。森人だろうと例外はない。

それはどうしようもない事だ。覆《くつがえ》すことはできない。死者蘇生は奇跡ですら起こりえない。

心の中に生きているというのも、大間違いだ。記憶は薄れる。変わる。捏造《ねつぞう》される。

何より、人が何を考え、何を思い、どう生きて死んだかなど、当人にしかわからぬ事だ。

記憶の中の死者は、都合良くでっちあげられたものに過ぎまい。

その上で――《死》も、《生》も、あんなものではあるまい。

君はそれだけを言って、黙り込んだ。女の匂いがして、肩に柔らかい重みが乗る。

師のそれとも、従姉のそれとも違う香り。

「……ほんと、キミはさ」小さく、しゃくり上げるような声。「……なってないよね」

放っておけ。君は短く答えて、彼女の手の内に水袋を押し付けた。

彼女は顔をくしゃりと歪めて笑うと、おぼつかない手つきで口元に運び、こくりと水を嚥下した。

君は何も気づかない。肩が、彼女の顔が濡れたとしても、水袋の水のせいだろう。

皆も気づくまい。各々の作業に当たっている。か細い嗚咽《おえつ》など、聞こえるわけもない。

だからこれはただの小休止であって、それ以上でも以下でもないのだ。

§

再び、暗闇の中へと君たちは舞い戻った。

来た道を辿るという普段ならなんて事のない行為も、暗黒領域ではひどく困難だ。

――無論、地図がなければ、だが。

「い、いいえ、そんな。……わたくしは、道をその、歩いたとおり描いているだけですし」

てれてれとした返事だが、この暗闇の中だ。描くどころか、読むのも一苦労であろう。

君は女司教の指示に従って歩みを進めながら、暗黒の中、ちらと傍らへと目を向ける。

この領域の中では女戦士の顔が見えないのは幸いでもあり、懸念でもあった。

彼女は出立の時ともなると平素と変わらぬ様子で立ち上がり、颯爽と歩きだしていた。

心配は無用――かもしれないが。

「……ふふ、なぁに？」

悪戯っぽい囁き声に、君は何でもないと首を横に振った。何かあれば、その時だろう。

そうして歩き続ける。長い回廊を、どこまでも。

果てはないのか。あるいは空間がねじ曲がっているのか。そんな錯覚にさえ陥りそうだ。

だから「……あん？」と、半森人の斥候が声をあげた時には、正直安堵さえ覚えたものだ。

「なんか、あるで。大将。目の前だ」

「怪物か？」

蟲人僧侶が用心深く問うのに、斥候は「わからんな」と短く応じる。

君は足を止めて少し考えた後、各々に備えるよう告げ、腰の湾刀を引き抜いた。

暗闇の中ではわからねど、先の戦いとも呼べぬ作業を経た後でも、刃の重みは頼もしい。

右、左、背後から物の具の擦れる金音が聞こえるのは、皆が武具を準備した証拠だろう。

「呪文はどうしましょうか？」

従姉からの言葉に、君は念のために頼む事を決断する。

ここは未知の空間だ。未知の怪物もいよう。全力は出せるようにしておくべきだ。

だが、そうして前へ前へと進んでいくと——どうやら早合点だったことが見えてくる。

君の目にも判別がつくようになったのは、燐光《りんこう》によってぼうっと薄く輝く、扉だったからだ。

まるで一枚の金属板のようにも見えるが、中央に筋が通っているあたり両開きなのだろう。

光を放っているのは扉の脇に埋め込まれた端子で、縦に並んで、数は四。

どれにも奇怪な文字が刻み込まれており、一番上のものが壁に埋まるようにへこんでいた。

「……どうか、なさいましたか？」

君が——そして皆が足を止めた事を不審に思ったか、女司教がおずおずと問いかけてくる。

君は扉がある旨を彼女に伝えると、斥候に調べることを頼んだ。「あいよ」と彼が前にでる。

「ふふ、流石に蹴破《けやぶ》る度胸は君にもないんだ？」

女戦士が、くすくすと揶揄してくる。意識してのことか、普段と変わらぬ調子で。

だから君はいつも通り、斥候にも見せ場はやらねばなるまいと、笑って応じる事にした。

「ん、んー……扉にゃ罠はないと思うけんども、なんやろな、これ。よぉけわからん……」

「あ、これ、たぶん昇降機《エレベーター》じゃないかしら！」

半森人の斥候が首を捻るのに、ひょいと背後から覗き込んだ従姉が、嬉々《きき》とした声をあげた。

「えれべえた、ですか？」

耳慣れぬ言葉に女司教が不思議がるのに「はい！」と従姉はその豊かな胸を反《そ》らす。

「こう、箱が吊ってあってですね。それで中に入った人を上げたり、下ろしたりするのです」

「……ああ、吊り部屋か」

蟲人僧侶が顎をぎちりと鳴らした。

「ありゃあ古代遺跡にある罠の類じゃないのか。入ったら、重みで綱が切れて落ちるとか」

「それは、古いからじゃないかしら？　都の闘技場には、大がかりなものもあるそうですよ」

「ほほう」

君は従姉と蟲人僧侶の会話を半ば聞き流しながら、要点を理解する。

重要なのは、つまりだ。上げたり、下りたりという事は――………。

「――……地下四階。未探索の領域へ、下りる事ができる」

君は女司教にその通りだと頷いた。

端子は四つ。へこんだ一番上が地下一階を示しているなら、一番下は地下四階だろう。

君が端子に指を這わせるのをみた女戦士が、ぽつりと不安げに声を漏らした。

「……ほんとに吊り部屋？　……だったりしたら、どうするの？」

その時は業腹だが、従姉の落下制御の術に頼るより他あるまい。業腹だが。業腹だが。

む！　などとはとこが抗議の声をあげるのを無視し、君は呼吸を整える。

君は冒険者なのだ。

危険に挑むからこそ冒険であり、安全に楽して稼ぐのでも、作業をしに来たわけでもない。

だが、それに付き合ってもらえるかどうかは――……。

「へへ、らしくなってきたなあ、大将」

半森人の斥候が心底楽しげな声を漏らし、まあ怖いんやけどと付け加える。

君は武具を検め、湾刀を握り直し、そして一同を振り返った。

――ゆこう。地下四階へ。

「あんたが頭目《リーダー》だ。俺は――……」

「……ワイはどっちでも構わへんで！」

蟲人僧侶が顎を鳴らして触角を向けるが、半森人の斥候がにやりと笑った。

「どの道、今日の収穫はあらへんのや。稼がなどもこもならんさかいな」

「それならわたし、そろそろロイヤルスイートに泊まってみたいです！」

にこにこと従姉が、「ねえ？」と提案するに当たっては、君ももう笑わざるを得ない。

「一泊くらいだったら泊まって良いと思うんですよ。だから、ほら、お祝いで！」

「お祝い？　ええと、地下四階を踏破した、でしょうか」

不思議そうに女司教が小首を傾げると、従姉は「何を言っているんです」とぷりぷり言った。

「競争に勝った、ですよ！」

「あ――――……」

と、口元に手を当てた女司教は、まったく意外だったと言わんばかりだ。

呆然としたような、唖然としたような。眼帯がなければ、目を見開いていただろう。

彼女は恥じらうような仕草で口を隠したまま、僅かに頬を緩め、はにかんでみせた。

「……ちょっぴり、忘れていました」

「もう……っ」

従姉は頬を膨らませているけれど、その表情はずいぶんと嬉しそうだった。

そんな空気を女司教は良く感じ取っているのだろう。「ごめんなさい」と笑って告げる。

「でも、そうですわね。……うん、負けないように、頑張りませんと」

ぎゅっと天秤剣を握って頷く仕草は、やはりずいぶんと頼もしくなった――と、君は思う。

叶うなら、君も初めて迷宮に潜った時よりは、成長していれば良いのだけれど。

さて、後は――――……。

「………」

いつだったか、酒場で初心者狩りに挑むかを相談した時のように、女戦士は黙っている。

君もまた、その時と同様に彼女の返事を待った。仲間たちも同じだった。

行くのも、戻るのも、別に誰に強要されて決めた事ではない。

冒険者なのだ。好き好んで冒険に赴く者だ。迷宮の底に挑み、世界を救おうと、決めたのだ。

君たちがここに集まった理由を、忘れたりなどはしない。

「……ん」

だから、こくんと女戦士が小さく頷いて、それで決まりだった。

君は一番下の端子を押し込み、音もなく昇降機の扉が開くと、その中へ踏み入った。

――棺桶《かんおけ》のようだ。

狭苦しく、息苦しい。扉を閉められてしまえば、もはや二度と出ることは叶わない。

最初にそう思ったのも束の間《つかま》、迷宮と玄室がそうであるように、その認識はすぐに変化する。

仲間たちがどやどやと続いてくれれば、なるほど、全員が入ってもまだ余裕があるようだ。

どうやってかはわからないが、全員が乗ったと判断したらしく、昇降機の扉が閉ざされる。

次いで――浮遊感。

音もなく動き出した昇降機の床が、すっと底が抜けるようにして降下しはじめる。

不慣れな感覚に一党《パーティ》の面々が身じろぎをし、箱の壁やらに思わず手をのばす。

これはまるで、奈落に落ち《フォールダウン》るようではあるまいか。

ふと女戦士の赤い唇が、微かに動いた。

——ひゅう、どすん。

§

音もなく開いた扉の向こうは、まさしく玄室と呼ぶにふさわしい空間であった。

伸びた通路の先、迷宮の瘴気に遮られて見えぬその向こうに、何者かが待っている。

輪郭線《ワイアフレーム》だけが果てしなく続く中にあって、君たちはその確信があった。

殺気などというものが、現実にあるのかどうか君は知らぬ。

だが——圧があるのだ。

空気が重く、沈み、息苦しい。何かがあると、そう思わせるだけのものが。

「……の、わりに、怪物どもがおらへんな」

「妙に静か……よ、ね」

隣に並ぶ前衛二人がか細く声を漏らすのに頷き、君は用心しいしい一歩を踏み出した。

具足の立てる重たい足音ばかりが響く。薄ら寒い大気を、君は一息ほど吸った。

――もっとも盛大に歓迎されても、かえって困るわけだが。

「音楽とか、欲しいですよね」と従姉が微かに笑った。「じゃーんとか、ばーんとか」

「てれれん、てれれれん、てれれれれん、とか……ですか？」

それに追従して、女司教がひきつったような声で、無理矢理に冗句をこぼす。

どんな曲なのだかと、蟲人僧侶が顎を鳴らした。

「何にせよ、気をつけろ。相手の企みは知らねえが、ロクなもんじゃねえぞ」

まあ、わかりきった話だ。

君は昇降機の中で薄明かりになれた目を瞬《またた》かせ、迷宮の中を慎重に進み続ける。

一直線の通路、その奥に広がるのは――祭壇まがいの異様な石段だ。

床に刻まれた紋様はどす黒く黒ずみ、それが非幾何学的な線をそこへ結びつけている。

薄い橙色《だいだいいろ》の明かりが灯ったそれは、明らかに魔導の類によるものであった。

仮にも真言を学び、世の理の一部を読み解ける君にも、その意味はわかる。

支配と外法の知識を司《つかさど》った、その遺物《アーティファクト》。

間違いあるまい。ここここそが、この迷宮の心臓部、災禍の中心《ハート・オブ・メイルシュトルム》だ。

おぞましき領域へと足を踏み入れた君たちに対し、警報とも思えぬ鐘がじりりりと鳴り響く。

そして、その混沌の嵐《あらし》のただ中にあって――……。

「……やあ。競争は僕らの勝ちみたいだね」

朱塗りの湾刀を携《たずさ》えた若者と一党《パーティ》は、平素通りの涼やかな面持ちで、君たちを待っていた。

「……っ、やはり……」

女司教が息を呑む。

魔法戦士のすぐ傍らには、女司教と瓜二つの女僧侶が、天秤剣を握って佇んでいる。

そして黒髪の戦士が剣を携え、その横には砂賊の娘が短剣を逆手《さかて》に構えていた。

一党《パーティ》の背後には——黒笠に黒外套の、魔術師が一人。

その全員の視線が突き刺さって、女司教は一瞬怯《ひる》んだようにも思えた。

けれど、彼女はぎゅっと唇を噛み締めて、果敢にも一歩前へと踏み出した。

「……嘘までおつきになられるとは、思っておりませんでしたわ」

「嘘をついたつもりはないよ」

若き魔法戦士は、指摘を受けてばつの悪そうな顔をし、その頬を掻いた。

「ただ、先に地下四階の奥へ進む方法を見つけてただけでさ」

いや。君は首を横に振った。勝負は地下五階へ行く手段を見出すか否かだ。

だが、祭壇の奥にはぴたりと閉ざされたままの扉がある。恐らくは、更なる昇降機だろう。

その扉が未だ開いていない以上、そちらの勝ちとはいえまい。

君のその反論に、砂賊の娘がきっと目を吊り上げ、吠えるように怒鳴った。

「そんなのは、屁理屈《へりくつ》だ！」

「よぉ言うで。ペテンにかけたん、そっちやないか」

半森人の斥候が、呆れたように呟いた。

彼は肩を竦めると、そのしなやかな腕を伸ばし、ばしりと女司教の背を叩く。

驚いたように顔をそちらへ向ける彼女へ対し、斥候はにかりと歯を見せて笑って言った。

「かまへんで。言うたれ、言うたれ。ワイらがついとるさかいな！」

「……はいっ」

こくりと力強く頷いた女司教は、さらに一歩、前に。眼帯越しの目で、かつての友を見て。

「どういうおつもりなのですか。わたくしを、欺《あざむ》いてまで、先んじたかったのですか」

それに対する返事が来るまでには、一瞬の間があった。

図星だったのかどうか、君にはわからない。元々酒場へ置き去りにした負い目もあろう。

だが、即座に返事をする事はできなかったのだ。肯定はもとより、否定すら。

「ああ言えば、諦めると思ったんだよ」

だから黒髪の戦士がそう応じた言葉は、どうしても言い訳がましいように思えてしまう。

「きみをこれ以上、危険な目にあわせたくなかった。辛い目には――……」

「何が辛いかどうか、決めるのはわたくしです！」

故に、女司教の一言は天秤剣の一振りにも匹敵する鋭さがあった。

かつて酒場の片隅で震えていた少女は、君たちと共に、はっきりとそう声をあげていた。

小鬼に凄惨《せいさん》な目に遭わされようと、酒場で蔑《さげす》まれ虐げられようと。

迷宮に挑むのだと、この娘は懸命に歩き続けてきたのだ。今日この時、この瞬間まで。

それを君は知っている。君たちは知っている。

「……そもそも、辿り着けるなんて思ってなかったんでしょ、この子が」

だからこそ女戦士は辛辣《しんらつ》に、唇の端を吊り上げて呟くのだ。

憔悴《しょうすい》して、無理に装ったような表情であっても、仲間の事は知っているから。

「ま、どうであれ俺は構わんがな」

その女戦士の言葉を継いで、蟲人僧侶は無慈悲に顎をがちりと鳴らした。

彼は親しくない者には感情のわからぬ複眼と触角を向けて、淡々と確認を行う。

「地下一階のアレは、貴様等の巻藁か何かか」

「……世界を救うためなんだ」

若き魔法戦士の言葉は、もはや語るに落ちたも同然であった。

彼は一瞬顔を俯かせた後、その表情に悲壮な決意を滲ませ、きっと君たちを見据えた。

「世界を救うために、これからの冒険のための力を手に入れなきゃ、いけなかった」

「自分のためじゃあなけりゃ、ずる《チート》しても良いってか。面白ぇな」

「だからこそ、世界を救うことで罪は償う！　僕らは――」

「そんなの、通りません！」

今度は、従姉が声を張り上げた。悪童へ叱りつけるように、幼い頃、君が聞いた言葉のそのままに。

「あなたがたが、勝手に決めて、勝手に言っているだけじゃありませんか！」

彼女もまた女司教へと手を伸ばし、彼女と手を重ね、しっかと握りしめた。

どんな時であれ、相手が誰であれ、言うべき事を言えるのは、彼女の尊敬すべき点だ。

「後で謝るから悪いことをして良いなんて、そんなのは通りません！」

「あたしたちが倒れたら、誰も世界を救えないわ！」

それに裏返りそうなまでに声を甲高くさせて、女僧侶が真っ向から言い返した。

理屈ではない。ただの思いだけだ。顔を紅潮させ、息も荒く、思いの丈を精一杯に。

——似ている。

君はふと、そう思った。彼女も、女司教と同様、彼女なりに立ち上がって歩いてきたのだ。

少なくとも目を潤ませ、友を見る視線には慈《いつく》しみがあった。心配があった。不安があった。

「ゴブリンにも勝てない子が、世界を救えるわけないじゃない」

だから、待っていて欲しい。安全な場所で。一人で。ずっと。いつまでも。

それは友を思っての、心からの言葉なのだろう。城塞都市に来た時からの。

彼女を酒場に一人残して、迷宮に挑んだ時から、変わらない思いなのだろう。

「いえ……いいえ！」

女司教は、叫んだ。

その薄い胸の前で、従姉に握ってもらった手を当て、斥候に支えられて前に出て。

「小鬼になぞ関わっている暇はないのです！　ゴブリンなぞ、問題ではないのです！」

女戦士の言葉と、蟲人僧侶の言葉を受けて、自分の言葉を。

「何故ならわたくしは……わたくしが、わたくしたちが、世界を救うのですから！」

そして天秤剣を突きつけて、決断的な一言を叩きつけた。

「──そこを退《の》きなさい！　わたくしたちの、邪魔です……！」

──その瞬間だった。

首筋にひやりとしたものを感じた君は、思考よりも先にその刃を女司教へと振りかざした。

真っ直ぐに前を見据えた彼女の佇まいは揺るがない。玄室に、金属音が響きわたる。

薄闇の中に閃光が火花と散った。唸る風切り音が遅れて耳に届く。

「────……っ⁉」

この感覚には、覚えがあった。

玄室の四方の影が、むくむくと実体を得て起きあがる。

君の足元に突き立ったのは禍々《まがまが》しい形状をした投げナイフに他ならぬ。

異様な面を着けた黒装束の男が、二人──忍びの者ども。

無論、君には彼らの一党《パーティ》が抱く思いも、気持ちも、決意も、何も知らない。

彼らがどうして忍びの者どもと手を組んだなど、知る由《よし》もあるまい。

君が知り、君に理解できることは、君がここまで歩んできた道のりだけだ。

君と君の仲間たちが、ここに至るまでに積み重ねてきた全てだ。

故に、結論は一つ。

――つまり、こんな事をしなければ、彼らは世界を救えないというわけか。

「――…………やるしか、ないんだね」

君の言葉に若き魔法戦士はそう呟いて、朱塗りの湾刀を構えた。

黒髪の戦士が長剣を、砂賊の娘が短剣を握り、女僧侶と黒笠の男が手に呪印を結ぶ。

――ふむ。

どうやら、君たちは世界を救うための尊い犠牲に選ばれたらしい。

「……勝手な、理屈……！」

女戦士が吐き捨てるように呟いた。蒼白《そうはく》になった細面を、ひどくひきつらせて。

――玄室の中の空気は、重さもそのままに、鋭さを増しているようであった。

七人の冒険者に対し、君たちは六人。数の不利は明白。

だが互いの間に膨れ上がったそれは、玄室に踏み込んで怪物と相対す時と変わりはない。

女戦士は槍を構え、半森人の斥候は蝶の短剣を両手に握りしめた。

従姉は短杖をかざして呪術のために精神を研ぎ澄まし、蟲人僧侶が交易神の名を呟く。

そして君は湾刀を手に、短く良いのかと問うた。疑問ではなく、確認のためだった。

「……はい」

女司教は、天秤剣へ縋るように手を這わせ、一瞬の沈黙の後に言い切った。

「やり、ましょう！」

――戦いが、はじまった。

§

「《オムニス《万物》……ノドゥス《結束》……リベロ《解放》》」

「《ペルフェクティ《完全》……プラキドゥム《沈黙》……ドヌームン《命令》》!!」

嚆矢《こうし》となったのは、高らかに唱え上げられた呪術の声だ。

黒笠の男が奇っ怪な呪印を結んで真言を放ち、従姉が短杖を繰り出して朗々と歌い上げる。

神々の作り給《たも》うた世界の理を書き換える言葉が、玄室の中央で激突し、空気が帯電した。

万物を消去する恐るべき呪文の迸りと、沈黙を強制する絶対の宣言が拮抗《きっこう》する。

その沸騰《ふっとう》する大気《エーテル》の真っ只中を、君は臆することなく突き進んだ。

相手は七。単純戦力では負けているのだ。慎重さは必要だが、躊躇いは無用だった。

何より、呪文使いの数ではこちらの方が上回って――……。

「《裁きの司なる我が神よ、我が剣が善きを裁かぬよう見守りください》」

だが、その考えはあっさりと覆される。

君同様前へ飛び出してきた黒髪の戦士が、朗々と聖句を唱え上げたためだ。

その手に握られた剣が淡く白い光を纏うのを見れば、その効果は明白。

――君主《ロード》か……！

「《巡り巡りて風なる我が神、我らの足が萎えぬよう、冷たき風を遮りたまえ》！」

神の威力を宿した刃を前に、すかさず蟲人僧侶が守護の祝禱を希《こいねが》う。

地下奥深くの玄室に清涼な風が渦巻いて、君たちの身を包み込むのがわかった。

守られているという実感は、何よりもありがたい。

「わたくしと共に在った時は、未だ……！」

後列より女司教が神の気配を敏感に悟り、声をあげる。

――とすれば、位階では彼女の方が上か。

問題は聖職者一筋であったろう、敵陣の僧侶だが――それを考えるより前に接敵《エンゲージ》。

君は素早く兜の下で左右を見回し、ひとまずは目前の彼我《ひが》戦力の差を埋める事に注力する。

敵前衛は魔法戦士、君主、砂賊、それに忍びの者が二人。

――忍びを後ろにやるわけにはいかない！

「まかせい、大将……！」

君のその一言だけで半森人の斥候が声をあげ、両手の短剣をかざして黒装束を迎え撃つ。

すかさず女戦士がその長柄を一回転させ間合いを制圧し、ざっと半身に構えた。

「なら、私も二人受け持とうかな……！」

「くそっ、邪魔をするな……！」

砂賊の娘が舌打ちをしつつ飛びかかるのに、黒髪の君主が「一人で突っ走るな！」と追従。

短剣と祝福された剣の一撃を柄でいなし、女戦士が槍で薙ぐのを横目に君は息を整える。

となれば、自分の相手は一つだ。

「……やめた方が良い。死んでしまうよ」

赤く輝く刃を携えた、若き魔法戦士だ。君は湾刀を正面に構え、鼻で笑った。

もとより剣を抜いたなら、結末は生きるか死ぬかしかないものだ。

刀を抜くからには必殺こそが義務だ。殺すか死なねば不名誉の誹《そし》りは免《まぬが》れない。

そんな事は、君にとって、この城塞都市を訪れた最初の日から当然の常識だった。

君は一党《パーティ》の命運という重大な責任を背負い込み、気負いなくここに在る。

——そんな事もわからずに冒険をしているのか。

「そんなキミだから、あの子を任せられないんだ……！」

大きく伸びるような一撃だった。

十分予測していながらも君の動きは咄嗟《とっさ》にとしか言いようがなく、刃は紙一重《かみひとえ》を抜ける。

頬をかすめる空気の圧は鋭いもので、君は体を後方に送りながら湾刀を振り抜いた。
——今のは、悪しだね。
師の嘲弄《ちょうろう》が不意に頭を過る。常に相手を仕留めるつもりでなくば、牽制《けんせい》にもならぬ。
赤刃と君の湾刀がぶつかり、甲高い剣戟音《けんげきおん》を伴って互いに弾かれる。
迷宮の石畳を踏みしめて体勢を整え、君は改めて対手の様子を窺った。
歳は若く、視線は真っ直ぐ、張りつめたような表情は幼いといっても良い。
装備はあまり使い込まれておらず、その手にした刃だけが異様に冴《さ》えていた。
名刀の類を手にしただけの新人。そう思える。だが——……。
——できる。
今の一刀を受けただけで、君の手には僅かな痺《しび》れが残っていた。
かつての初心者狩りの折り、斬り合った巨漢の男を思い返す。
この体格で、あれと同じだけの威力と速度を出せるとなれば、よほどの事だ。
「いく、ぞお……！」
えい、おうと気合を発して、君は臆することなく彼の打ち込みに応じた。
相手の打ち込みは鋭く、的確に君の急所を狙ってくる。
喉元《のどもと》、脇下、肘。掌で柄を回して風巻く刃《ヴィルベルヴィント》は兜の下、盆《ぼん》の窪を。
いずれも鎧に覆われておらぬ致命的な部位であり、君は湾刀を重ね、身を退き、凌《しの》ぐ。

――まったく、戦士稼業《ケンプファーズ・ゲシェフト》も楽ではない。

だがその太刀筋には――確かに、覚えがあった。

ほんの直前に目にした、あの亡者の群れに刻まれていたものと、同じではあるまいか。

――なるほど、斬り覚えたか……！

君は呻くように零した。手慣れている。人を斬り殺す事に。これは、そんな剣だ。

「戦ってきた回数なら、僕の方が上だ……！」

その声にあわせて、君は真っ直ぐに踏み込んで大上段から斬り伏せにかかった。

彼は一瞬虚を突かれたように硬直したが、流石としか言いようのない動きで刃を掲げる。

刃と刃の激突する澄んだ音。君はさらにその一歩先へ足を送り、重ねて打ち込む。

「……っ、この……！」

若き魔法戦士の声に、微かに苛立《いらだ》ちが混じった。その左手が素早く閃《ひらめ》き、札を掴み取る。

「《キラナ《光》……ダーナ《付与》……アグニ《点火》》!!」

直後、目を貫く閃光と衝撃が君に襲いかかった。投じられた呪符《カード》が《破裂《ガンビット》》したのだ。

白兵戦の最中で術を操る技量は恐るべきだが、君とて負けず劣らぬ歴戦の冒険者だ。

――サジタ《矢》……サイヌス《湾曲》……オッフェーロ《付与》！

君は交易神より風の守りを受けながら、立て続けに三つの印を結び、力強く地を蹴った。

炸裂《さくれつ》する札の軌道をねじ曲げつつ、それを踏んで、猿《ましら》の如く跳躍したのだ。

「ち、ぃ――……っ！」

無論、ただ高く飛び上がっただけの大切りで倒せるほど、敵も甘くはあるまい。

彼は力任せとしか言いようのない、しかし驚くべき速さと強さで赤刃を横薙《よこなぎ》にする。

君の湾刀と打ち合ったその刃は小揺るぎもせず、その一撃を打ち落としてのけた。

衝撃で後方へ跳んだ君は着地の勢いにあえて身を任せ、石床の上を転がって距離を取る。

さもなくばその一瞬で、君の首筋へは刃が落ちていたに違いあるまい。

「油断も、隙もない……！」

――そうでもない。死にかけた事は何度もある。

君はうそぶきながら、素早く仲間たちの様子を確認する。戦況はどうか。

「大将、どぉやってこいつら二人も相手にしとったんや⁉」

真っ先に上がった悲鳴は、忍びの者二人を受け持った半森人の斥候のものだ。

両手の短剣で受け流し《パリィ》を続けているものの、到底優勢とは言い難い。

毒蛇のごとき動きから繰り出される拳を避け、天馬の如き跳び蹴りをくぐり抜ける。

その隙に一撃を見舞おうものなら、まるで渦のように回転する投げ技に絡め取られる。

「おおっと……⁉」

斥候はその全てをかろうじていなしているものの、頬や腕などにかすり傷が目立つ。

そういう意味では――……。

「そぉれ……！」

槍を振り回して間合いを保ち、二人の敵を寄せ付けぬ女戦士とて状況は変わるまい。

短剣と長剣では、よほど技量に格差がない限りは槍を飛び越えて打ち合うのは困難だ。

「くそっ！　卑怯《ひきょう》だぞ、長柄武器《ポールウェポン》なんて……！」

「そんなの、今更っ!!」

吠えるように罵声をあげる砂賊の娘へ、女戦士は穂先を叩きつけるように振り下ろす。

けれど余裕があるように見えて、表情は険しく、汗ばんでいるのが見て取れた。

「もらった……！」

何せこれは一対一ではない。

砂賊の娘が飛び退き穂先が石床を打った瞬間、黒髪の君主が突きかかってくる。

電光石火の目にも留まらぬ刺突は、かの伝説の騎士も得意としたところだと聞く。

女戦士は引き戻した槍の石突で体を支え、舞踏のように上体を大きく反らせて刃をかわす。

彼女の胸甲を擦った切っ先は、その鼻先をかすめ、額に一筋の傷を付けて走り抜けた。

「ああん、もう……っ！」

半ば泣き叫ぶ悲鳴のような声と共に、女戦士の鉄靴が強引に前へ繰り出される。

がむしゃらに放った蹴りなぞ、黒髪の君主にとっては物の数ではないのだろう。

黒髪の君主は「わっ⁉」と声こそあげたものの、爪先《つまさき》が届く前に飛び退き、息を吐く。

その様を見て、砂族の娘が声を荒らげた。

「何をやっているんだ⁉」

「すまない」と彼は砂賊の娘へ声を漏らした。「けど、次で俺が仕留める！」

女戦士は――答えない。

彼女は「は、は」と喘ぐように浅い呼吸を続けながら、槍を支えに、辛うじて立っていた。

今まさにすれ違った《死》を振り払うように、滴る血と目尻に滲んだ物を、強引に袖で拭う。

「まだ、やれる……よ……っ」

絞り出すような、涙声にも似た声だった。

それは敵に向けたものではなく、君に対して、あるいは自分に向けての言葉だったろう。

もとより精神的にも万全とは言い難く、体力的にも前衛の中では乏しい娘だ。

斥候についても、彼は本職の前衛というわけではない。今はまだ耐えているだけだ。

一進一退。決定打にかけている。そしてそうなれば、いずれ数で劣るこちらが敗れる。

しかし――……。

――………。

君は今の戦いに、一つ違和感を抱いた。些細《ささい》な疑問であり、隙と呼ぶにも乏しいものだ。

それに賭《か》けるなど、正気の沙汰《さた》ではあるまい。

しかしどの道を選ぼうと、先に待つ結果などわかりようがないのだ。

いや――……少なくとも、勝つか負けるか、生きるか死ぬかという意味では、明白か。

――であれば別に仔細《しさい》なし。胸据わって進むなり。

この皆と戦って敗死するならば、それもやむなしだ。

より強く、あるいはより賢い、もしくは優れた仲間がいたとして、選ぶ気はなかった。

後悔はなく、何とも心地よい気で――……そして、負けるつもりは毛頭ない。

ただ一条の勝機、一筋の道を駆け抜ける事は、《死》へ挑みかかる事と似ていた。

――これは、よいしだ。

「何を、笑って………！」

魔法戦士がおめきながら赤い刃を打ち込んでくるのを、君は渾身の力で迎え撃った。

鋼と鋼の激突する音と共に、君の手に強い衝撃が迸る。湾刀を取り落としてはなるまい。

実際の所、君も見た目ほどには余裕はない。状況を覆せねば、ここで君の冒険は終わりだ。

「――一手、ください！」

耳に届いたのは、凛と気を張った女司教の声であった。無論そうするまで。

――となれば、やはり斥候には宝箱の開封へ専念してもらった方が良いのでは？

「おおっと……！」

君の言葉に対する反応は素早く、敵陣の面々がその意味を理解するわけもなかった。

半森人の斥候は両手に握った蝶の短剣を掌中で回転し、左右から飛んだ手刀をかち上げる。

と同時に横へ転げるようにして、うち片方を後衛へと送り出すように道を開けた。

「しゃーなし、一人回すわ！」

「面白ェ……！」

蟲人僧侶が顎を鳴らすのと、一人の忍びの者がその喉元めがけて飛びかかるのがほぼ同時。

しかしガンという衝撃音は、その体術に秘められた致命の技の鋭さからは思いもよらぬ鈍さ。

「蟲人は一度見たこたぁ忘れねえよ」

その首筋を覆う甲殻で手刀を受け止めた蟲人僧侶が、ぎちりとその顎を開いて――嗤《わら》った。

瞬間、音もなく彼の身体を蹴って飛び退こうとした忍びの腕を、蟲人の爪がしっかと捕らえる。

虎面《とらめん》からはとても表情を窺うことはできないが――それでも臆したと、そう見えた途端。

「《サジタ《矢》……インフラマラエ《点火》……ラディウス《射出》》!!」

従姉がその腹へ短杖の先を突き立て、容赦なく炎の矢を叩き込んだ。

肉が弾けて焼け飛び蒸発し、忍びの者は敗北を認める間もなく散体して崩れ落ちる。

「……おっかねえな」

蟲人僧侶が顎を鳴らすと、従姉はその柔和な顔を得意満面に豊かな胸を反らした。

「ふふん、これでも喰らいなさい、です……！」

――呪文使いは炎や稲妻を投げるだけが仕事ではないが、いざ投げさせると恐ろしいものだ。

とはいえそうして一対一になってしまえば、うちの斥候は抜け目がない。

「もろたぁ……ッ！」

蝶の短剣がひらめいて、破れかぶれに虎が飛び掛かるが如き蹴撃を絡め取る。

交差した刃で足首を捕らわれた忍びが目を見開いた刹那、斥候の手が短剣から離れ空を摑む。

「い、っやあッ‼」

裂帛《れっぱく》の気合と共に繰り出された手刀が、次の瞬間に忍びの者の喉笛を貫いた。

ぱっと血が飛び散り様、ぴゅうと甲高く鳴るのは虎落笛《もがりぶえ》にも似た音色《ねいろ》。

しかし玄室の床に墜落するその忍びの首はまだ胴に繋がっており、決して致命的ではない。

「つかぁー……！　やっぱ見様見真似《みようみまね》じゃ上手くいかんなあ……ッ！」

半森人の斥候はひらと右手を振った後、弾かれ宙を舞う蝶の短剣を摑み取《ど》り、飛びかかる。

そして呼吸を潰され悶絶する忍びの息の根を、さっくりいとも容易《たやす》く止めてしまった。

――これで、残り五。

前衛の数ほど等しくとも、戦力の差は既に覆った。こちらが上、彼方が下だ。

「ちぃっ！」と戦況を理解した砂賊の娘が吠えた。「この女を仕留めれば、何も変わらない！」

獰猛《どうもう》な肉食獣を思わせる動きで飛びかかる少女を、女戦士は「このぉ！」と振り払う。

そこへ一拍遅れて、君主が長剣を振りかざして突き進んできた。

「往生際が悪いぞ……！」

「そっちこそ――遅い、よ……ッ！」

かろうじて、と言うべきか。女戦士はおぼつかない足取りで、長剣と槍を打ち合わせる。

唸りを上げるその刃は、古の名工の手による業物だ。女戦士の長槍では分が悪い。

途端にその穂先が嫌な音を立ててきしみ、悲鳴をあげて罅割《ひびわ》れていく。

「こ、んの……ぉッ!!」

しかし女戦士は力任せに柄を両手で振り回して、君主の体軀を弾き飛ばす。

距離を取り、大きく一息。黒髪に隠れた、その顔。汗ばみ、青白く、息を切らせた娘の表情。

女戦士の瞳が僅かに揺れた。どうすれば良い？　君の方を、ちらと見る。君は頷いた。

「余所見をする暇なんて、ないだろう……ッ！」

もちろん、何事かを伝える猶予だってない。ほんの一刹那。僅かに唇を動かすのみ。

だが、君たちにとってはそれで十分だ。

――一手所望《しょもう》できないか。

「――――ッ！」

女戦士の瞳が、きらと輝いた。

瞬間、彼女の鉄靴《サバトン》が軽やかに玄室の床を蹴り、体ごと飛び込むような突きを放つ。

――――君へと、だ。

「な……！」

若き魔法戦士が目を剝くのに目もくれず、君はその槍穂目掛けて一気に踏み込んでいく。

君の湾刀が、ほんの僅かな時間、口吻でも交わすように彼女の長柄と交わった。

驚くほど間近に迫る女戦士の白面は、無数の毀《こぼ》れ傷によって紅を塗ったように染まっていた。

切り結ぶ最中、砕けた刃の細かな破片が顔に埋まるのだ。戦士なれば仕方のない事だが。

すれ違いざま――女戦士がはにかむように微笑むのがわかった。

君も僅かに口元を緩める。ぴりぴりと君の顔の傷が痛んだ。

そして押し付けられた発条《ばね》が弾むように、別れた各々の武器が勢いを増して突き抜けた。

流星の如く加速した湾刀をしっかと掴み、左手で腰の小剣を引き抜き、君はただ三言を呟く。

――《サジタ《矢》……ケルタ《必中》……ラディウス《射出》》。

「がッ⁉」

「う、ああッ⁉」

左手から放たれた小剣が君主を貫くと同時、驚くほど伸びた刃が砂賊の娘を袈裟懸《けさが》ける。

女の肉を防具越しとはいえ断つ感触は、何とも嫌なものだ。飛び散る血潮《ちしお》も、僅かに甘い。

その君の、背後で――――……。

「ぐ、あ……ッ⁉」

「……や、ったッ！」

女戦士の槍穂が、赤き刃によって粉々に砕かれながら、若き魔法戦士の額を打っていた。

大きく仰け反る額から血を吹き上げて尚、彼はまだ、何が起きたのかわからないようだった。

転換《スイッチ》。

斥候と僧侶――そして君と女戦士。それぞれが、ただ入れ替わっただけの事。

だがしかし、かの一党《パーティ》は予想だにしなかったらしかった。

――そう、どうやってこいつら二人も相手にしていたのか、だ。

君は戦いの中で見て取っていた。

頭目《リーダー》たる魔法戦士が、何一つ指示を出していない事を。

各々の冒険者らが、ただただ己が獲物と狙い定めた相手への攻撃に、専心している事を。

そこに、連携らしい連携はない。

なるほど、確かに彼らは強者《つわもの》なのだろう。

どれほどあの亡者ども相手に鍛えたか知らぬ。一対一では、君たちよりも力量は上であろう。

だが、彼らは一党《パーティ》ではなかった。一党《パーティ》として戦ってなどいなかった。

彼らが相手取っていたのは、ただただ無限に蠢く亡者の群れだ。

彼らがしていたのは、冒険ではなく作業に過ぎなかった。

考えもしなかったに違いない。目前の敵より、誰よりも強くなれば、それで良かったのだ。

だから、必要なかったのだろう。ただただ目の前の相手を斬り伏せれば事足りたのだろう。

――つまり、世界を救うために、こんな事すらしていなかったのだ。

それでは――もはや迷宮を徘徊する怪物どもと、何一つ変わるまい。

強力な怪物が、たかだか六、七体ほど玄室にいたのみ。

気づいてしまえば、恐るるに足らず。

「そんな……ッ⁉」

敵陣後衛――今や前衛と化した女僧侶が悲鳴をあげるなか、女司教の口が言葉を刻む。

「《ウェントス《風》》！」

天秤剣と共に掲げられた女司教の手の中で、恐るべき疾風《しっぷう》が渦を巻く。

この世ならざる、魔風とも言えるその甲高い唸り声は、何者かの咆哮にも似ていた。

彼女が何を唱えているのか気づいた従姉が口を開くが、もう言葉は音にもならない。

「……ッ！　裁きの司《つかさ》、つるぎの君、天秤の者よ――……」

「《ルーメン《光》》ッ‼」

遅ればせながら始まった女僧侶の祈禱《きとう》をかき消すような、力強き二言目。

乱戦の中で術の使い所を摑めなんだ娘と、見極《みきわ》めて備えた娘とでは速さが違う。

異様な青白い光が玄室を照らし、この禍々しき迷宮の心臓部を浮かび上がらせる。

次の敵へ向かわんとする者、床に伏せながら立ち上がらんとする者、皆がそれを見た。

異界の――魔界の核《デーモン・コア》より引き出された、圧倒的な原初の力。

一人の娘が扱うには無謀過ぎるその迸りを、女司教は超過詠唱《オーヴァキャスト》で制御する。

その指先は焼け焦げて黒ずみ、苦痛に耐えんとす余り唇は血が滲むほど嚙まれている。

何も慢心が故ではない。勝ち誇るためでも、見せつけるためでもない。

ただ——今の己が限界をぎりぎりまで振り絞らねばならぬと、そう覚悟していたのだろう。

眼帯越しに真っ直ぐな視線を向けられている女僧侶も、それは同じだった。

自分の大事な友人、恐らくは今までろくに喧嘩《けんか》もしなかっただろう彼女が、向かってくる。

それに向き合い、全力で迎え撃たねば、何が友か、何が仲間か。

魂削る祈りは間違いなく天上へと届いており、その天秤剣には神の威光が宿っている。

そして神鳴る雷と、疾《はや》き風と光とが————……。

「諸力を示し候《さぶら》え……！」

「——《リベロ》《解放》！！！」

——解き放たれた。

§

耳をつんざくような轟音とは、痛みを伴う静寂の事だった。

肌を焼く熱風が吹き抜け、君の視界は真白に塗り潰され、眼球が突き刺されたように痛んだ。

状況を把握するまで、どれほどの時間がかかっただろう。

立っているか倒れているかもわからなかった君は、ようやく床に手をついている事に気づく。

湾刀――は、ある。未だ右手にしっかと握られていた。なら、良し。

そして最初に君の耳に届いたのは、けほけほと咳《せ》き込む、従姉の声だった。

「ま、ったく……もう！」

「まだはっきり理解できていない呪文を使うなんて、無茶が過ぎますよ！」

ぷりぷりと怒りながら――叱りながら、従姉はまっさきに女司教の元へと駆け寄っていた。

限界を超えた術の行使に崩れ落ち、ひゅうひゅうとか細く呼吸を繰り返す彼女の手を取る。

いつだったかの時とは真逆の光景に、何故だか君の顔には笑みが浮かんでいた。

女司教が何事か従姉に応じているが、その細やかな唇の動きでは、君に声は届かない。

――だが、問題はないだろう。

君はよろめきながら、どうにか立ち上がった。不思議と今になって、臭いも蘇ってくる。

煮えたぎった大気の臭いは、苦くもないのに、胸を悪くするような味わいだ。

周囲を見れば、ごろごろと転がった半森人の斥候を、蟲人僧侶が引き起こしている。

二人とも、こうして見れば傷も多く消耗も激しいが、命に関わるほどではない。

それを確かめた君は、すぐ傍にぺたんとへたり込んだ女戦士へと手を差し伸べた。

「…………」

彼女はぼんやりと君と、君の手とを見比べた後、おずおずとそこへ手を重ねた。

細くて小さく、微かに震えの残る手だった。

「……ありがと」

構うものか。君はぐいと彼女の手を掴み、腰砕けになっていた彼女を助け起こす。

女戦士はよたよたとよろめき、自分の槍を支えにしてやっと踏みとどまった。

と、その視線が槍の穂先――それがあった空間に向かって、ふにゃっと表情が崩れた。

「折れちゃった、なぁ……」

――まあ、そういう事もあろう。

君は激戦を耐え抜いた愛刀をためつすがめつ眺めてから、腰の鞘へと丁寧に納めた。

無銘の湾刀だが、主の期待に応えてくれる良い武器であった。

その意味では、彼女の長槍とて最後の最後まで踏ん張ってくれた、良い武器だったのだ。

「……ん、そだね」

女戦士は、ふわふわとした調子で嬉しげに呟いた。その手が槍の柄を、慈しむように撫でる。

唇がお姉ちゃんと、ひどく懐かしそうな様子で動くのがわかった。

君はそれを、聞かなかった事にした。耳がまだ痛むからだ。

「あーあ……。まけ、ちゃったなあ……」

だから君が意識を向けたのは、年頃《としごろ》の娘にあるまじき有様で大の字になった、女僧侶だった。

ぶすくれた彼女は頰を膨らませ、焼け焦げた髪もそのまま、不満たらたらに唇を尖らせる。

「……なにあれ、ずるくない？」

「ずるくは、ないです」

従姉に支えられてようやっと立ち上がった女司教が、くすりと悪戯っぽく笑った。

傷こそないものの消耗が激しいのだろう。二人がかりでなければ、歩けないような様子。

それでも彼女は精一杯自分の足で立って歩こうと試みながら、大事な友達の下へと向かう。

そして、にこりと微笑んでこう言うのだ。

「頑張っただけ、ですから」

「それ、わたしの頑張りが足りてないって言ってない？」

「言ってませんよ？」

女司教は口調ほどの敬虔《けいけん》さのない声で、しれっと言ってまたくすくすと笑う。

むう。女僧侶はまるで信じていない様子で呻いた後、わしゃわしゃと自分の髪を掻き回《まわ》した。

整えられていた時が嘘のような状態だがしかし、彼女の明るさと可憐《かれん》さは失われていない。

「まあ、仕方ないかぁ……。負けちゃったもんね」

そうして深々と溜息を吐いた女僧侶は、ひどく底抜けに投げやりな声で仲間を呼ばわった。

「死んだー？」

「……生きてる」

酷く不満げな、不貞腐《ふてくさ》れた少年の声だった。

額を押さえて呻きながら、仰向《あおむ》けに倒れていた若き魔法戦士の言葉だった。

その手からは赤い刃の湾刀はこぼれ落ち、玄室のどこへ転がったか、見て取れない。

むしろ彼にとっては未だに滴り落ちる血の方が心配らしく、顔をしかめてぼやいた。

「……今はまだ」

死にはすまいよ。君は気休めのように言ってやった。額の血は派手に出るものだ。

「んー……でも、派手にひっぱたいちゃったから、わからないかも?」

もっともその隣で女戦士が喉の奥で笑い声を転がすのだから、あまり意味はないだろう。

若き魔法戦士はぶつくさと不平不満を零《こぼ》した後、諦めたように次の疑問を口に出した。

「他の皆は……?」

さて――君は玄室、黒く焼け焦げた祭壇の周囲を見渡した。

黒笠の魔術師は、部屋の壁際に腰を下ろして、ふつふつと肩を揺らしていた。

実に愉快と言った風に笑っている――生きているのは間違いあるまい。

忍びの者は、まあ死んでいようが……他の二人は無事だろう。

君は先程の戦いを思い返しながら、倒れた君主と砂賊の娘の息を確かめた。

《力矢《マジックミサイル》》は正確に急所以外を貫いたし、湾刀の斬撃は踏み込みが甘かったものだ。

「……なら、良いか」

「そうよ」と女僧侶があっけらかんと言った。「……生きてるんだもん、次があるわよ」

次、次か。若き魔法戦士は幾度か呟いて、それから、うん、と頷いた。

「……そうだな。僕ら、今は負けたけど……次は勝つよ」

そうか。君は答えた。だがまあ、先に迷宮の最奥に至るのは自分と彼女らの方だが。

「そうだね」とその言葉に少年は苦笑した。「その子、泣かせたら許さないからな」

――許すもなにも勝ったのはこちらだから、彼女をどうするも自分の自由ではないか。

君の言葉に女司教は顔を赤くして狼狽え、女僧侶が「えーっ！」と声を尖らせる。

従姉が「もうっ！」とまた怒り、女戦士からは痛烈な肘打ちが君を襲った。

痛みに呻く君の様子を見て、半森人の斥候が「おおっと」と笑い、蟲人僧侶は素知らぬ顔。

――ああ、もう、まったく。格好がつかないではないか。

そんな君の不平に、実にさっぱりとした表情で若い魔法戦士はからからと声をあげて笑う。

なに、元より互いに恨《うら》み辛《つら》みはなかった。

異様な状況こそあったものの――戦い終わって、結果が明らかになれば、それで終《しま》いだ。

ひとしきり笑った少年は、息を吐いて、目尻を濡らすものを拭って、そっと呟いた。

「ねえ、先生。また一緒に鍛えてよ。そうして鍛えて、それで、次は――」

§

「――残念！　キミたちの冒険は、ここで終わってしまった！」

§

変化は、劇的であった。

「え――――……」

そう声を漏らしたのは、はたして女司教か、女僧侶か。あるいは君だったのかもしれない。

だが続いた声は、間違いなく若き魔法戦士の口から発せられたものに相違なかった。

「あ、あ……あ、あああ……ああ……!?」

滑稽なほどに狼狽えるその顔が、体が、四肢が――萎《しお》れる、衰える、崩れる、灰となる。

身体を動かそうと身じろぎをすれば、音もなく服がへこみ、袖口から灰が流れ出るのだ。

「いやあ、失態、失態。まっさかそこまで位階が高まっていたとはねえ……」

ふつふつと嗤いながら、玄室の奥で影が立ち上がる。

迷宮に満ちる瘴気を纏うように、むくむくと闇が起き上がるように。

そこに在ったのはまさに人型をした暗黒、それそのものに他ならなかった。

そして――君は確かに見た。

男の……黒笠の魔術師の手に握られ、煌々と輝く、赤き刃を。妖刀を。

「先生！　助けて、せんせい！　なんで――……なにが、こんな……僕……ッ!!」

「いやあ、その、なんだね。見込みのある若者だとは思っていたし、騙《だま》すつもりはなかったさ」

男は、授業で間違いを教えてしまった教師さながら、悪びれずにすまんすまんと頬を掻いた。

君はその時、男の異様に気がついた――認めざるを得なかった。

先程の乾坤一擲《けんこんいってき》、女司教の渾身の呪文投射を受けて、尚――この男には、傷一つない事実に。

「けどねえ、故事来歴に疎《うと》いのは減点だねぇ。……昔から言うじゃあないか」

――うかつに拾った指輪を身につけるな、と。

その言葉がきっかけだったかのように、とうとう全ては決壊した。

まず武具甲冑のぶつかる音がして、倒れ伏していた君主の肉体が灰となって消えた。

続いて砂賊の娘の体と魂が失われた。血溜まりを覆い隠すように、ざ、と灰が崩れ落ちる。

後には衣服に具足、突き立った君の小剣。古の名剣と、短剣。

そして、転がり落ちる――くすんだ色合いの、指輪が二つ。

「せんせい……！　せんせ――」

錯乱《さくらん》した若き魔法戦士の声は、もう言葉にならなかった。

喉まで灰となってしまっては、もはや呼気を発する事もできないのだろう。

君たちと対峙《たいじ》し、敵対し、そして友となれたかもしれなかった若者は、そうして崩れた。

あっけないほどあっさりとした、彼の最期《さいご》だった。

「あ、そんな……あ、ああ……!?」

女司教が堪《たま》りかねて、女僧侶の名を呼ばわりながらその手を執る——執ろうとする、した。

触れた端からぐずりと女僧侶の手が崩れ落ち、灰となって零れていかなければ、叶ったろう。

「あ、ああ、ああ……ッ!!」

だが、もはや女司教の手に残るのは、一握りの灰、かつて友であったものばかりだ。

後は灰の詰まった僧服と転がり落ちた指輪。そしてその身を彩っていた、青い飾り紐《ひも》ばかり。

女司教が必死になってかき集めようとする端から、灰は迷宮の瘴気に攫《さら》われていく。

とうとう彼女は空っぽの服を掻き抱き、その手に飾り紐を握って、うずくまってしまった。

もはや認めざるを得まい。

彼女の友は——完全に消失《ロスト》してしまったのだと。

「これは……呪われた指輪、ですね。活力を吸い取ってしまう、たぐいの——……」

そんな少女の傍らにあって、従姉の魔術師としての目は冷静……辛うじてそれを保っていた。

そっとたおやかな指先で拾い上げるのは、女僧侶の崩れた手から抜けた、ひとつの指輪。

金色の、何の変哲もないその指輪には、赤黒い光の文様が一瞬浮かび上がり、そして消える。

「……あなた、最初から全部、この子たちの力を奪うつもりだったのですか!?」

震えるような、絞り出すような、そんな詰問だった。感情を辛うじて押し殺した、平坦な声。

暗黒の——黒衣の男は答えなかった。ただただ、声もなく嗤うばかりだった。

もはや語るまでもないと、そういう事なのだろう。

代わりに男はひどく軽く手を叩いて、こう言ったのだ。

「いやあ、見事見事、勇敢なる冒険者諸君《コングラッチュレーション・ブレイブアドベンチャラーズ》！」

――貴様。

「おいおい、そう睨まないでおくれよ。もっと、喜ぶべきじゃあないかねえ……」

ゆらり、ゆらり。まるで古に語られる黒い幽鬼《ナズグル》の如き佇まいで、男はうそぶく。

暗黒の如き男であるのに、その口元に刻まれた笑みだけが、異様に赤い。

光なき夜に浮かぶ、血塗られた孤月のような口蓋《こうがい》が、人と思えぬ動きで上下する。

「君たちは今まさに望み通り、その力を証明したわけじゃあないか」

黒衣の男は片手に赤い刃をだらりと垂らしたまま、さも当然とばかりに言った。

「強くなったわけだ。欲している通りの、力を手に入れただろう？」

それは――……。君は言葉が出てこなかった。敵を倒し、強くなる。それは望んでいた。

だがしかし、決して――それだけを望んでいたわけではない。

「テメエが……」と蟲人僧侶が、油断なく身構えながら顎を鳴らした。「……迷宮の主《ダンジョンマスター》か」

「なんやて……⁉」

弾かれたように半森人の斥候が声をあげ、その手に蝶の短剣を握るよりも、早く。

「――……ッ、う、あああぁぁあぁぁあぁッ‼」

その身に残された全ての力を振り絞って、女戦士が一直線に飛び出していた。

彼女は砕けた穂先を振りかぶるように、その鋼鉄の長柄で黒衣の男を打ち据えんとする。

それは君の目から見てすら惚《ほ》れ惚《ぼ》れするような動きであり、必殺の意思の籠もった一撃だ。

今の彼女が持ちうる全てを注ぎ込んだ、渾身の、痛恨の、会心の一撃。

「え………？」

しかしその一撃を、男は避けなかった。

いや、避けなかったように、見えた。

ほんな半歩だ。僅かに身をよじる。ただそれだけで、黒衣の男は完璧《かんぺき》に回避してのけた。

そして同時に、ちょいと手にした刀の柄頭《つかがしら》で、女戦士の鳩尾《みぞおち》を軽く小突いた。

「ぁ、うッ⁉　げ、ぼぉ……ッ⁉」

ただそれだけで、枯れ落ちた葉のように女戦士の体が吹き飛んだ。

一度、二度、鈍い音を伴って彼女は床を弾んで、玄室奥の壁へと叩きつけられる。

内臓を強《したた》かに打たれたのか、その体は痙攣し、口からは血混じりの吐瀉物《としゃぶつ》が滴った。

「ひ、ぃ、ぎ……ぐ、うぅぅ……ぃ、あ……あ……ッ」

――――生きている。

のたうち回るような無惨《むざん》な声を聞き、君はぐっと唇を嚙み締《し》めた。

君は床に転がされた女戦士の元へ駆け寄りたい足を踏みしめ、男と対峙する。

今、仲間の中で誰よりもこの敵に近しい場にいるのは、君なのだ。

持ち場を離れるわけにはいかない。ここで、一太刀――……いや……。

――斬れぬ。

斬れる、と思えぬ。それほどまでに、黒衣の男の佇まいは完璧であった。片手に赤刃を引っさげて、ゆらりと立っている。ただそれだけ。にもかかわらず――……。

――どこをどう打ち込んでも、斬られるのは自分だ。

としか、見えぬのだ。

君はそれでもと、湾刀の柄を引っ摑んだ。腰を深く落とし、立ち上がる。体力は乏しく、勝敗は見えず、仲間を背に、それでも逃れるわけにはいかぬと。

――君は名人だ。相手も名人だ。

ふと、懐かしい声が君の脳裏に蘇った。もはや二度と聞くことの叶わぬ声だった。

――相手は業物を持ち、君の手にあるのは鈍《なまく》らだ。

酒精でどろりと蕩《とろ》けた、しかし決して喰わぬ虎の瞳が、真っ直ぐに君を突き刺していた。

――さて、どうする？

「いやあ、とはいえまだまだ……未熟、未熟」

君がその答えを見出すよりも先に、鞠遊《まりあそ》びに飽きて放り出すように、男の言葉が飛んだ。黒衣の男はその赤い刃でもって、凝りをほぐすように己の肩を叩きながら、ゆらゆらと動く。それは君たちの方へと向かってではなく、玄室の奥の、重厚な扉に向かってであった。

男が手をかざすと、その扉が音もなく開かれる。

途端、ごう、と。ひどく冷たい、この世のものとも思えぬ風が玄室へと吹き込んできた。

「私は待っているからさァ——……」

男は、奈落の縁に手をかけたまま、まるでちょいと散歩にでも行くように、君を振り返る。

「いつでも、おいで。ただし、くれぐれも急いでだ。そうでなきゃあ——……」

——世界が滅んでしまうぜ？

そう実に愉快そうに言いおいて、黒衣の男は深淵の闇へひらりと飛び込んで、消えた。

開け放たれた両扉の奥には、どこへ通じるともわからぬ暗黒が広がっている。

いや——……この奈落の奥底が、どこに繋がっていて、何が待っているのかは明白だった。

——《死の迷宮《ダンジョン・オブ・ザ・デッド》》。

魔力と殺戮の迷宮界が、君たちを誘《いざな》っていた——……。

あとがき

ドーモ、蝸牛《かぎゅう》くもです！

鍔鳴《ダイカタナ》の太刀中巻、楽しんで頂けましたでしょうか？

今巻も精一杯頑張って書きましたので、楽しんで貰えましたら幸いです。


さて仲間を集めて、地下一階、二階と踏破してきた君《きみ》たちは、いよいよ迷宮の奥へ挑みます。

恐るべき忍びの者、待ち受けるは災禍の中心《ハートオブメイルシュトロム》。

鉄筋の如き輪郭線のみが浮かび上がる世界一有名な迷宮においても、とびっきりの難所です。

冒険記録紙にペンとサイコロを持って、準備を整えたなら、さあページをめくりたまえ。

ところで此処《ここ》まで一度でも食事を採《と》っていないなら、今ここで食事をしても構いません。

――なんて書いて、どれぐらいの人に通じるかはわかりませんけれども。


『ゴブリンスレイヤー』を読んでくださっている方々はご存知の通り、世界は救われます。

これは世界が救われた事を知っているみなさんが読む、世界を救うための冒険のお話です。

あなたがかつて経験した冒険を思い出す時のように、懐かしいと思ってもらえたら嬉しいです。

なにしろ、これは君《あなた》が英雄になる本なのですからね。


そしてそうした世界を救った冒険の数々が、一人では達成できなかったように。

このお話もまた、大勢の皆さんのお陰でこうして此処に存在しています。

編集部の皆さん、営業流通出版販売で関わってくださってる皆さん。

挿絵を描いてくださったｌａｃｋ先生、コミカライズを担当して下さっている青木《あおき》先生。

ウェブ版をまとめてくださるブログの管理人さん。その当時から応援して下さってる方々。

一緒に遊んでくれる友人のみんな。そして何より、この本を手にとってくださったあなた。

『鍔鳴の太刀』が此処にあるのは、皆さんのお陰です。本当にありがとうございます。


さて、次巻ではいよいよ最下層、この世で最も深き迷宮に挑むことになります。

恐れる必要はありません。だって、あなたは此処まで到達したのですから。

悪魔に魅せられし者どもを打ち破った、魔宮の勇者たちは、魔界を滅亡させるものですしね。

とはいえ下巻までいささかお時間を頂いてしまう形にはなるかもしれません。

その分精一杯がんばりますので、どうぞまた手にとって読んで頂ければ幸いです。


それでは、また。

GAノベル

ゴブリンスレイヤー外伝2
鍔鳴の太刀《ダイ・カタナ》中

2020年11月30日　初版第一刷発行

著者　蝸牛くも
発行人　小川 淳
発行所　SBクリエイティブ株式会社
〒106-0032　東京都港区六本木2-4-5
03-5549-1201　03-5549-1167（編集）

装丁　AFTERGLOW
印刷・製本　中央精版印刷株式会社

ISBN978-4-8156-0368-7
Printed in Japan

ファンレター、作品のご感想をお待ちしております。
〒106-0032　東京都港区六本木 2-4-5
SBクリエイティブ株式会社
GA文庫編集部 気付

「蝸牛くも先生」係
「lack先生」係

本書に関するご意見・ご感想は
下のQRコードよりお寄せください。
※アクセスの際に発生する通信費等はご負担ください。

https://ga.sbcr.jp/